Christa Bernuth

WER SCHULD WAR

Roman

Deutscher Taschenbuch Verlag

Originalausgabe 2010
© 2010 Deutscher Taschenbuch Verlag GmbH & Co. KG,
München
Umschlagkonzept: Balk & Brumshagen
Satz: Fotosatz Reinhard Amann, Aichstetten
Gesetzt aus der Sabon 10,5/13˙
Druck und Bindung: Kösel, Krugzell
Gedruckt auf säurefreiem, chlorfrei gebleichtem Papier
Printed in Germany · ISBN 978-3-423-24813-6

Der Hass. Der kommt, wenn die Liebe sich verzogen hat, aber kein Ersatz da ist. Da ist dann ein Loch, und das füllt der Hass.

»Du hast keine Lust, gib's doch zu!«

Ach, Scheiße, dann lassen wir's eben. Aber das sagt sie nicht. Genau das sagt sie nicht. Sondern: »Natürlich hab ich Lust. Das ist nicht der Punkt.«

Und natürlich antwortet er darauf: »Sag es einfach.«

»Was denn?«

»*Ich habe keine Lust.*«

»Wieso denn? Nein!«

»I-c-h h-a-b-e …«

»Hör jetzt auf! Hör auf!«

Hinten im Wagen liegt die Tasche mit dem Theresa-Logo, und darin befinden sich die neuen Schuhe von Costume National, die darauf warten, anprobiert zu werden. Außerdem ist es wahnsinnig heiß, zumindest zu heiß, um zu skaten, was jeder normale Mensch einsehen und nur er als Ausrede werten würde, weil er findet, dass sie ein faules Stück ist und sich von dieser Meinung so schnell nicht mehr abbringen lassen wird.

Und wenn schon, na, und? Ja, sie hat keine Lust, sie ist heute einfach mal ein faules Stück, und was, bitte, ist dagegen einzuwenden?

»Wenn ich sage, dass ich keine Lust habe, bist du beleidigt, oder? Gib's zu!«

»Ach, lass mich in Ruhe.«

Sie legt den Kopf in den Nacken, äfft seine maulende Stimme nach, wird dabei viel zu laut, weil etwas in ihr die Oberhand gewinnt, etwas Fremdes, Feindseliges, das sie unbedingt unterdrücken wollte und das ihr jetzt trotzdem feist grinsend im Nacken sitzt. »Und? Sollen wir den ganzen Tag zu Hause sitzen? Ist es das, was du dir unter Freizeitgestaltung vorstellst?«

»Na schön. Mir reicht's.« Jetzt tritt er den Beweis an, dass in Wirklichkeit sie diejenige ist, die ausflippt, während er ganz kalt, ruhig, trocken und unangreifbar wird. »Fahren wir nach Hause.«

Aber das ist es ja auch nicht, was sie will, und schon bereut sie es, dass sie es schon wieder so weit hat kommen lassen, anstatt einfach zu tun, was er vorschlägt. Eine Stunde lang, dann hätte sie ja wieder ihre Ruhe, könnte ihre Schuhe anprobieren, es sich anschließend mit einem Buch auf dem Sofa gemütlich machen, ihn und seine anstrengenden Wünsche und Forderungen einfach ausblenden.

»Wir fahren nach Hause«, sagt er. »Du legst dich aufs Sofa und liest, und ich setze mich vor den Computer.«

»Wie immer, oder?«

»Ja, genau. Wie immer.«

»Das muss ich mir nicht anhören.«

»Du musst überhaupt nichts.«

»Ist schon gut.«

»Wir unternehmen sowieso nichts mehr gemeinsam.«

»IST SCHON GUT!« Sie parkt das Auto einfach irgendwo an den nächstbesten Straßenrand, haut knirschend den Rückwärtsgang rein und rutscht dabei fast auf einen abschüssigen Feldweg neben der Straße, weil ihr jetzt alles vollkommen egal ist. Er hat seinen Willen bekommen, ist aber trotzdem nicht zufrieden, während sie dasteht wie eine unzurechnungsfähige Hysterikerin, die sich nicht mal mit Geschrei durchsetzen kann. Die Quintessenz dieses grässlichen Tages lautet, dass nichts mehr zu retten ist.

»Was soll das? Ich denke, du willst nach Hause.«

»Nein. Wir machen jetzt genau das, was du willst.«

»Mir ist die Lust vergangen.«

»Dann bleib sitzen.«

»Ihr Name?«

»Barbara Fleiss.« Der Polizist ist stämmig und jung. Er schwitzt. Seine Kollegin ist einen Kopf größer und schreibt fleißig mit.

»Haben Sie Papiere?«, fragt der Polizist. Er nimmt seine Mütze ab, streicht sich durch die kurzen blonden Haare und setzt sie wieder auf. Diese Bewegung macht er wahrscheinlich zwanzig bis dreißig Mal täglich, ohne es zu merken. Sein Hemdkragen sieht feucht aus.

»In der Handtasche. Die ist weg.«

»Warum haben Sie das Auto eigentlich ausgerechnet hier abgestellt?«

»Entschuldigung, wir sind doch nicht in der Bronx!«

»Die Gegend ist einsam. Kaum Wohnhäuser, fast nur Gewerbe. Am Wochenende ist wenig los. Das zieht potenzielle Täter natürlich an.«

»Der Asphalt ist gut. Ganz neu, sehr fein, schön glatt, keine Risse. Der beste Asphalt der Stadt. Ideal zum Skaten.« Sie ist vollkommen durchgeschwitzt. Wahrscheinlich klebt ihr die Wimperntusche verschmiert unter den Augen. Sie hasst das.

»Aha«, sagt der Polizist und sieht sie jetzt durchdringend an, als sei sie drauf und dran, etwas zu gestehen. Sie zeigt mit dem Kopf in die Richtung des Mannes, mit dem sie seit acht Jahren zusammen ist und seit fünf Jahren zusammenlebt. Er hat sich an einen Baum gelehnt, sieht ir-

7

gendwohin und tut so, als ginge ihn das alles nichts an. Als ginge sie ihn nichts an. Der Polizist folgt gehorsam ihrem Blick.

»Außerdem müssen Sie das ihn fragen«, sagt sie. »Er wollte hier parken.«

»Verstehe.«

»Er wollte unbedingt hier parken. Und ich habe jetzt ein aufgebrochenes Auto.« Sie hebt ihre Stimme, aber er reagiert nicht. Der Polizist macht ein Gesicht, als sei ihm das peinlich. »Würden Sie hier bitte unterschreiben«, sagt er. »Und da!«

Sie unterschreibt in ihrer Krakelschrift, die kein Mensch lesen kann, nicht einmal sie selbst. »Gibt es eine Chance, die Sachen zurückzubekommen?«

»Also …«

Das hört sich nicht gut an.

»Anfänger erwischt man leichter. Vielleicht waren es Anfänger. Es sieht nicht sehr professionell aus.«

»Wird die Versicherung zahlen? Wenigstens für das eingeschlagene Fenster?«

»Das müssen Sie mit Ihrer Versicherung klären.«

»Aber Sie haben doch bestimmt Erfahrung mit solchen Sachen.«

»Zu Versicherungen kann ich nichts sagen.«

BARBARA

Als Barbara noch klein war, explodierte der Weihnachtsbaum, stand plötzlich als Kugel mitten im Raum, erleuchtete ihn wie eine Sonne im Miniformat, und ein paar Sekunden später hatte sich die Welt um sie herum verwandelt, waren Wände und Möbel total verkohlt, und der Baum sah hässlich und nackt aus.

In der Nacht vor Pauls Beerdigung träumt Barbara von einer Tanne, die sich in einen Feuerball verwandelt, bevor sie zusammenschrumpft und ein pechschwarzes Skelett hinterlässt. Aber das Schlimmste ist die Erkenntnis, die sie wie ein Blitz durchfährt: dass das hier nämlich ihre Schuld ist, nicht nur die brennende Tanne, auch Pauls Tod und Manuels Verschwinden. Weil sie zerstört, was immer sie anfasst, auch dann, wenn sie nur das Beste will oder gar nichts will oder alles nicht so gemeint hat.

Sie macht die Augen auf. Wahnsinn, ihre Lider sind tonnenschwer, aber immerhin verschwindet der Traum irgendwo im Unterbewusstsein, wo er sich in aller Ruhe auf seinen nächsten Angriff vorbereiten kann. Barbara, die notorische Zündlerin, hat nämlich den Baum damals tatsächlich angezündet und ist nie ordentlich bestraft worden. Bis heute hat sie noch das Zischen des Streichholzes im Ohr und den Geruch der glühenden Tannennadeln in der Nase, von dem ihr jedes Weihnachten schlecht wird. Sie starrt an die Zimmerdecke, als gäbe es da irgendetwas, das ihr Halt geben könnte, während ihr rechtes Bein kribbelt und sich ihre Kiefermuskeln anfühlen, als hätte sie die halbe Nacht auf einem knorpeligen Stück Fleisch herumgekaut.

Ein Motorrad startet mit einem Höllenlärm, die Fenster vibrieren von dem an- und abschwellenden Dröhnen. Danach ist es furchtbar ruhig, scheint Morgensonne ins Zimmer und spiegelt sich in der Aluminiumfront des nagelneuen Kleiderschranks, den Barbara nun für sich allein haben wird, ein riesiges Ding, dessen gesamte linke Hälfte vollkommen leer ist. Barbara hört die Katzen an der Schlafzimmertür kratzen und weiß wieder ganz genau, was sie nicht wissen will, nämlich dass außer ihr niemand da ist.

Katzen gelten nicht.

Wenn sie jetzt aufsteht, mit ihrem kribbelnden rechten Bein und ihrem verspannten Kiefer, gibt sie vor sich selbst zu, dass ihre Lage ist, wie sie ist, und dass das Leben trotzdem mit seiner typischen Gnadenlosigkeit weitergeht beziehungsweise über sie hinwegtrampelt.

Solange sie liegen bleibt, hält sie alles in der Schwebe.

Sie bleibt also liegen, starrt an die Decke und denkt minutenlang nichts, außer dass kribbelnde Beine ein Hinweis auf Karzinome im Rückgrat sein könnten. Dann hört sie ein zweistimmiges aufgebrachtes Miau und rollt sich schließlich widerwillig aus dem Bett.

Der Dielenboden fühlt sich eisig an. Ihr Bein ist immerhin wieder normal, also leidet sie wahrscheinlich weder an Krebs noch an Multipler oder Amyotropher Lateralsklerose, und das wird voraussichtlich die einzige gute Nachricht dieses Tages bleiben.

Das Duschgel ist alle, also wäscht sich Barbara mit einem Rest von Manuels Nivea-Seife und weint unter dem fließenden Wasser, weil er so ein Arschloch ist, so gefühllos und gemein, dass er ihr selbst in Abwesenheit das Gefühl gibt, total wertlos zu sein. Dann spritzt sie sich kalt

ab, und steigt mit brennenden Augen aus der Dusche und
dabei beinahe auf eine der Katzen, die steifbeinig nebenei-
nander auf dem Badezimmerteppich stehen, die buschigen
Schwänze steil nach oben gerichtet. Sie hat vergessen, ihnen Futter zu geben, ein Ritual, das *immer* vor dem Duschen stattfindet, das zu ihrem Tagesablauf seit fünf Jahren dazugehört, das man demzufolge eigentlich gar nicht
vergessen *kann*. Aber so ist sie, so schludrig, dass sie in jedem Hotelzimmer mindestens ein Kleidungsstück oder ihr
Haarwaschmittel in der Dusche liegen lässt, dass sie Manuels Geburtstag vergisst, und den Namen seiner Lieb-
lingswurst, dass er ausschließlich alten Gouda mag, *nicht*
mittelalten, und dass er es zum Kotzen findet, wenn sie
ihre Handtasche auf dem Herd abstellt und ihre Post auf
dem Küchentisch deponiert, statt sie sofort in ihr Arbeitszimmer zu bringen.

Du lebst in deiner eigenen Welt. Da passe ich nicht rein.

Ja, natürlich ist sie nicht perfekt, wer ist das schon? Wer
gibt Manuel das Recht, sie einfach mit diesen ganzen toten *Sachen* allein zu lassen, der Stereoanlage und dem
Doppelbett, dem Teakholz-Tisch, den Pseudo-Bauhaus-
Stühlen und dem neuen Kleiderschrank, all diesem Zeug,
das jetzt höhnisch grinsend hier herumsteht und sie an-
glotzt.

Barbara trocknet sich ab, auch wenn sie viel lieber in eine
Art Winterschlaf gefallen wäre, in eine herrlich komatöse
Bewusstlosigkeit, so lange, bis sich bestimmte Dinge wie
durch Zauberei von selbst erledigt hätten. Aber dann
schlüpft sie doch in ihre Gummi-Flipflops, streichelt die
Katzen, die sich an ihren Beinen reiben und ihre Hunger-
geräusche in Form eines hohen, stimmhaften Schnurrens
von sich geben, schleppt sich im Bademantel in die Küche,
gibt den Katzen Futter und verschließt die halb leere Dose

mit einem Plastikdeckel, der eigentlich zu einem Behälter mit vegetarischem Brotaufstrich gehört, den sie gestern in den Müll geworfen hat, weil sie vegetarischen Brotaufstrich nicht ausstehen kann und Manuel ja nicht mehr da ist. Gleich nach dieser triumphalen Geste hat sie allerdings volle fünf Minuten lang geheult. Die Erinnerung daran scheint anregend zu wirken, denn schon geht es wieder los, weint sie so selbstverständlich, wie sie pinkeln geht, während ein Teil von ihr ganz kühl bleibt, sich von oben betrachtet und eine Frau sieht, die im Bademantel auf dem Küchenboden sitzt, mit einem Schneebesen auf das Linoleum einprügelt, »Du bescheuerter Scheißkerl« schluchzt, und sich einerseits schämt und andererseits beinahe hofft, dass möglichst viele Leute hören, wie sie sich fühlt.

Sie muss sich nicht zusammenreißen, schließlich hat sie frei, und die Beerdigung ist erst um elf. Also gibt sie alles, um den unangenehmen Prozess zu beschleunigen, versucht, sich an Manuels Gesicht zu erinnern, wenn ausnahmsweise alles in Ordnung war, sein Lachen, seine Lippen, die hart aussahen, aber ganz weich waren. Aber, nein, es ist viel effizienter, ihn zu hassen, ihn und die unfassbare Möglichkeit, die sich immer mehr zur Tatsache verdichtet, nach acht Jahren Nestwärme, in der man es sich bei allem Ärger doch immer gemütlich eingerichtet hat, plötzlich wieder draußen in der eisigen Zugluft zu stehen, als wäre nichts davon je wahr gewesen, als hätte man immer nur gefroren. Und schon fließen wieder die Tränen, an der Nase vorbei, bahnen sich ihren Weg den Hals hinunter. Barbaras ganzes Gesicht ist nass und garantiert voller roter Flecken, während der kalte Boden eine Liaison mit ihrem Hintern eingeht. Irgendwo in der Wohnung spielt ihr Telefon die ›Kleine Nachtmusik‹.

Es findet sich in ihrem Bett. Barbara hat mehr oder weniger darauf geschlafen. Als sie abhebt, ohne die Nummer zu erkennen, weil sie mit ihren verschwollenen Augen fast nichts sehen kann, ist die Leitung schon wieder tot. Sie schlappt wieder zurück in die Küche, wo die Katzen breit und platt wie pelzige Flundern vor ihren Fressnäpfen kauern. Und während sie noch darüber nachdenkt, was sie jetzt tun soll, springt Mops auf ihren Schoß und rollt sich dort ganz eng zusammen, als sei er kein ausgewachsener und total verfetteter Kater, sondern wieder ein sehr kleines, zartes Katzenbaby, und dann springt auch noch Bär auf den Stuhl neben ihr, und plötzlich starren sie beide, Mops von unten und Bär von der Seite, aus ihren grünlich schimmernden Augen an, als sei sie ihnen eine Antwort schuldig. Geistesabwesend krault sie Bär das weiße Fell-lätzchen unter dem Kinn. Da klingelt das Telefon ein zweites Mal, aber es ist nicht Manuel, sondern Gina.

Barbara bringt mühsam ein enttäuschtes »Hallo« zustande, dabei hat sie Ginas Anruf ja erwartet, schließlich hatten sie ausgemacht, zusammen zur Kirche und zum Friedhof zu fahren, um Paul die letzte Ehre zu erweisen.

»Alles okay?«, fragt Gina. »Du klingst so müde.«

»Nein, gar nicht.« Barbara ist schon daran gewöhnt, dass man bei Gina nie so genau weiß, wie sie was meint, ob und wem sie gerade eine reinwürgen will und warum. Fast automatisch greift sie zu einer Zigarette, obwohl sie morgens eigentlich nicht raucht, aber was gelten schon Pläne und Vorsätze in Ausnahmesituationen. »Und bei dir?«

»Schrecklich!« Ginas Stimme klingt ihr unangenehm blechern ins Ohr, völlig übertrieben und falsch, wie bei einer dieser Schauspielerinnen, die es gerade noch in Vorabendserien für Greise und Grenzdebile schafft. »Ich habe keine Sekunde geschlafen!«

»Echt?«

»Ja. Es ist so furchtbar!« In Wirklichkeit hört es sich

überhaupt nicht so an, als fände Gina irgendetwas furchtbar, eher, als würde sie eine kindliche Aufregung unterdrücken, und wenn man ehrlich ist, geht es Barbara nicht viel
anders.

Paul, der einen noch vor zwei Wochen stundenlang voll-
gejammert hatte, weil sich Pilar nicht mehr mit ihm treffen
wollte, Paul, den man mochte und liebte, aber nie so richtig für voll genommen hat, ist einfach so gestorben. Barbara weiß selbst nicht, wie sie sich verhalten soll, was sie
fühlt. Der Tod ist noch ein seltener Gast in ihrer Welt, lässt
höchstens eine Ahnung von ewiger Einsamkeit aufkommen. In den letzten Nächten ist Barbara manchmal aufge-
schreckt mit Pauls Gesicht vor Augen. Er hat dabei ausgesehen wie jemand, der sich schrecklich allein fühlt. Also
sagt sie zu Gina »Ich habe von Paul geträumt«, obwohl sie
das eigentlich niemandem erzählen wollte. Plötzlich ist alles anders als noch vor ein paar Sekunden, stört sie der
Rauchgeruch, geht sie mit dem Hörer in der Hand zur Balkontür und macht sie auf, schnippt die halb gerauchte Zigarette in den Hof, einfach über das Balkongeländer, ohne
nachzusehen, ob da unten jemand herumläuft, und das
nur, weil ihr die Idee gefällt, dass sich Manuel darüber ärgern würde.

»Wirklich?«, fragt Gina währenddessen, und man
hört, dass sie jetzt auch raucht. »Und was hast du geträumt?«

»Ich habe nur sein Gesicht gesehen. Als wollte er was
sagen.«

»Und hat er was gesagt?«

»Ich glaub nicht. Ich kann mich nicht mehr erinnern.«

Sie hört Gina am anderen Ende seufzen, was wieder
theatralisch klingt, aber vielleicht steckt ja tatsächlich etwas dahinter, irgendein echtes Gefühl. »Wie konnte das
nur passieren?«

Warum ist Gina eigentlich ihre Freundin?

»Ich weiß auch nicht. Er hatte hohen Blutdruck und dann der Schlaganfall …«

»In seinem Alter!«, ruft Gina.

»Du meinst: in unserem Alter«, sagt Barbara. »Schlaganfälle kommen auch in unserem Alter vor.« Aber sie glaubt nicht wirklich daran.

»Wann soll ich dich abholen?«, fragt Gina, nun wieder auf ihre normale, spröde Art.

»Halb elf?«

»Okay. Was ziehst du an?«

»Ich weiß nicht. Ich kann mich nicht entscheiden. Irgendetwas … etwas Dunkles eben.«

»Na, davon hast du ja genug!«

Der Friedhof ist sonnendurchflutet, ein warmer Herbsttag, und Barbara schwitzt in ihrem schwarzen Donna-Karan-Kleid, das seit mindestens fünf Jahren mehr oder weniger ungetragen in ihrem Schrank hängt, weil sie darin immer entweder geschwitzt oder gefroren hat. Es liegt an dem Stretchstoff, der zu dick ist, während der Ausschnitt dafür zu tief ist, was Barbara beim Kauf gar nicht einsehen wollte, obwohl Manuel ihr das gleich gesagt hatte. Barbara verlagert ihr Gewicht von links auf rechts, ihre Absätze bohren sich in den frisch geharkten Kies, und durch die dünnen Sohlen spürt sie die scharfen Steinchen wie eine Fußmassage. Sonst leider nichts, gar nichts, keine Trauer, keine Verzweiflung, nichts, außer einem unangenehm nagenden Gefühl im Magen. Etwa zwanzig Gäste stehen in einem lockeren Halbkreis um das offene Grab. Neben ihr weint Gina, was Barbara stört, weil sie Paul viel länger kannte als Gina und trotzdem ausgerechnet jetzt nicht weinen kann, obwohl sie ja nun wirklich Übung darin hat. Sie legt den Arm um Gina und drückt sie leicht an sich. Ginas Blazer fühlt sich sonnenwarm an. Sie riecht nach Shampoo und Schweiß.

Ein Windstoß fährt durch die hohen Kastanien, als der Sarg langsam und mit scheuerndem Geräusch in die Grube gelassen wird. Da begreift Barbara, dass sie Paul nie wiedersehen wird, dass es Paul einfach nicht mehr gibt, und dass man das nicht verstehen kann, und dabei läuft es ihr kalt den Rücken herunter. Das ist er jetzt, der endgültige Abschied, der nicht hätte sein müssen, wenn alles anders verlaufen wäre.

In der Abiturklasse hatte sie ein Techtelmechtel mit Paul und später immer wieder kurze Affären, meistens zwischen zwei Beziehungen, wenn sie sich schlecht fühlte oder in einer Alles-egal-Stimmung war. In solchen Fällen hatte sie sich gern an Paul gewandt, der sie zuverlässig zum Reden, zum Lachen oder ins Bett brachte, mit ihr ins Kino oder auf Partys ging, auf denen sie nicht alleine erscheinen wollte. Und nun ist sie ganz allein, und das vielleicht für den Rest ihres Lebens, wer weiß das schon. Zu ihrem Ärger spürt sie nun doch die Tränen kommen. Diesmal fließen sie aber nicht von selbst, im Gegenteil, diesmal sind sie schwer wie Sirup und würgen sie im Hals.

Sie spürt Ginas Hand auf ihrem Rücken. Aus der leichten Berührung wird allmählich ein Tätscheln, aber das Schluchzen kommt ganz tief aus dem Bauch, und es lässt sich nicht stoppen.

Später treffen sie sich in dem Lokal neben dem Friedhof. Pauls Eltern haben das organisiert, soviel Barbara weiß, wie sie offenbar überhaupt das gesamte Procedere der Beerdigung bestimmt haben. Barbara folgt dem Toilettenschild und findet sich in einem lang gezogenen gespenstisch stillen Raum wieder, unter einer flackernden Neonröhre, vor einer gut drei Meter langen Barriere aus eckigen

Waschbecken. Sie begutachtet sich in der Spiegelfront darüber, und stellt fest, dass ihre Augen weniger geschwollen sind, als sie befürchtet hat. Sie zündet sich verbotenerweise eine Zigarette an, und bläst den Rauch auf ihr verschwimmendes Spiegelbild, lehnt sich an die weiß gekachelte Wand und raucht weiter, bis ihr Rücken so kalt wie die Fliesen ist, tritt dann die Zigarette aus und geht zurück in den Gastraum mit der niedrigen Decke, der nach Bier und fleischlastiger Küche riecht.

Pauls Freunde sitzen alle an einem Tisch. Links davon haben Pauls Eltern an einem kleineren Tisch Platz genommen, nicht allein, sondern mit zwei weiteren Paaren in ihrem Alter, sodass man sich Gott sei Dank um sie nicht kümmern muss, und so will sich Barbara gerade erleichtert neben Alex quetschen, als sie Pilar entdeckt, Pauls Exfreundin, die gerade ihren Mantel vom Kleiderständer neben dem Eingang nimmt. Barbara geht zu ihr hin. »Du gehst schon?«, fragt sie, und Pilar lächelt sie an, als hätte sie sie erwartet, aber man sieht sofort, dass sie geweint hat und es sicher wieder tun wird. Dann gleitet ihr Blick an Barbara vorbei, rechts hinter sie. Barbara dreht sich um.

In einer Ecke neben der Bar lehnt ein blonder Mann, den sie nicht kennt.

Sie hört Pilars Stimme und wendet sich ihr wieder zu. »Ich muss in die Schule, ich habe Hausaufgabenaufsicht«, sagt Pilar mit ihrer schönen dunklen Stimme und mustert Barbara dabei mit einer für sie typischen Dringlichkeit, so, als gebe es ungeheuer wichtige Fragen bezüglich Barbaras Person, die sie jetzt nicht stellen kann, aber die sie dauernd beschäftigen.

»Kann dich niemand vertreten?«, fragt Barbara, denn sie hätte gern mit Pilar geredet, egal über welches Thema, aber Pilar antwortet »Nein, leider nicht«, und das so entschieden, dass Barbara klar wird, dass Pilar gar nicht bleiben *will*, dass Pauls Freunde, intensiver Blick hin oder her, letztlich uninteressant für sie sind.

Und so versucht sie, wenigstens dieses letzte Tür-und-Angel-Gespräch etwas in die Länge zu ziehen.

»Paul war ein Idiot, dass er dich hat gehen lassen«, sagt sie, was definitiv die falsche Äußerung ist, denn sie treibt Pilar die Tränen in die Augen und damit aus dem Lokal, zuvor nimmt Pilar sie jedoch noch fest in die Arme und verspricht ihr flüsternd, sie anzurufen.

»Bitte tu das wirklich.«

»Ganz bestimmt.«

Dann verschwindet sie in einem Schwall frischer Luft, und Barbara setzt sich neben Alex, lächelt Gina zu, die ihr schräg gegenüber sitzt, zwischen zwei Jungs aus Pauls ehemaliger Band, die es vor einem guten Jahrzehnt zu kurzem lokalem Ruhm gebracht und sich anschließend total zerstritten haben, und registriert, dass vor Gina ein bereits halb leeres Glas steht, mit einer klaren Flüssigkeit, die wahrscheinlich nur aussieht wie Wasser.

»Wie geht's dir?«, fragt Alex von der Seite, und sie nimmt ihren Blick von Gina, denn Gina muss selbst wissen, was für sie gut ist.

»Ja. Danke.«

»Du siehst ziemlich blass aus.«

»Es geht schon. Bei mir ist im Moment eine Menge los.« Oder gar nichts, je nachdem, wie man die Dinge betrachtet. Nur klingt »gar nichts« natürlich viel deprimierender als »eine Menge«, weshalb sich Barbara zu letzterer Sprachregelung entschlossen hat. Aber als Alex den Arm um sie legt und fragt, was denn nun wirklich schiefgegangen ist, hätte sie am liebsten wieder mal geweint. Stattdessen sagt sie: »Ich weiß nicht genau«, und merkt im selben Moment, dass das nicht nur stimmt, sondern dass sie es auch plötzlich satthat, über dieses Thema zu reden.

»Es hat eben nicht geklappt«, sagt sie jetzt, und überlegt, ob diese Äußerung nun das endgültige Aus markiert, ob sie es damit hergeredet hat.

»Noch seid ihr ja nicht getrennt«, sagt Alex. »Jedenfalls nicht richtig.«

»Er hat sich seit fünf Tagen nicht gemeldet. Ich habe keine Ahnung, wo er gerade ist und was er macht. Der Job in Qatar war die Gelegenheit, alles hinter sich zu lassen, ohne das böse Wort in den Mund nehmen zu müssen. Ein Geschenk des Himmels. Er ist bestimmt heilfroh.« Sie hört ihre eigenen Worte – sachlich und klar heben sie sich vom dumpfen Stimmengewirr der anderen ab –, und natürlich glaubt sie trotzdem nichts davon, erwartet immer noch Widerspruch, irgendein Zeichen, dass alles gut gehen wird, auch wenn es gerade nicht so aussieht. Alex ist so freundlich, darauf einzugehen, sagt »Das ist ja gar nicht wahr«, und nimmt sogar ihre Hand, was sie nicht nur zu schätzen weiß, sondern beinahe rührend findet, weil er normalerweise so nicht ist. Nicht so körperlich.

»Als Architekt hatte er hier keine Perspektive«, fährt er mit sanfter Stimme fort, Balsam in ihre Ohren zu träufeln, »das hast du selbst gesagt.«

»Du bist ein guter Freund«, sagt Barbara und meint es auch so. »Was würde ich ohne dich machen?«

»Ach, was. Ich sage nur die Wahrheit.«

»Das ist nett.«

»Was ist daran nett?«

»Man hat das Gefühl, man könnte dir alles erzählen. Geht das eigentlich allen Leuten so mit dir?«

»Ich weiß nicht.«

»Ich kenne dich schon so lange, aber manchmal habe ich das Gefühl, ich weiß viel weniger über dich als du über mich.« Barbaras Stimme bekommt einen flirtigen Unterton, wie immer, wenn sie mit Alex zusammen ist. Das ist ein Spiel zwischen ihnen, ein kleiner, müheloser Dialog, der nie abreißt und in dem keiner dem anderen etwas vormachen muss.

»Das kommt dir nur so vor«, sagt Alex und hält noch immer ihre Hand, die ihm Barbara nun so beiläufig wie möglich entzieht.

»Du wunderst dich über gar nichts, stimmt's?«

»Nein. Alles ist möglich.«

»Es hätte nicht Qatar sein müssen. Qatar ist am Ende der Welt.«

»Nicht einmal sechs Flugstunden. Das ist doch kein Problem.«

»Du Optimist.«

»Ich übe noch.« Alex lächelt, Barbara lächelt zurück, fragt: »Und du, Alex, hast du Pauls Seele gesehen?«

»Nicht direkt seine Seele, eine Verschiebung der Luft, wie über heißem Asphalt. Ich denke, er ist glücklich da, wo er jetzt ist.«

»Hör auf.«

»Du wolltest es doch wissen.«

»Ich wollte einen Witz machen. Weil alles so traurig ist.«

»Wovor hast du eigentlich so viel Angst?«

»Meine Ängste sind ein abendfüllendes Thema.«

»Schau mal, da ist schon wieder dieser Mensch von der Polizei.«

»Polizei? Wieso Polizei?«

Alex wendet sich ihr jetzt ganz zu, sichtlich erfreut, dass er offenbar etwas weiß, das sie nicht weiß, und mit jenem Glitzern in den Augen, das meistens einer guten Geschichte vorausgeht, sagt er: »Hat dir das noch keiner erzählt? Paul ist umgebracht worden.«

»Wie bitte?« Irgendetwas Schwarzes scheint in ihr aufzusteigen, sie ganz auszufüllen, selbst den Raum um sie herum zu verdunkeln.

»War er denn noch nicht bei dir?«, hört sie Alex' Stimme von sehr weit weg.

»Wer?«, fragt sie, versucht, den Schwindel abzuschütteln.

»Dieser Mann von der Polizei. Der Blonde an der Bar.«

»Nein. Wer ist das?«

»Er war bei mir. Gestern.«

»Wieso?«

»Sie haben Pauls Leiche obduziert. Deswegen ist die Beerdigung verschoben worden. Und jetzt ermitteln sie.«

»Wieso erfahre ich das erst jetzt?«

»Ich dachte, du wüsstest es schon.«

»Warum hast du nicht angerufen?«

»Ich habe angerufen. Gestern. Du hast nicht zurückgerufen, und dein Handy war aus.«

Tatsächlich sammeln sich auf ihrem Anrufbeantworter eine Reihe von Nachrichten, und darunter ist auch eine von Alex, wie sie sich jetzt dunkel zu erinnern glaubt, aber das ist nicht mehr herauszufinden, denn sie hat gestern Abend alle gelöscht, weil keine von Manuel darunter gewesen ist.

»Erzähl's mir jetzt«, bittet sie.

ALEX

Seit der Jahrtausendwende bewegt sich die Welt in einer Zone des Zwielichts, warnen die Sichtigen vor Kriegen, Anschlägen und Naturkatastrophen, besteht die einzige Rettung vor der endgültigen Vernichtung darin, sich dem spirituellen Weg zu öffnen. Also holt sich Alex von der Jungfrau Maria energetisiertes Wasser aus einer kleinen Quelle im Norden der Stadt, hängt ein Drahtgeflecht in Pyramidenform mit der Spitze nach unten über Obst und Gemüse, um es länger haltbar zu machen, und pendelt täglich sowohl seine Nahrung als auch seine geplanten Aktivitäten aus. Er besucht spirituelle Seminare und lässt sich von einer der Vortragenden zum Heiler ausbilden, obwohl er insgeheim davon überzeugt ist, dass er das, was sie ihm beibringen will, zumindest in den Grundzügen längst beherrscht.

Natürlich halten ihn manche Leute für verrückt.

Er sieht bereits zu vieles, das Nicht-Sichtigen verborgen bleibt, und das macht ihnen Angst, den armen, von Gier und Panik Getriebenen. In der Nacht, bevor der Polizist vor seiner Tür steht, hat er zum Beispiel geträumt, dass Paul ihn um Hilfe rief; Paul stand auf einem Berg, seine Füße füllten einen See, und sein Kopf ragte in die Wolken, und seine Stimme war überall.

Hilf mir.

Am nächsten Morgen erörtert Alex seinen Traum im Bett mit Juliane, einer Suchenden wie ihm, die seit einigen Monaten mit einer gewissen Regelmäßigkeit bei ihm übernachtet, was Alex nicht stört, aber doch manchmal irritiert, weil es ihm so vorkommt, als hätte er selbst kaum etwas mit dieser Entwicklung zu tun, als hätte Juliane alles alleine entschieden.

Als er von seiner nächtlichen Vision berichtet, liegt Juliane seitlich auf dem Kissen und sieht ihn aufmerksam, allerdings mit vor Müdigkeit verquollenen Augen an; aus dieser ungünstigen Perspektive wirkt ihr Gesicht überhaupt ganz schief und formlos, und natürlich ist es ungerecht, beinahe gemein, solchen Äußerlichkeiten irgendeine Bedeutung beizumessen. Aber es nützt nichts, wieder einmal fragt sich Alex, wie diese Beziehung hatte entstehen und so eng werden können, ohne dass er es richtig mitbekommen hat.

»Was glaubst du, hat er damit gemeint?«

»Womit gemeint?«

»Er hat ›Hilf mir‹ gesagt. Das muss doch eine Bedeutung haben.« Ein ungeduldiger, fast schon genervter Unterton hat sich in seine Stimme geschlichen, und das tut ihm sofort, als es ihm bewusst wird, sehr, sehr leid. Seine neue Achtsamkeit für seine Gefühle hat auch anstrengende Aspekte; es ist einfach nicht mehr so ohne Weiteres möglich, aus Bequemlichkeit das, was ist, zu verdrängen. Er fügt eilig und versöhnlich an: »Das beschäftigt mich sehr.«

»Natürlich«, sagt Juliane und versucht, ein verständiges Gesicht zu machen, aber Alex sieht ihr trotzdem an, dass sie diese Fragestellung am frühen Morgen überfordert. Und wieder kommt er sich schlecht vor, denn es lässt sich nicht leugnen, dass ihm diese Begriffsstutzigkeit auf die Nerven geht, und so versucht er, Juliane zuliebe, sich deutlicher auszudrücken. »Ich frage mich einfach, was Paul von mir will. Und warum er es von mir will.«

»Das verstehe ich«, sagt Juliane. Und nun hört Alex aus

der Art und Weise, wie sie es sagt, einen ihm ebenfalls unangenehmen Übereifer heraus, als hätte Juliane seine ver-
steckte Botschaft auf einer tieferen Ebene sehr genau verstanden, und sei nun aus lauter Ergebenheit bestrebt, Wo-
gen zu glätten, die sie gar nicht verursacht hat. Oder ist sie
doch der Grund und nicht nur der Auslöser für seine plötzliche schlechte Laune, ist sie einfach die falsche Frau im falschen Bett und Alex, Achtsamkeit hin oder her, einfach zu
feige, ihr die Wahrheit zu sagen? Er macht die Augen zu,
um für sich zu sein. Will er – *ganz ehrlich* – doch lieber wieder ohne sie sein, und das heißt natürlich: erst einmal ohne
irgendeine Frau? Aber seine Antworten fallen so vage und
widersprüchlich aus, dass er beschließt, die Entscheidung
zu vertagen, und während er das tut, spürt er, wie sich Juliane auf die andere Seite rollt und das Bett verlässt.

Er öffnet ein Auge, und sieht noch ihren kräftigen, gebräunten Rücken ohne Bikinistreifen, weil sie Nacktbade-
strände vorzieht; döst vor sich hin, während er dem beru-
higenden Geräusch der laufenden Dusche lauscht, wacht
auf, als sie ihm einen leichten, nach Zahnpasta riechenden
Kuss auf den Mund gibt, und schläft danach genussvoll
wieder ein, die Erkenntnis mit in neue Träume nehmend,
dass zu Julianes herausragenden Qualitäten ihr Beruf gehört, der sie zwingt, sich morgens um halb acht zu verabschieden und Alex das Bett zu überlassen.

Der Polizist klingelt um halb zehn. Alex vollzieht in aller
Ruhe seine letzte Morgenübung der »Acht Brokate« (die
Ferse heben und den Rücken fallen lassen und hundert
Krankheiten vertreiben), bevor er öffnet, eine Spur miss-
gestimmt, denn er erwartet keinen Besuch, und es ist ihm
wichtig, den Tag entspannt zu beginnen.

Der Polizist steht so dicht vor der Tür, als wollte er
gleich seinen Fuß hereinschieben; er ist ein gutes Stück

größer als Alex und etwa im selben Alter, er trägt Jeans, ein schwarzes T-Shirt und einen verschossen aussehenden schwarzen Blazer. Er zeigt Alex seinen Ausweis und stellt sich als Kriminalkommissar Klaus Kreitmeier vor. Alex, sowohl durch diese ungewöhnliche Häufung von Alliterationen als auch durch die geradezu absurde Ähnlichkeit dieses Auftritts mit einschlägigen Szenen aus entsprechenden TV-Produktionen etwas aus dem Konzept gebracht, bittet den Mann herein, bevor der überhaupt danach gefragt hat, was Alex erst auffällt, als sie schon auf dem Weg in seine Wohnküche sind.

Glücklicherweise ist sie aufgeräumt. Julianes ausgeprägter Ordnungssinn ist, neben ihrem Beruf und ihrer freundlichen, sanften Art, eine weitere Eigenschaft, die eine längere Beziehung in Alex' Augen nun doch wieder möglich macht. Unwillkürlich lächelt er und bietet Kreitmeier geradezu überfreundlich einen Stuhl an.

»Danke«, sagt Kreitmeier und setzt sich linkisch, während Alex ihm gegenüber Platz nimmt.

»Bitte sehr. Was kann ich für Sie tun?«

»Kommen Sie vom Frühsport?«, erkundigt sich Kreitmeier, statt zu antworten, und deutet auf Alex' verblasste Jogginghosen.

»Was wollen Sie eigentlich von mir?«, fragt Alex zurück, jetzt wieder gereizt über die frühe Störung, die seinen Tagesablauf unterbrochen hat, ziemlich hungrig, weil er erst nach seinen Übungen zu frühstücken pflegt, und doch auch angenehm neugierig.

»Sie haben nicht zufällig einen Kaffee?«

Irgendetwas an dieser Szene erinnert Alex an einen dieser skurrilen alten Filme im Buñuel-Stil, die Juliane so gern mag, und für die sich Alex in letzter Zeit auch etwas erwärmt hat, weil sie die Sinnlosigkeit des menschlichen Strebens nach Gütern und Sicherheiten so eindrucksvoll auf den Punkt bringt, die Illusion des Vorankommens, die sich letztlich immer in einer Kreisbewegung erschöpft. Also lehnt er sich zurück, fixiert sein Gegenüber und sagt: »Sie können einen Früchtetee haben. Aber erst, nachdem Sie mir gesagt haben, was Sie hier wollen.«

Statt zu antworten, zieht Kreitmeier einen blauen Notizblock aus der Innentasche seines Blazers, und urplötzlich verlieren Ton und Habitus jede Verbindlichkeit, werden beinahe unhöflich geschäftsmäßig; möglicherweise eine dieser Einschüchterungsstrategien, die man ebenfalls schon oft im Fernsehen gesehen hat. Und tatsächlich kommt auch die entsprechende Frage (»Wie gut kannten Sie Paul Dahl?«), die sich anhört, als hätte Kreitmeier sie schon hundertmal gestellt, aber nie eine befriedigende Antwort darauf bekommen.

»Wie bitte?«

»Paul Dahl«, wiederholt Kreitmeier ungeduldig, seine sonore Stimme schraubt sich eine halbe Tonlage nach oben. Nun klingt er plötzlich viel jünger und unsicherer, und Alex atmet auf, ohne zu wissen, warum. »Er ist letzte Woche – äh – plötzlich verstorben. Das wissen Sie doch sicher.«

»Ja, natürlich.«

»Das Problem an der Sache ist allerdings …«

»Es war kein natürlicher Tod.« Alex sagt das im Ton einer Feststellung; alles fügt sich plötzlich zusammen, Pauls ungewöhnlich früher Tod, Alex' Traum, in dem Paul um Hilfe ruft, dieser Polizist in seiner Küche, das Gefühl, dass alles zusammenhängt und er nur noch nicht – oder nicht mehr – weiß, wie. In einer Welt, die ihrem Untergang entgegenrast, wird ohnehin alles denkbar, auch die absurdesten Entwicklungen, und Alex hat sich gut darauf vorbereitet und deshalb keine Angst vor den kommenden bösen Scherzen rachsüchtiger Geistwesen.

»Nein«, bestätigt Kreitmeier und fasst Alex nun aufmerksamer ins Auge, eine Tatsache, die Alex nicht weiter beunruhigt, schon allein deshalb nicht, weil ihm alles plötzlich so unwirklich vorkommt, als sähe er sich selbst zu. »Erst sah es nach einem Schlaganfall aus, aber der Schlaganfall war nur eine eventuelle Folgeerscheinung.«

»Eine Folgeerscheinung? Wovon?«

»Von einem Schlag auf den Hinterkopf. Man konnte ihn nicht auf den ersten Blick sehen. Das Opfer hat sehr dichtes Haar, und die Blutung fiel gering aus.«

»Dann gab es also den Schlaganfall gar nicht.«

»Doch, wie gesagt, eventuell als Folgeerscheinung. An der Verletzung allein wäre er nicht gestorben. Wie das alles zusammenhängt, da müssen Sie einen Mediziner befragen.«

»Niemand hat mir etwas davon gesagt.«

»Ja, wir haben die Familie gebeten, Stillschweigen zu bewahren. Im Interesse der Ermittlungen. «

»Vielleicht kann ich Ihnen helfen.«

Kreitmeier sieht ihn beinahe erfreut an. Er hat dichtes dunkelblondes Haar von beneidenswerter Qualität, dafür hat Alex mittlerweile ein gutes Auge entwickelt. Er weiß natürlich auch, woher dieses plötzliche Interesse für die Frisuren anderer Männer kommt. Das hat etwas mit seiner eigenen Haarpracht zu tun, die sich in den letzten paar Jahren derartig schnell reduzierte, dass nicht einmal energetisiertes Wasser aus heiligen Quellen den rasanten Schwund aufhalten konnte.

»Wie meinen Sie das?«, fragt Kreitmeier mitten hinein in Alex' düstere Gedanken über schwindende Manneskraft, das schütteres Haar seiner Überzeugung nach symbolisiert, und zwar ganz egal, wie oft ihm Juliane auf ihre liebe Art versichert, dass sie Männer mit Glatze erotisch finde.

»Was?«, fragt er unfreundlich zurück. Er riecht plötzlich sich selbst, seinen eigenen Schweiß, und das irritiert ihn noch mehr.

»Sie haben gesagt, Sie könnten mir helfen. Wie? Wissen Sie irgendetwas?«

»Das kommt darauf an. Ich muss mich erst mit der Situation auseinandersetzen. Sie *erfühlen*, falls Sie verstehen, was ich meine.« Dann hätte Alex beinahe laut herausgelacht angesichts Kreitmeiers verständnisloser Miene, und schließlich fügt er hinzu, einfach nur so, weil Kreitmeier dermaßen komisch aussieht in seiner Ratlosigkeit: »Ich kann Dinge *sehen*, verstehen Sie? Hinweise *erfühlen*, die Ihnen vielleicht weiterhelfen.«

Kreitmeier macht seinen Mund wieder zu. Er bemüht sich um einen strengen, offiziellen Gesichtsausdruck, der vermutlich besagen soll, dass es sich bei dieser Unterhaltung mitnichten um ein witziges Geplänkel handelt. Dann sagt er, die Stimme nun wieder tief und sonor: »Wann haben Sie Herrn Dahl zum letzten Mal gesehen?«

»Gestern Nacht. In einem Traum.«

»Soll das komisch sein?«

»Nein. Es ist einfach die Wahrheit. Ich habe von ihm geträumt, und er hat um Hilfe gerufen.«

»Aha.«

»Das können Sie nun glauben oder nicht.«

»Hören Sie mal, Herr Zettritz ...«

»Czettritz. C und z ...«

»Danke für den Hinweis, Herr *Tschettritz*. Also, um das hier zu Ende zu bringen, es ist mir egal, von wem Sie geträumt haben. Ich möchte lediglich wissen, wann Sie Herrn Dahl zum letzten Mal gesehen haben. Ich meine, *getroffen* haben. In der *Realität*.«

Alex erkennt, dass er den Bogen überspannt hat. Das passiert ihm nicht zum ersten Mal, und mit zunehmendem

Alter beginnt es, ihm etwas auszumachen. Dass sich sein Verständnis von Humor mit dem überwiegenden Rest der Welt nicht deckt, zum Beispiel, oder dass selbst intelligente, vordergründig selbstständige Frauen, einschließlich Juliane, immer nur das eine wollen, nämlich Sicherheit und Kontinuität, als hätte sie ein riesiger Computer auf diese beiden Begriffe programmiert, um nicht zu sagen: reduziert. Oder dass alle Menschen, die er kennt, immer wieder dieselben Fehler machen, ohne je dazuzulernen, oder dass die Welt beherrscht wird von skrupellosen Konzernen, schwerfälligen internationalen Organisationen und korrupten Partei-Apparaten, statt von Liebe, Vernunft und spiritueller Weitsichtigkeit. Und nicht zuletzt, dass ein beschränkter Mensch wie dieser Kreitmeier in der Lage ist, Alex' Kooperation zu erzwingen, einfach, indem er einen Teil von Alex' kostbarer Lebenszeit mit Beschlag belegt.

Da es nichts gibt, was er dagegen tun kann, beschließt er widerwillig, zu kooperieren.

»In der Realität«, wiederholt er langsam, während Kreitmeier seinen silberfarbenen Kugelschreiber hektisch zwischen Daumen und Zeigefinger hin und her dreht, anstatt mitzuschreiben. »In der Realität habe ich Paul zum letzten Mal bei einem Abendessen gesehen. Das ist ungefähr zwei Wochen her, ich glaube, es war an einem Freitag. Ja, es war bestimmt an einem Freitag, denn ich musste mich schon um elf verabschieden, weil ich am nächsten Tag einen frühen Seminartermin hatte. Also der Freitag vor zwei Wochen. Ein Abendessen bei Freunden, Barbara Fleiss und Manuel Bentzinger. Das war das letzte Mal.« Er lehnt sich zufrieden zurück und verschränkt die Arme, denn mehr gibt es zum Thema Paul, was ihn betrifft, nicht zu sagen. Ein üppiges Frühstück rückt nun in greifbare Nähe, natürlich nur, wenn er Kreitmeier zufriedengestellt hat, und bislang sieht es ganz so aus, denn Kreitmeier hat seinen Stuhl an den Esstisch gerückt und schreibt nun doch in einer kindlich aussehenden Krakelschrift das ein oder andere Stichwort mit. Dann sieht er auf, direkt in Alex' Augen. »Haben Sie ihn gut gekannt?«

»Über gemeinsame Bekannte.«

»Wie kommt es dann, dass Ihre Telefonnummer die letzte war, die er angerufen hat?«

»Das kann nicht sein. Er hat mich in seinem ganzen Leben vielleicht dreimal angerufen. Und umgekehrt.«

»Ja, das ist schon möglich, aber warum, glauben Sie, sind Sie der Zweite, den ich befrage? Weil er kurz vor seinem Tod Ihre Festnetznummer gewählt hat. Das ist so, daran besteht überhaupt kein Zweifel.«

»Daran kann ich mich aber nicht erinnern.«

»Es war ein kurzes Gespräch, kaum eine Minute lang. Hat er Ihnen vielleicht auf den Anrufbeantworter gesprochen?«

»Keine Ahnung. Ich kann mich jedenfalls nicht daran erinnern, wie gesagt. Wenn das alles war, was Sie wissen wollten …«, und Alex macht Miene, aufzustehen, aber Kreitmeier lässt sich davon überhaupt nicht beeindrucken.

»Noch nicht ganz«, sagt er widerspenstig wie ein Kind, »wir müssen noch die Sache mit dem Anruf klären.«

»Es gibt nichts zu klären. Ich weiß nichts von diesem Anruf.«

Kreitmeier kratzt sich mit dem stumpfen Ende seines Kugelschreibers ausgiebig am Hinterkopf. Eine geistesabwesende Bewegung, aus der man schließen kann, wie angestrengt es in ihm arbeitet. Man sieht die Gedanken in Wellen kommen und gehen, und es wird sehr still in der Küche, so still, dass man das sanfte, stetige Brummen des Verkehrs fünf Stockwerke unter ihnen hört. Der Kühlschrank macht ein schnaufendes Geräusch, und Alex gleitet in eine seltsame, beinahe meditative Stimmung. Er kann fühlen, wie sich sein Ärger in nichts auflöst und sogar sein Hunger verschwindet, er befindet sich nun ganz im Jetzt, wünscht nichts, fordert nichts, registriert einfach nur, was ist, nämlich dass Kreitmeier sich vorgebeugt hat, sein Notizblock auf dem Tisch liegt, der Stift darüberschwebt. Er wirkt wieder wach und präsent. Sorgfältig formuliert er seine nächste Frage.

»Was für ein Mensch war Paul Dahl? Wie haben Sie ihn erlebt. Sie sagen«, fährt er fort, Alex' Einwand vorwegnehmend, »Sie haben ihn nicht besonders gut gekannt. Aber Sie haben sich doch sicher eine Meinung über ihn gebildet. Leute wie Sie bilden sich doch ständig Meinungen über irgendetwas.«

»Leute wie ich?«, fragt Alex zurück und lächelt, aber Kreitmeier lässt sich nicht aus der Fassung bringen, sagt: »Ich will einfach nur Ihre Meinung hören«, und fährt trocken fort: »Dann gehe ich und lasse Sie in Ruhe ihren Frühsport machen, oder was immer Sie gerade tun wollen.«

»Da bin ich ja neugierig.«

»Das verspreche ich Ihnen. Nur noch diese Einschätzung, dann bin ich weg.«

Überraschenderweise fühlt sich Alex mit einem Mal überredet, was sicher auch daran liegt, dass er solche Fragen ja wirklich mag, und so denkt er ernsthaft über Pauls Charakter nach, während Kreitmeier ihn unverwandt mustert, was Alex früher einmal etwas ausgemacht hätte. Als Kind war er so daran gewöhnt gewesen, missbilligend betrachtet zu werden, dass ihm auch noch als Erwachsener jeder Blick wie ein potenzieller Angriff erscheint, und er sich erst seit ein paar Jahren immunisiert fühlt gegen jede Form von Kritik, sie richtig einordnen kann als

31

subjektive Form des Unbehagens, das nichts mit ihm, sondern nur mit dem spirituellen Status quo seines Gegenübers zu tun hat. Er lässt alles an sich abfließen, das dazu geeignet ist, ihn zu verletzen oder zu verwirren.

»Ich denke, er war durcheinander«, antwortet er nach reiflicher Überlegung, während Kreitmeier ihn weiterhin ansieht, als wartete er auf mehr, aber da wartet er vergeblich, denn Alex hat nun einmal die besten Erfahrungen damit gemacht, sich jedes Wort aus der Nase ziehen zu lassen. Große Informationsbrocken überfüttern die meisten Menschen, während übersichtliche Häppchen ihren Appetit wecken.

»Wie, durcheinander?«, fragt Kreitmeier, als von Alex noch immer nichts weiter kommt, aber Alex wirft in aller Gemütsruhe einen Blick auf die Küchenuhr über der Spüle, die zehn Uhr zeigt, was besagt, dass Kreitmeier bereits seit einer halben Stunde hier ist. Aber mittlerweile findet Alex seine Anwesenheit überhaupt nicht mehr störend, sondern sogar angenehm, und während die Sonne ihren ersten schmalen hellen Streifen in die Küche schickt, fällt er in einen leicht dozierenden Ton, sagt: »Wie ein Mensch, der nicht weiß, wo er hinwill. Oder sagen wir es anders: Wie ein Mensch, der Wünsche hat, die seinen anderen Wünschen im Weg stehen.«

»Aha«, sagt Kreitmeier.

»Es ist ganz einfach«, sagt Alex, nun in seinem Element, »stellen Sie sich vor, Sie lieben eine Frau, die darauf besteht, Sie zu heiraten, und diese Frau droht damit, Sie zu verlassen, wenn Sie ihr nicht den Willen tun. Und nun wollen Sie einerseits auf keinen Fall von dieser Frau verlassen werden, andererseits wollen Sie sie aber auch auf keinen Fall heiraten.«

»Aha.«

»Paul wollte Dinge, die sich nicht vereinbaren lassen.«

»Welche Dinge?«, fragt Kreitmeier.

»Eine schöne, intelligente, sinnliche Frau, die hundertprozentig treu ist, und kein Problem damit hat, dass er jeden zweiten Abend ausgeht, während sie zu Hause sitzt und auf ihn wartet. Natürlich ist sie charmant, witzig, hochgebildet, sehr erfolgreich, eine fantastische Köchin und völlig fixiert auf ihn, aber dabei nie lästig.«

»Ich verstehe«, sagt Kreitmeier, während sich ein Lächeln über sein Gesicht ausbreitet, und schon zwei Minuten später hat er sich verabschiedet.

KLAUS

Als Klaus ein Kleinkind war, trennten sich seine Eltern, weil sein Vater eine neue Frau kennengelernt hatte. Nach der sehr hässlichen Scheidung zog seine Mutter mit ihm in eine andere Stadt und begann, als Sekretärin in einer großen Wäschefirma zu arbeiten, erst in einem Pool mit dreißig Kolleginnen, einige Jahre später als Assistentin des Geschäftsführers. Seine Mutter war sehr hübsch und trug, sozusagen von Berufs wegen, und weil sie sie zum Sonderpreis bekam, gern reizvolle, schwarze Dessous, was unangenehm für ihren Sohn war, denn sie hatte die Angewohnheit, ihre BHs und Slips nach dem Waschen im gemeinsamen Bad aufzuhängen. Weshalb es Klaus vermied, Schulfreunde mit nach Hause zu bringen, und wenn es doch einmal vorkam, rannte er als Erstes ins Bad, riss die Teile rasch von der Leine und ließ sie im Wäschekorb verschwinden. Das war eine so unmännliche und überflüssige Tätigkeit gewesen, dass ihn die Erinnerung daran heute noch mit Zorn erfüllt, so, wie es ihm heute noch unangenehm ist, wenn seine Freundinnen mit Tüll besetzte Tangas oder schwarze Spitzen-BHs tragen, weil es ihm dann immer so vorkommt, als müsste er mit seiner Mutter ins Bett gehen.

In der Nacht vor der Obduktion von Paul Dahls Leiche träumte Klaus von einer Frau in roter Wäsche, die vor ihm kniete und ihn mit dem Mund befriedigte. Sehr gut war daran, dass sie keine dunklen Locken wie seine Mutter hatte, sondern blonde glatte Haare, also sah Klaus wohlgefällig auf sie herunter, während die Erregung in ihm wuchs und wuchs und schließlich seinen ganzen Körper wie ein machtvolles Vibrieren ausfüllte. Ihr Gesicht war aus dieser Perspektive schlecht zu erkennen – er wollte auch gar nicht wissen, wer sie war und ob er sie kannte –, aber ihre Augenbrauen sahen aus wie gemalt; zwei hohe, runde, ganz schmal gezupfte Bögen. Er starrte auf diese beiden Halbkreise und hörte sich selbst stöhnen, noch nie, dachte er, war er dermaßen geil, gleichzeitig wusste etwas in ihm, dass er träumte, und er versuchte verzweifelt, nicht ausgerechnet jetzt aufzuwachen, aber dann wachte er doch auf, fand sich bäuchlings auf seinem Bett in seiner gerade erst bezogenen Wohnung, in der noch die Umzugskartons herumstanden. Kaltes Tageslicht durchflutete das ungemütliche Zimmer, und er schaffte es nicht zu kommen.

Die Leiche befindet sich, abgedeckt auf einer Rollbahre, im Autopsiesaal, in der hintersten Ecke neben dem Instrumentenschrank, als wäre sie da vergessen worden. Klaus hebt einen Zipfel des Lakens hoch und erkennt gerade eben das Gesicht des Toten. Das reicht dann auch, mehr muss er im Moment nicht sehen, und er nickt dem Angestellten zu, der den Wagen eilfertig wieder in die Kühlkammer schiebt. Klaus verweilt eine halbe Minute allein in dem hohen, hell ausgeleuchteten, fensterlosen Raum, registriert die vergilbten Kacheln an den Wänden, die vier in Reih und Glied stehenden dunkelgrauen Obduktionswannen, die jetzt sauber geschrubbt und leer sind, dann kommt ein Pathologe aus der Kühlkammer heraus, fragt Klaus, ob noch etwas sei, und Klaus schüttelt den Kopf und fragt seinerseits, ob er den Chef sprechen könne, woraufhin der Pathologe ihn darüber informiert, dass Graf wahrscheinlich in seinem Büro sei. »Er ist heute superschlecht gelaunt«, fügt er warnend hinzu, und gemeinsam begeben sie sich zum Lift, der aussieht wie ein riesiger Safe, und der Pathologe langt mit einer für ihn typischen automatisierten Bewegung in seine Hosentasche, wo der Schlüssel für den Safe körperwarm verwahrt ist und schließt die schwere metallene Lifttür auf.

Im ersten Stock muss Klaus aussteigen und verabschiedet sich.

Graf ist ein gedrungener Mann Mitte fünfzig mit einer wie abgezirkelt wirkenden Glatze. An den Seiten und am unteren Hinterkopf wächst das kurze graue Haar dicht und voll, und manchmal fährt Klaus' Blick an dieser scharfen Haarlinie entlang, als müsste er sie aus dem Gedächtnis zeichnen. Grafs Büro ist relativ groß und sieht aus, wie sich Klaus die Bibliothek eines verrückten Genies vorstellt; überall, in den Regalen, die alle Wände bedecken, auf Stühlen, Tischchen und der Fensterbank stapeln sich Bücher, und nicht nur solche, die sich mit forensischer Medizin befassen, sondern auch Brockhaus-Lexika, Bildbände über exotische Länder und riesige Folianten mit unleserlicher Schrift, die aussehen, als würden sie auseinanderfallen, wenn man sie anfasst. Also mutmaßen Klaus und seine Kollegen, dass Graf zu den Männern gehört, die am liebsten ihre gesamte Freizeit am Arbeitsplatz verbringen, ein Verdacht, der sich schon deshalb aufdrängt, weil nicht einmal bekannt ist, ob Graf verheiratet ist. Einen Ehering trägt er jedenfalls nicht.

»Sie hätten mich auch anrufen können«, sagt Graf mit heiserer, brüchiger Stimme. Seine braunen Augen sind umschattet, die Partie um Mund und Nase sieht ungesund gerötet aus, und er ist schlecht rasiert. Aber Klaus fragt ihn nicht, ob er eine lange Nacht hinter sich habe, niemand würde Graf so etwas fragen, das gehört sich einfach nicht, stattdessen lehnt er sich zurück und registriert mit einem gewissermaßen heimeligen Behagen das Geruchsgemisch nach staubigem Papier und altem Zigarettenrauch. Grafs Büro gehört zu den wenigen öffentlichen Räumen, in denen noch nach Herzenslust gequalmt werden darf, was natürlich daran liegt, dass Graf selbst diesem Laster frönt und es sich nie von jemandem verbieten lassen würde.

»Ich bin immer gerne vor Ort«, sagt Klaus und zündet sich eine Marlboro an. Er zählt zu den Leuten, die Graf mit seiner muffigen Art nicht einschüchtern kann; es kommt ihm im Gegenteil sogar logisch vor, dass Graf häufig in miserabler Stimmung ist. Immerhin beschäftigt er sich täglich mit dem Tod, und wer das so tut wie Graf, kann sich keinen Illusionen über das Gute im Menschen hingeben, genauso wenig wie Klaus übrigens, denn jede Leiche, die Graf zu untersuchen, jeder Tod, dessen Umstände Klaus zu ermitteln hat, ist ja naturgemäß verdächtig, manche der Toten sind in einem schrecklichen Zustand, weil sie erst nach Wochen oder Monaten gefunden werden, sie sehen aus wie Abfall und stinken wie Gift, und dahinter steckt immer etwas noch viel Hässlicheres als der ohnehin schon unappetitliche äußere Anschein. Und so fühlt sich Klaus mit Graf auf gewisse Weise verbunden, scheint er ihm wie ein Bruder im Geiste, trotz des Altersunterschieds von mindestens zwanzig Jahren, und obwohl Graf diese freundlichen Gefühle keineswegs zu teilen scheint.

»Was ist mit Paul Dahl?«, fragt Klaus.

»Ich habe Ihnen längst eine E-Mail geschickt, Kreitmeier. Haben Sie sonst nichts zu tun?«

»Sie meinen, weil ich hier bei Ihnen herumhänge und mich dumm anreden lasse?« Klaus grinst, Graf nicht, stattdessen wühlt er in einem Papierhaufen, und zieht schließlich ein paar zusammengeheftete Blätter heraus, die er Klaus hinhält. »Wahrscheinlich sind Sie Masochist«, brummt er und fügt hinzu: »Oder Sie haben mehr Angst vor Ihrem Schreibtisch als vor mir«. Worauf Klaus »Letzteres« sagt und dann das ausgedruckte Schreiben überfliegt, in dem es um Paul Dahl geht und um ein subdurales Hämatom am Hinterkopf, das auf eine Schlagverletzung zurückzuführen sei. »Ist er daran gestorben?«, fragte er.

»Steht alles im Bericht.«

»Aber wir sitzen ja jetzt hier. Wir können reden. Sie und ich.«

Graf sieht ihn voller Widerwillen an und fügt sich dann doch. »Der Schlaganfall ist davor oder danach eingetreten, das lässt sich nicht mehr feststellen. Daran ist er gestorben. Die Verletzung war nur marginal. Hätte maximal eine Gehirnerschütterung ergeben.«

»Der Schlaganfall passierte aufgrund der Verletzung?«

»Das ist nicht sicher.«

»Also wäre er auf jeden Fall gestorben.«

»Das stimmt so nun auch wieder nicht, selbst wenn wir letztlich davon ausgehen. Er hätte gerettet werden können, wenn jemand bei ihm gewesen wäre, oder wenn er selbst in der Lage gewesen wäre, den Notarzt zu alarmieren. Aber der Schlag hat ihn möglicherweise betäubt.«

»Irgendwelche Splitter in der Wunde? Weitere Hämatome? Fremde Haut unter den Fingernägeln? Was ist mit dem Mageninhalt?«

»Keine Vergiftungsanzeichen. Holzsplitter, ja, außerdem Lackreste. Ich schätze, es handelt sich um einen Hockeyschläger. Sportgeräte werden ja heutzutage gern genommen. Vielleicht auch einen Stuhl. Natürlich könnte er auch beim Sturz gegen eine Tischkante geschlagen sein.«

»Nein. Wir haben Tisch und alle Möbel untersucht. Kein Blut, auch keines, das nachträglich abgewischt wurde. Nirgendwo in der Wohnung.«

»Dann wird ein Delikt wahrscheinlicher.«

»Heimtücke?«

»Das müssen Sie ermitteln.«

»Sicher.«

»War's das? Ich habe zu tun.«

»Frisches Fleisch?«

Graf fixiert ihn mit seinen schwerlidrigen Augen, einerseits penetrant, andererseits so, als würde er gleich einschlafen. Das ist ganz offensichtlich ein perfides Täuschungsmanöver, denn Menschen wie Graf schlafen nicht, das weiß jeder. Man kann ihn sich ja nicht einmal in einem Bett vorstellen, nackt oder im Schlafanzug, also ohne sein ewig gleiches Tweedjackett, seine aschefleckigen Bundfaltenhosen, seine grauen, ausgeleierten Wollpullover.

»Wenn Sie das was angeht, erfahren Sie es noch früh genug.«

Als Klaus das Institut für Rechtsmedizin verlässt, ist es elf Uhr morgens; ein heftiger Windstoß lässt die abgefallenen Blätter tanzen, Vorboten des Herbstes, der jetzt vielleicht doch endlich mit Macht kommt, die sonnigen Tage vertreibt und auf die dunkle Jahreszeit einstimmt. Fest steht zumindest, dass am kommenden Wochenende die Uhren wieder umgestellt werden, für Klaus, der den Winter hasst, ein hochsymbolischer Akt infamer staatlicher Willkür.

Er geht ein paar lustlose, unschlüssige Schritte in Richtung seines Wagens. Graf hat vollkommen recht mit seiner Vermutung, er fürchte sich vor seinem Schreibtisch. Es war nicht nur der Schreibtisch, sondern das ganze Dezernat 11, die Mordkommission in ihrer unendlichen Schäbigkeit, mit ihren engen, gewundenen Gängen, den mit grünlich glänzender Schutzfarbe angestrichenen Wänden, den vergilbten Plakaten mit Eselsohren gegen Drogen-

und Kindesmissbrauch und den altersschwachen Computern, die dauernd abstürzen. Und die Stadt, in ständiger Panik vor dem nächsten Haushaltsloch kürzt eifrig Mittel, spart Angestellte ein, bewilligt notwendiges Material nicht und legt Umbaumaßnahmen auf Eis.

Hinter sich hört er eine weibliche Stimme, die hoch und jung klingt. Er dreht sich um und sieht eine Frau in einem langen braunen Mantel auf sich zukommen, schlank, dunkle Haare, dunkle Augen und sehr weiße Zähne, ein gutes Stück kleiner als er. Und es durchfährt Klaus, als sie relativ dicht vor ihm stehen bleibt, zu ihm hoch lächelt, dabei aber unendlich traurig aussieht.

»Entschuldigung«, sagt sie. »Aber ich habe Sie gerade aus diesem Gebäude herauskommen sehen, und ich muss da hinein.«

»Worum geht's denn, was suchen Sie denn?«, fragt Klaus, aber natürlich kann er es sich schon denken und wappnet sich für das, was jetzt kommen muss.

»Arbeiten Sie hier?«, erkundigt sich die Frau, statt zu antworten.

»Nicht direkt.«

»Und das heißt?«

Ihre braunen Augen haben etwas Hypnotisches, bringen Klaus dazu, sich gleich mit Namen und Berufsbezeichnung vorzustellen, obwohl er das normalerweise gern hinauszögert, aus gutem Grund, wie er weiß. Zu spät, schon erkennt er, wie sich ihre Augen verengen, ihre Gesichtszüge unmerklich härter werden, und bevor sich ihre Vorurteile verfestigen können, fragt er sie ihrerseits nach ihrem Namen.

»Pilar Ansari«, sagt sie hastig und beiläufig, aber er bleibt dran, lässt ihr keine Zeit zum Nachdenken, wiederholt seine Frage: »Was suchen Sie denn hier?«

»Paul Dahl«, sagt die Frau sofort, und er merkt im sel-

40

ben Moment, wie egal er ihr ist, wie sehr sie fixiert ist auf ihr Ziel, so sehr, dass sie vielleicht sogar den Kriminalkommissar schon wieder vergessen hat; ihre Stimme klingt jetzt atemlos, als würde sie mit den Tränen kämpfen, aber ihr Blick ist fest auf sein Gesicht gerichtet: »Er wird hier drin untersucht, das weiß ich, und ich möchte ihn gern sehen.«

»Das geht leider nicht«, sagt Klaus, »und in seinem jetzigen Zustand würden Sie das auch nicht wollen.« Das ist alles andere als eine Floskel; Paul Dahls Schädel wurde kreisförmig aufgesägt, und anschließend wurde die Knochenschale abgenommen, um sein Gehirn entnehmen und ausführlich untersuchen zu können. Das bedeutet, dass nur der Kopf unterhalb der Stirn einigermaßen intakt geblieben ist, und dass seine inneren Organe sich vermutlich noch nicht wieder in seinem Körper befinden, sondern in mehreren verschlossenen Schalen, und Klaus weiß, wie das auf Hinterbliebene wirkt, die einen unversehrten Körper erwarten und nicht die menschliche Entsprechung zu einem ausgenommenen Suppenhuhn.

»Es muss aber sein«, sagt die Frau entschieden und sichtlich taub für seine Einwände.

Klaus schüttelt den Kopf. »Warten Sie, bis er zur Beerdigung freigegeben wird. Das dauert nicht mehr lange. Die Obduktion ist bereits erfolgt.« Er überlegt fieberhaft, wie es jetzt weitergehen kann, er darf sie auf keinen Fall einfach so gehen lassen und hat dann die Idee, die Frau auf einen Kaffee einzuladen, ganz unverbindlich, in einer freundlichen, nicht amtlichen Atmosphäre, weil er ja ohnehin mit ihr sprechen muss. Pilar Ansari ist diejenige, die den Hausarzt verständigt hat, nachdem sie Paul leblos in seiner Wohnung aufgefunden hat. Also sagt er: »Ich kenne ein sehr hübsches Café«, zögernd, weil das ja nicht gerade die übliche Vorgehensweise ist, und das scheint die Frau zu spüren, seine Unsicherheit, denn sie knallt ihm ein freches »Na und?« an den Kopf, und das so ungeduldig und wegwerfend, dass er beinahe gelacht hätte, obwohl diese Reaktion ja nicht gerade für seine Autorität und Überzeugungskraft spricht, aber dann denkt er, Augen zu und durch und sagt: »Wir könnten uns dort unterhalten, ich muss sowieso mit Ihnen sprechen.«

»Erst will ich …«

»Auf keinen Fall.« Und das kommt schon mit sehr viel mehr Nachdruck, denn nun fühlt er sich wieder auf vertrautem Terrain, der Umgang mit weinenden oder tobenden Hinterbliebenen, die sich nicht abfinden wollen, unmögliche Forderungen stellen, vergebliche Hoffnungen schüren, immer noch glauben, dass alles nur ein Irrtum sei, dass der Tote gar nicht wirklich tot sei, dass es sich doch um jemanden anderen handele. Solche Menschen muss man vor sich selbst schützen, vor dem Schock, der sie erwarten würde und der sie noch jahrelang nachts aus dem Schlaf schrecken lassen würde, das muss niemand freiwillig aushalten, außer es geht um eine Identifizierung des Opfers, und die ist in diesem Fall nicht notwendig. Paul Dahl ist längst identifiziert, es gibt nicht den geringsten Zweifel, wer er war, und so wiederholt er: »Sie können die Leiche nicht sehen, es tut mir leid«, und er sagt absichtlich Leiche und nicht »der Verstorbene« oder etwas ähnlich Geschöntes, weil er will, dass sie aufwacht, weil es den Mann namens Paul Dahl nicht mehr gibt, weil das, was in der Rechtsmedizin liegt, ein toter Körper ist und mehr nicht.

»Sie verstehen das nicht«, sagt sie mit genau derselben Hartnäckigkeit wie vorhin, als ginge es ihr nur darum, ihren Willen durchzusetzen. »Ich muss mich von ihm verabschieden«, fügt sie hinzu. Was für ein Klischee, schließlich hat sie, soviel er weiß, den Toten gefunden, aber er will jetzt nicht mit ihr diskutieren, und genauso wenig will er sie offiziell vorladen, wozu er das Recht hat, denn schließlich ist sie eine Zeugin. Aber etwas hält ihn davon ab, den normalen Dienstweg einzuschlagen, irgendwie bildet er sich ein, sie erst einmal für sich gewinnen zu müssen, bevor er sie mit seinem Verdacht konfrontiert. Er sieht schon, dass es nicht einfach werden wird. Sie gehört ganz sicher nicht zu den Menschen, die gern und freiwillig mit Behörden zusammenarbeiten, dafür hat er mittlerweile einen Blick. Aber an diesem Fall ist einiges oberfaul, und sie muss sich damit früher oder später auseinandersetzen, ob es ihr passt oder nicht.

Außerdem fühlt er sich dieses Mal direkt persönlich verpflichtet, die Sache aufzuklären, allein schon wegen seines nagenden Schuldgefühls. Er hätte ja, verdammt noch mal, die Gelegenheit gehabt, einzugreifen. Was sie nicht wissen kann. Was auch seine Kollegen nicht wissen.

Und wenn dann noch ein Arzt erst den Totenschein mit der Diagnose Schlaganfall unterschreibt, und sich dann Tage später bei der Polizei meldet, mit der Begründung, er sei sich bezüglich der Todesursache plötzlich nicht mehr sicher, dann muss diesem ungewöhnlichen Umstand nachgegangen werden. Immerhin mussten die Kollegen vom Dezernat für Todesermittlung daraufhin die Leiche bei dem erstaunten Bestattungsunternehmer inspizieren, während sich die Spurensicherung nach Entdeckung der kaum sichtbaren Kopfwunde sofort Paul Dahls Wohnung vorgenommen hat, was ein fast aussichtsloses Unterfangen war, nachdem bereits der Arzt, Pilar Ansari, Pauls Eltern und die Angestellten des Bestattungsunternehmens durch ihre pure Anwesenheit sämtliche Spuren vernichtet haben dürften. Klar bleibt: Jemand hatte die Wunde an Paul Dahls Schädel gesäubert und das Haar darüber sorgfältig von Blutresten befreit. Eine höchst dubiose Aktion, deren Hintergründe jetzt zu ermitteln sind.

»Lassen Sie uns einen Kaffee trinken gehen, dann können wir uns unterhalten«, sagt Klaus, und hofft, dass er sich irrt, dass sie wider Erwarten keine Schwierigkeiten macht, aber ihre Antwort kommt prompt und mit einem Gesicht, als fände sie diesen Vorschlag angesichts der Umstände völlig absurd.

»Gehen Sie allein und trinken Sie einen für mich mit.«

»Ich glaube, Sie haben mich nicht verstanden.«

»Ich habe Sie ganz gut verstanden.«

»Wir können auch bei Ihnen reden. Oder wo Sie wollen.«

»Ich habe keine Zeit.« Sie weicht zurück, und jetzt ist etwas wie Angst in ihren Augen, als sei er ein mutmaßlicher Sittenstrolch. Da bleibt ihm natürlich nichts anderes übrig, als in die Amtssprache zu verfallen, sie darauf hinzuweisen, dass sie eine Zeugin sei, und damit auskunftspflichtig, und natürlich verschwindet darauf ihr Lächeln, als sei es nie da gewesen, bekommt ihr Blick etwas Verächtliches, das Klaus nicht kaltlässt, obwohl er weiß, dass er darüberstehen müsste. Schließlich hat er nichts anderes erwartet, und es passiert ihm ja nicht zum ersten, sondern mindestens zum hundertsten Mal. »Jetzt werden also andere Töne angeschlagen«, sagt Pilar Ansari, und ihre Stimme hat sich verändert. Aber es hilft ja nichts, da muss Klaus jetzt durch, und so sagt er: »Sie wollen doch sicher auch, dass dieser Fall geklärt wird.« Und obwohl ihm, während er diese blödsinnige Phrase drischt, seine eigene Stimme kalt und hässlich in den Ohren klingt, er sich in der Defensive fühlt, obwohl doch eigentlich er der Angreifer zu sein hat, gibt die Frau überraschend nach und sagt: »Also gut.« Nun kommt sogar das Lächeln wieder zurück, erhellt ihr eben noch finsteres Gesicht auf beinahe magische Weise. Nicht nur das, selbst die unmittelbare Umgebung wirkt lichter, strahlender und heiterer, und Klaus hätte beinahe Pilar Ansaris Arm genommen und eine Vernehmung in ein Rendezvous verwandelt.

»Vielleicht doch einen Kaffee?«, fragt er stattdessen und lächelt seinerseits, freundlich, aber zurückhaltend, wie er hofft, denn natürlich darf sie nicht merken, wie sie auf ihn wirkt; solche Situationen, beziehungsweise deren fatale Folgen, haben schon Kollegen in Teufels Küche und anschließend zu Versetzungen in die finsterste Provinz geführt. Er gedenkt nicht, in diese Falle zu stolpern.

»Warum nicht«, sagt sie währenddessen, freundlich, als hätte sie nie etwas dagegen gehabt, als hätte er sich ihre ablehnende Haltung von A bis Z eingebildet. Als sie zusammen losgehen, hofft er unwillkürlich, dass ihn jetzt jemand sieht, ein Kollege oder ein Bekannter, egal wer, Hauptsache irgendjemand bekommt mit, wie Klaus Kreitmeier mit einer unglaublichen Frau in einem wehenden Mantel eine Straße hinuntergeht, als gehöre sie zu ihm. Das Café, das Klaus ansteuert, ist tagsüber relativ leer und abends ein lautes Lokal mit sehr jungem Publikum. Es liegt an einer verkehrsreichen Kreuzung und ist zur Straßenseite hin verglast. Klaus mag die lockere Atmosphäre, in der er sich jünger fühlt, als er ist, und berührt leicht Pilar Ansaris Ellbogen, als sie über die Straße gehen. Er merkt direkt, wie ein Funke überspringt, und muss sich zwingen, ihren Arm wieder loszulassen, als sie auf der anderen Seite der Straße angekommen sind.

Das Café ist kaum besucht, genau, wie er es erwartet hat, und er wählt einen Platz direkt an der Glasfront mit Blick auf die Straße. Sie bestellen Cappuccino (er) und Espresso macchiato (sie), und als ihre Getränke vor ihnen stehen, zieht er seinen blauen Notizblock heraus und beginnt behutsam mit der Befragung.

45

Eine Stunde später liegt Pilars Leben vor ihm wie ein kompliziert gewebter Teppich, dessen Muster so verschlungen sind, dass man sie erst auf den zweiten Blick überhaupt als solche erkennen kann. Denn nachdem Pilar Ansari erst einmal ihre Wortkargheit überwunden hat, will sie gar nicht mehr aufhören, zu erzählen, in ihrer ganz persönlichen Chronologie, die Klaus anfangs chaotisch vorkommt, dann faszinierend, dann absolut bezwingend. Schließlich legt er seinen Notizblock weg und würde am liebsten vergessen, wer er ist und weshalb sie hier sitzen.

Pilar Ansari ist Perserin, mit einer spanischen Mutter, und ihr Leben ist eine Abfolge von mysteriösen Abenteuern, die nach kühnen Erfindungen klingen, aber doch so plastisch, dass Klaus an ihren Lippen hängt, und kurz davor ist, das Denken vollkommen einzustellen und sich ihr ganz hinzugeben. Ihr Vater, ein hoher Militär unter dem Schah, wurde nach dessen Abdankung und Flucht von den Schergen der neuen Machthaber interniert und zu Tode gefoltert, berichtet Pilar Ansari in perfektem Deutsch; niemand habe sie anfangs ernstgenommen, die verschrobenen vollbärtigen Büßer und Beter, aber plötzlich, sagt Pilar Ansari, und man hört ihr noch immer die Überraschung an über das brutale Ende einer sorglosen verwöhnten Kindheit, waren die Mullahs überall, bevölkerten die Straßen, musterten jede unverschleierte Frau mit hasserfüllten Blicken, gaben zu verstehen, dass Leute wie Pilar und ihre Familie zu den Feinden des Landes zählten, und dass nichts, was sie sagten oder taten, an dieser gnadenlosen Einschätzung etwas ändern würde. Deutsche und amerikanische Freunde der Familie sorgten dann dafür, dass Pilar Ansari, ihr Bruder und ihre Mutter das Land verlassen konnten. Die Mullahs, sagt Pilar Ansari, haben unser wunderschönes Land ins Mittelalter zurückgeworfen, bevor sie sich in die Geschichte ihrer abenteuerlichen

Flucht über Täler und Berge des Gottesstaates stürzt, die eine gute halbe Stunde in Anspruch nimmt, während eine weitere halbe Stunde die Schilderung einer sehr schwierigen Beziehung erfordert, einer Beziehung, die ihre ganze Kraft erfordert und schließlich erschöpft habe. »Deshalb habe ich Paul Dahl verlassen«, sagt sie feierlich und mit einer Miene, als sei sie nun am Ende angelangt, und Klaus nickt wie betäubt, denn die wichtigsten Themen haben sie ja noch nicht einmal berührt.

»Ich müsste noch wissen, was Sie am Tag seines Todes getan haben«, sagt er beinahe schüchtern, und sie lächelt wieder, vollkommen ungezwungen, als sei diese Frage das Amüsanteste, was sie seit langer Zeit vernommen hat, und gleichzeitig ohne jede Relevanz. »Ich war mit meinem Sohn zusammen, stellen Sie sich vor. Wir haben einen Ausflug in die Berge gemacht. Es war herrlich.«

»Einen Ausflug in die Berge? An einem ganz normalen Schultag?«

»Natürlich erst nach der Schule. Ich habe ihn abgeholt. Um kurz nach eins. Wir sind erst abends wieder zurückgekommen.«

»Anschließend haben Sie Herrn Dahl besucht?«

»Ich habe ihn nicht besucht, ich wollte ihm seinen Schlüssel zurückgeben und einige Sachen von mir bei ihm abholen.«

»Wie lange sind Sie bereits von ihm getrennt?«

»Einige ... Wochen.«

»Wie viele genau?«

Es stellt sich heraus, dass der Schlussstrich bereits im Juli gezogen wurde, das ist über zwei Monate her, eine Tatsache, die ebenfalls nicht einfach übergangen werden kann, obwohl Klaus eigentlich nichts lieber tun würde; er will sie nicht als Verdächtige klassifizieren, er will sie streichen von seiner Liste, aber sie macht es ihm nicht leicht.

Bei konkreten Fragen schlüpft sie ihm wie ein Fisch immer wieder aus den Händen, macht sich auf in Tiefen, in die er ihr nicht folgen kann. So klammert er sich an die dürren Fakten wie an einen Rettungsring und fragt: »Und noch immer haben Sie seinen Wohnungsschlüssel?«

»Er wollte ihn nicht haben. Das macht die Sache endgültig, hat er gesagt.«

»Warum dann ausgerechnet an diesem Abend?«

»Es hätte jeder andere sein können.« Sie winkt der Kellnerin und bestellt mit einem strahlenden Lächeln ihren dritten Espresso, so unbeschwert, als handele sich alles um ein irritierendes, aber auch sehr komisches Missverständnis, dem man absolut keine Bedeutung beimessen müsse. »Es war Zufall, verstehen Sie.«

»Na ja. Das klingt ungewöhnlich. Sie hatten ihn doch sicher vorher länger nicht gesehen.«

»Gesehen nicht, aber wir haben fast täglich telefoniert. Es war sehr schwierig für ihn, er konnte sich nicht abfinden. Er wollte mich nicht gehen lassen.«

»Und ausgerechnet an diesem einen Abend …«

»Bin ich verdächtig?«, unterbricht sie ihn, und Klaus zögert, weil er sie nicht anlügen, aber eben auch nicht verschrecken will. »Es gibt einige Ungereimtheiten«, sagt er schließlich viel vorsichtiger, als es angebracht gewesen wäre, und dann nimmt Pilar (die er innerlich längst nur noch bei ihrem Vornamen nennt) seine Hand.

Es durchfährt ihn wie ein elektrischer Schlag.

PILAR

Wie alle Kinder hat Pilar früher vom Fliegen, Fliehen und Fallen geträumt. Manchmal wollte sie vor einer undefinierbaren Gefahr davonlaufen, und kam so langsam voran, als müsse sie sich durch transparenten Sirup kämpfen, manchmal schwebte sie wie ein Vogel über einer zerklüfteten Landschaft aus Stein und Sand, manchmal konnte sie morgens das Haus nicht verlassen, weil Strümpfe, Rock, Bluse und Blazer ihrer Schuluniform verstreut in allen Zimmern lagen und es immer ein Teil gab, das sie nicht finden konnte.

Jetzt ist Pilar erwachsen, und ihre Träume sind seit vielen Jahren graue, schwarze oder rote, monochrome Flächen, die sich ins Endlose dehnen oder zu kippen scheinen. Keine Menschen, keine Landschaften, nichts, was lebt. Das ändert sich erst nach Pauls Tod, denn seitdem sieht sie in ihren Träumen sein Gesicht. Es ist reglos, als würde er schlafen, und sie hat endlich alle Zeit der Welt, ihn zu mustern, berührt das dichte blonde Haar, das am Ansatz einen Wirbel bildet, die beiden Querfalten, die sich mittig über die Stirn ziehen, die seltsam formlosen Augenbrauen, die mit Sommersprossen gesprenkelte Nase, klein wie bei einer Frau, den schmalen, scharf geschnittenen Mund, der sich an den Winkeln leicht nach oben biegt, und jetzt streng und unpersönlich wirkt. In diesen Momenten ist sie glücklich und fühlt sich Paul sehr nah, gleichzeitig erfüllt sie eine tiefe Traurigkeit wie eine Vorahnung. Sobald sie wach wird, verschwimmen seine Züge, verlieren ihren inneren Zusammenhang, lösen sich auf in nichtssagende Details, und dann muss sie weinen, aber nur kurz, nicht lange genug für das, was er ihr bedeutet hat.

Sie beginnt, Paul zu vergessen. Das geht schnell, und sie weiß, es ist ein Prozess, der sich nicht verhindern, nicht einmal verlangsamen lässt. Sie weiß das aus Erfahrung, weil sie bislang alle vergessen hat, die ihr das Leben entrissen hat, sowohl ihren ermordeten Vater, als auch Freunde, die aus ihrem Leben verschwanden. Und nun ist Paul an der Reihe, sich aus ihrem Gedächtnis zu verabschieden. In ihren Gedanken ist er weiter präsent, aber ihre Gefühle beginnen, ihn abzustoßen wie fremdes Gewebe; immer seltener tauchen Szenen auf, die ihn lebendig werden lassen, sein Lachen und seine Stimme wieder gegenwärtig machen, die Art, wie er »mein Schatz« sagte, mit einem sehnsüchtigen, ein wenig pathetischen Tremolo in der Stimme, als sei sie unendlich wertvoll und gleichzeitig unerreichbar, was sie zum Schluss für ihn ja auch gewesen war, unerreichbar.

Pilar sitzt im Lehrerzimmer über ihre Unterlagen gebeugt, in der Hoffnung, beschäftigte Unnahbarkeit zu signalisieren, während draußen große Pause ist und der übliche höllische Lärm aus schrillen Mädchenstimmen und röhrenden Jungskehlen herrscht, den sie längst nicht mehr als solchen wahrnimmt, selbst wenn wieder einmal jemand gegen die geschlossene Tür rumst, dabei vor Vergnügen kreischt und sich auf quietschenden Sohlen entfernt, meistens mit jemandem im Schlepptau, der »Arschloch!« oder Ähnliches brüllt und sich dann seinerseits gegen die Tür wirft. Eine junge und noch neue Kollegin hat sich neben Pilar an den langen Konferenztisch mit der zerkratzten Pressspanplatte gesetzt. Pilar muss sie nicht ansehen, um zu

50

spüren, dass die Kollegin Hilfe oder wenigstens Zuspruch braucht. Das Problem ist, dass sie sich untereinander nicht helfen können, jeder steht alleine vor seiner mehr oder weniger gefürchteten Klasse, muss irgendwie zurechtkommen, sich seine eigenen Regeln schaffen. Pilars Regeln dienen beispielsweise dazu, ihre Schüler mögen zu können, ohne mit den Jahren zynisch zu werden oder vor lauter enttäuschter Zuneigung seelisch zugrunde zu gehen – ein kaum zu bewältigender Balanceakt. Denn manchmal scheint es einfach keine Alternative zu sarkastischer Distanz und innerem Desaster zu geben. Dann verzweifelt Pilar, wie die anderen Kollegen auch, an der Wildheit ihrer Schüler, ihrer überschießenden Fantasie und ihrem fatalen Talent, in grenzenloser Verwirrung immer das zu tun, was nirgendwohin oder direkt ins Unheil führt.

»Störe ich Sie?«

Pilar sieht hoch. Die neue Kollegin unterrichtet Erdkunde und noch ein anderes Fach, welches, ist Pilar wieder einmal entfallen. Deshalb versucht sie, doppelt freundlich zu sein, fragt lächelnd: »Was gibt es denn, Gaby?«, und stellt erschrocken fest, dass die Neue nasse Augen hat, die kurz vorm Überfließen sind. Und das schon jetzt, nach nur ein paar Wochen. Kein gutes Zeichen, denkt Pilar, während sie weiterhin ermutigend lächelt und dabei die Kollegin unauffällig mustert, abcheckt, ob sie hier bestehen kann oder scheitern wird. Gaby ist Ende zwanzig, dunkelblond, mittelgroß, und wirkt eigentlich nicht wie jemand, der sich sofort ins Bockshorn jagen lässt. Sie hat helle, breite Lippen und etwas hervorstehende blaue Augen, sie trägt enge Jeans und einen beigen Rollkragenpullover, der bis knapp zum Bund geht, vielleicht etwas zu kurz, aber noch im Rahmen dessen, was hier möglich ist. »Was ist passiert?«, fragt Pilar, während sich Gaby schnäuzt und dabei mühelos einen Nachschub an dicken Tränen produziert, als sei etwas in ihr undicht. Also fügt Pilar: »Kann ich dir helfen?«, hinzu, und das sehr sachlich, denn zu viel Anteilnahme öffnet die Schleusen des Selbstmitleids, und Gaby darf sich nicht leidtun, überall, aber nicht hier, sonst kann sie gleich nach Hause gehen.

»Ich habe ein Problem«, sagt Gaby schließlich und schnäuzt sich ein zweites Mal, als Pilar tröstend »Das denken am Anfang alle«, sagt, während ihr Blick beinahe magisch von einem Hautfetzen angezogen wird, der sich von Gabys gebräunter und nun geröteter Nase schält.

»Alle werden aber nicht von drei baumlangen Idioten verfolgt, die sich Skimützen übers Gesicht gezogen haben.«

»Wie bitte?«

»Vielleicht ist das ja ganz normal hier.«

»Du wirst von Schülern verfolgt? Wo? Wann? Welche Schüler?«

Gaby streckt die Beine unter dem Tisch aus, zündet sich eine Zigarette an, obwohl das verboten ist, aber eben noch nicht ganz, das ist erst fürs nächste Trimester geplant. Gaby zieht den Rauch tief ein, lässt ihn langsam hervorquellen, während ihre geröteten Augen abwesend die gegenüberliegende Wand fixieren, an der die aktuellen Stundenpläne angebracht sind, neben einer riesigen und schon stark angegilbten Collage aus Anzeigenschnipseln, Fotos und Sprüchen in Sprechblasen, die die Schüler einer Abgangsklasse in einem rührenden und absolut einmaligen Akt kreativer Höchstleistung für die geschätzte Lehrerschaft hergestellt haben. »Nach Schulschluss verfolgen sie mich zur U-Bahn. Ich weiß nicht, ob es Schüler sind, und schon gar nicht, ob es meine Schüler sind«, sagt Gaby schließlich, ohne Pilar anzusehen, immer noch den Blick starr auf das Monstrum an der Wand gerichtet.

»Sie haben Skimützen auf und schreien ›Ich will dich ficken, schöne Frau‹. Solches Zeug.«

»Kannst du nicht die Stimmen erkennen?«

»Die klingen alle gleich.«

»Das musst du dir nicht gefallen lassen. Wir melden das, und dann begleitet dich ein Kollege zur U-Bahn und nimmt sie sich vor.«

»Ich will das nicht. Dann stehe ich da wie eine, die sich nicht allein durchsetzen kann.«

»Nun«, sagt Pilar, »das ist ja auch wahr, du bist eine Frau, und eine Frau kann sich nicht allein gegen drei Männer wehren. Niemand wird dich deswegen für eine Versagerin halten.«

»Es sind ja keine Männer. Es sind Jungs. Ich könnte ihre Mutter sein. Jedenfalls fast.«

»Das ist egal. Wir sind keine Einzelkämpfer«, sagt Pilar, in dem Wissen, dass es nicht stimmt, aber in der Überzeugung, dass es so sein sollte. »Sie dürfen uns so auch nicht wahrnehmen, sie müssen uns als Gemeinschaft sehen, die zusammenhält, für sie und notfalls auch gegen sie.«

»Natürlich«, sagt Gaby mit einer Stimme, als würde sie kein Wort glauben, Pilar wechselt das Thema, fragt: »Wie funktioniert denn der Unterricht?« Gaby überrascht sie und sagt: »Sie sind ziemlich laut, und an vielen rede ich vorbei. Aber es ist weniger schlimm, als ich gedacht habe.« Ihre Tränen scheinen zu versiegen, was Pilar erleichtert aufatmen lässt, denn schon füllt sich das Lehrerzimmer mit weiteren Kollegen, die nur darauf warten, dass jemand Schwäche zeigt.

»Wer zu laut ist, fliegt aus der Klasse, denk daran.«

»Sicher.«

»Coolness ist das Zauberwort.«

»Ja.«

»Du musst ihnen das Gefühl geben, dass dich nichts schockiert, dass du immer einen Schritt weiter bist als sie, dann kannst du sie überraschen, statt umgekehrt.«

Gaby beugt sich über den Tisch, macht dabei den Blick frei auf eine kleine Tätowierung unterhalb der linken Niere, die aussieht wie ein Delfin, und zieht, ohne zu fragen, den Aschenbecher des Kollegen Brenningdörfer auf ihre Seite. Zur großen, aber stillen Empörung Brenningdörfers, der wie so viele andere Lehrer hier kurz vor der Pensionierung steht, nur mit einem spricht, wenn es sich nicht vermeiden lässt, und jetzt ein finsteres Gesicht macht, das Gaby ignoriert. Sie drückt ihre Zigarette aus, lehnt sich mit verschränkten Armen an den Tisch, sagt ein zweites Mal »Danke« und schaut Pilar resigniert an. Pilar fällt auf, dass sie eine Menge Make-up aufgetragen hat, das sich nun streifig auf den Wangen absetzt, viel mehr, als in ihrem Alter notwendig wäre. Auch eine Art, sich zu schützen. Pilar schiebt ihre Unterlagen für die nächste Stunde zusammen und ist in Gedanken schon bei ihrer Klasse, denkt an Arkadij, der seit zwei Tagen unentschuldigt fehlt, und an Bajar, die sich seit Beginn des neuen Schuljahrs übertrieben sexy anzieht und im Unterricht nur noch vor sich hindöst.

Ihre Kollegin zieht mit einer langsamen, fließenden Bewegung einen Handspiegel aus ihrer Hosentasche und mustert sich mit hochgezogenen Brauen und gespitzten Lippen, murmelt vor sich hin, dass sie schrecklich aussehe, und Pilar, der jetzt beinahe der Geduldsfaden reißt, sagt: »Gar nicht. Mach dir keine Gedanken. Ich fahre dich heute zur U-Bahn. In Ordnung?«

»Das musst du nicht.«

»Es liegt auf meinem Weg. Wirklich.«

»Danke. Das ist sehr nett.«

»Wir können das eine Weile so machen. Dann vergessen sie die Sache, und du hast deine Ruhe.«

Die Schüler mögen das Gedicht ›Der Zauberlehrling‹ – wie zu erwarten war. Aber es ist trotzdem immer wieder ein Experiment, sie damit zu konfrontieren, und immer wieder schön, wenn es gelingt, wenn sie das Meiste verstehen, an den richtigen Stellen lachen, sich über den Besen amüsieren, der sich selbstständig macht, Ideen produzieren, wie man den Stoff verfilmen könnte, übersprudeln vor Fantasie und Leidenschaft. Dafür liebt Pilar sie eine Stunde lang, um dann sich einzugestehen, dass diese wundervollen Begabungen kaum einem von ihnen etwas nützen werden, und dann ergriffen zu sein von ihrer vertrauten Traurigkeit, dem Gefühl totaler Vergeblichkeit.

Nachdem sie Gaby an der U-Bahn abgesetzt hat, fährt sie ziellos durch die Straßen, wie sie es manchmal tut, wenn sie die Zeit des Alleinseins ausdehnen will, leere Stunden, in denen sie keine Erwartungen erfüllen muss, nicht einmal ihre eigenen. Aber dann, viel zu früh, holt sie das Leben doch wieder ein, und sie ruft zu Hause an, wo ihr Sohn für die Latein-Schulaufgabe lernen soll. *Natürlich* meldet sich niemand, weshalb sie voller Ärger und Wut Philipps Handynummer wählt und *natürlich* nur seine Mobilbox erreicht, auf der sie ihre übliche Nachricht hinterlässt, dabei ihre eigene gereizte Stimme im Ohr hat und sich hasst für ihren bemüht beherrschten, aber eben doch hörbar ärgerlichen, ja sogar weinerlichen Unterton.

Nicht nur Lehrerinnen, auch Mütter müssen heutzutage cool sein, ruhig und stark, unbefangen und lässig und in der richtigen Dosierung streng und konsequent. Aber das sagt sich so leicht; sie kriegt diese Mischung jedenfalls nicht hin, nicht bei ihrem Sohn. Ihre Liebe ist einfach zu groß, sie ist derart umfassend, dass sie zur Bedrohung für seine Eigenständigkeit wird. So sieht sie sich dabei zu, wie sie einen Fehler nach dem anderen begeht, dabei immer mehr seinen Respekt verliert, und sich trotzdem nichts ändert, weder bei ihr noch bei ihm, als wären sie beide in einer Zeitschleife gefangen, die sie zwingt, immer wieder dieselben idiotischen Diskussionen zu führen.

Sie schließt die Augen eine Sekunde lang, dann ist die Ampel grün, und Autofahrer hupen hinter ihr.

Sie lässt ihr Fenster herunterfahren und sieht zum ersten Mal an diesem Tag, dass der Himmel ganz blau und hoch und weit ist. Es kommt ihr vor, als hätte ihr jemand eine Augenbinde abgenommen. Auf einmal bekommt sie gute Laune, scheint alles ganz leicht zu gehen, entdeckt sie einen Parkplatz nicht weit von ihrer Wohnung und stellt das Auto dort ab, obwohl sie einen Tiefgaragenplatz im selben Haus besitzt. Aber ihr seltenes Stimmungshoch muss genutzt werden; allzu schnell kann es sich in einem diffusen, nebligen Grauschleier auflösen. Also steigt Pilar aus, spürt die warme Luft auf ihren nackten Armen wie ein Streicheln, nimmt ihre Sachen und schlendert durch die Straße mit ihren kleinen Cafés und Geschäften und fühlt sich so leicht und froh, dass sie in einen Laden geht und sich nicht nur eine enge schwarze Hose, sondern auch ein paillettenbesetztes Top kauft, das ihren Busen so betont, dass er straff wirkt, aber nicht zu sehr auffällt.

Mit der Tüte und ihrer Aktentasche beladen begibt sie sich wieder auf die Straße, und blinzelt in die Sonne, denkt absichtlich nicht an Philipp, sondern überlegt, ob sie noch einen Kaffee trinken soll, als eine Stimme ihren Namen ruft, was sie am liebsten ignoriert hätte. Wahrscheinlich ist es Gina, die hier in der Nähe wohnt und zu den Leuten gehört, die sie seit der Trennung von Paul auf keinen Fall wiedersehen wollte. Aber dann dreht sie sich doch um, von ihrer Mutter schon als kleines Mädchen auf gute Manieren gedrillt (»Wahre Höflichkeit beweist sich immer dann, wenn sie unbequem ist«), und tatsächlich sitzt Gina an einem runden Tischchen, vor sich ein großes Glas Latte Macchiato.

Sie ist allein.

Sie wird sich zu ihr setzen müssen.

Das ist schon in Ordnung, redet sich Pilar ein, auch wenn sie keine besondere Lust dazu hat. Aber jetzt in eine leere Wohnung zu kommen und festzustellen, dass Philipp immer noch nicht da ist, obwohl er fest versprochen hat, gleich nach der Schule seine Hausaufgaben zu machen, würde noch weniger Spaß machen. Also setzt sie sich hin, stellt ihre Aktentasche und die Tüte mit ihren Einkäufen neben ihren Füßen ab, wischt mit einer geistesabwesenden Bewegung ein vertrocknetes Blatt vom Tisch, wobei Ginas Augen jede ihrer Bewegungen verfolgen. Pilar weicht ihrem Blick beharrlich aus, nicht aus Verlegenheit, sondern weil sie diese Neugier nervt, diese Missgunst, die sie in Gina schon immer vermutet hat, ohne dass sie jemals einen Beweis dafür hätte anführen können, weshalb ihr Paul Eifersucht unterstellt hat. Aber das ist es nicht gewesen, ganz und gar nicht, sie hat überhaupt keinen Grund, eifersüchtig zu sein. Gina spielt in einer ganz anderen Liga als sie, wer Gina attraktiv findet, würde sich niemals für Pilar interessieren und umgekehrt. Wobei das nur die nette Variante von Pilars ehrlicher Meinung ist, nämlich, dass Gina ihr nicht das Wasser reichen kann. Gina hat ähnlich dichtes dunkles Haar wie Pilar, aber ihre Haut ist viel heller, sie ist einige Jahre älter, und das sieht man heute ganz besonders deutlich, weil sie einen nachtblauen Pullover und eine graue Stoffhose trägt, die sie noch blasser wirken lassen, während ihr Mund auffallend rot geschminkt ist. Ihr Aussehen und ihre Wirkung wechseln von einer zur nächsten Sekunde wie ein Vexierbild. Genau der Typ Frau, den neunzig Prozent aller Männer zu anstrengend finden, um sich näher mit ihm einzulassen. So jedenfalls sieht das Pilar.

»Wie geht's dir?«, fragt Pilar, nachdem sie einen Kaffee bestellt hat, Gina sie weiterhin ausgiebig mustert, und Pilar beschlossen hat, das zu ignorieren.

»Ich habe gerade mit Pauls Eltern telefoniert«, sagt Gina, als wäre das eine bahnbrechende Neuigkeit, und wie üblich spricht sie langsam und sorgfältig, ohne den geringsten Anflug von Dialekt, beinahe wie eine übermäßig um Integration bemühte Ausländerin. Vielleicht liegt es ja nur an dieser gemessenen Art, dass man nie genau weiß, woran man mit ihr ist, dass man hinter ihren Worten immer etwas Ungesagtes, möglicherweise Beleidigendes vermutet.

»Ja, die armen«, fährt Gina fort. »Sie sind vollkommen am Boden zerstört. Es war ja ihr einziger Sohn.«

»Ich weiß«, sagt Pilar, und sie kann nicht verhindern, dass sich ein drohender Unterton in ihre Stimme schleicht, der Gina bestimmt nicht entgeht. Sie zündet sich eine Zigarette an, obwohl sie die vorige gerade eben erst ausgedrückt hat, und bläst den Rauch über Pilar hinweg, betont langsam, geradezu angestrengt lässig. Dann fragt sie: »Wie geht es deinem Sohn?«, in einem Plauderton, der so falsch klingt, dass Pilar innerlich erschauert.

»Meinem Sohn?«, wiederholt sie, und spürt, wie sich alles in ihr zusammenzieht. Gina hat sich nicht für ihren Sohn zu interessieren, jemand wie sie sollte sich um ihren eigenen Kram kümmern, selbst ein Kind kriegen und dabei feststellen, wie unglaublich schwer es ist, im-

58

mer das Richtige zu tun. Aber all das kann sie ja schlecht
sagen, also hält sie ihr Lächeln auf dem Gesicht fest und
hofft, dass sich bald eine Gelegenheit bieten würde, zu
gehen.

»Ja, heißt er nicht Dennis, oder so ähnlich?«

»Philipp.«

»Richtig. Wie geht es ihm?«

»Gut, danke.«

»Ist er nicht gerade sechzehn geworden?«

»Seit drei Monaten. Warum interessiert dich das?«

»Nur so. In dem Alter sind sie sicher ... schwierig.«

»Wie meinst du das? Du kennst ihn doch überhaupt
nicht.«

»Ich meine das ganz allgemein. Sechzehn ist doch ein
schwieriges Alter, oder nicht?«

»Philipp ist nicht schwierig«, sagt Pilar mit schwer er-
kämpfter Beherrschung. Was geht diese Frau das an? Als
hätte Gina das endlich begriffen, wechselt sie urplötzlich
das Thema und sagt: »Ich wollte dich noch etwas ganz
anderes fragen.« »Was denn?«, fragt Pilar, obwohl sie die
Antwort eigentlich gar nicht hören will, denn es geht bestimmt um Paul.

Sie fischt ihre Sonnenbrille aus der Manteltasche, ein
Dolce & Gabbana-Modell mit sehr dunklen Gläsern, das
ihr Paul im Frühsommer geschenkt hat, auf ihrer letzten
gemeinsamen Italienreise. Ein vergiftetes Geschenk, weil
es dazu gedient hat, von dem Heiratsantrag abzulenken,
der nicht kam. Kaum hat sie die Brille auf, sieht sie Pauls
Gesicht wieder vor sich, so klar und gegenwärtig wie eine
Vision, und sofort beginnen Pilars Augen hinter der Brille
zu brennen, scheint sie förmlich zusammenzusacken unter
der Schuld, die sie auf sich geladen hat.

»Es ist eigentlich nicht so wichtig«, hört sie Ginas
Stimme von weit her, »aber es würde mich wirklich inte-

59

ressieren, und du musst mir sagen, ob dir die Frage zu intim ist.«

»Natürlich«, sagt Pilar mit Nachdruck, während sich Pauls Bild im Nichts auflöst.

»Natürlich was?«

»Natürlich ist mir die Frage zu intim. Wenn du schon so anfängst, ist sie das bestimmt.« Und mitten in ihrem Triumphgefühl registriert sie Ginas ehrlich verblüfften Gesichtsausdruck, der diesmal so echt ist, dass sich Pilar zum ersten Mal ernsthaft überlegt, ob sie ihr gegenüber nicht zu empfindlich ist. Gina war irgendwann mal Pauls Freundin, rein platonisch, hieß es, aber Pilar hat nie durchschaut, was zwischen den beiden wirklich vorgefallen ist. Sie hat der Sache immer misstraut. Paul hat ihr versichert, dass er nie mehr von Gina wollte, und das kann stimmen oder auch nicht. Und diese Unsicherheit war es dann auch, die sie von Paul fortgetrieben hat, nicht nur die Unsicherheit, was Gina und ihn betrifft, sondern ganz allgemein das Gefühl, auf Treibsand zu stehen, nie genau zu wissen, was Paul wirklich wollte, welche Ängste und Träume er nicht mit ihr teilte.

Du vertraust mir nicht, hat Paul gesagt. Genauso ist es gewesen, und möglicherweise wird sie nie erfahren, ob sie damit recht hatte oder nicht. Aber jetzt ist es egal.

Da sagt Gina: »Du traust mir nicht.« Und Pilar antwortet, endlich einmal jede Höflichkeit wegwischend: »Genau.«

»Verstehe«, sagt Gina, noch eine Schattierung bleicher als vorher. Ihr roter Lippenstift wirkt wie ein deplatzierter Farbklecks auf ihrem weißen Gesicht, und ein, zwei Sekunden lang sieht sie aus wie eine alte Frau, verletzt, schwach und bekümmert, eigentlich bemitleidenswert. Aber Pilar kann darauf keine Rücksicht nehmen, muss die Gunst der Stunde nutzen, denn sie weiß nicht, wann sie das nächste

Mal den Mut haben wird, so offen gegen alle guten Sitten zu verstoßen. Wenn sie es jetzt nicht fragt, würde Paul seine Geheimnisse mit ins Grab nehmen. »Ich habe nichts gegen dich, ich will eigentlich nur wissen, was Paul dir bedeutet hat. Und umgekehrt.«

»Wir waren gute Freunde«, sagt Gina und betont das so, als wüsste sie ganz genau, wie unglaubwürdig diese Plattitüde klingt. Pilar fühlt sich wie ein Hund, der auf eine Fährte gesetzt worden ist und wie einem Zwang seiner Nase folgen muss. Sie sagt: »Das hört sich so an, als wäre es nicht wahr«, woraufhin Gina *natürlich* antwortet, dass es wohl wahr sei, dass es kein Geheimnis gebe, dass Pilar sich alles nur eingeredet habe, dass Paul und Gina beide allein gewesen seien, ohne Partner, dass sie sich gegenseitig geholfen haben. Sonst nichts.

»Wir haben viel telefoniert, uns Mails und SMS geschickt, und manchmal sind wir zusammen ausgegangen. Das war alles.«

»Und damit habt ihr aufgehört, sobald ich mit Paul zusammen war?«

Gina zündet sich die nächste Zigarette an und winkt der Kellnerin; die Sonne scheint jetzt schräg und glutrot von einem wolkenlosen Himmel direkt in ihr blasses Gesicht, und Pilar bemerkt, dass das Lokal bis auf den letzten Platz belegt ist, der einzige Ort mitten in der Stadt, von dem aus man in dieser Jahreszeit einen derart spektakulären Sonnenuntergang beobachten kann. Die Kellnerin kommt an ihren Tisch, und Gina bestellt einen weiteren Kaffee. Pilar verlangt die Rechnung und wiederholt dann ihre Frage, obwohl es vielleicht klüger gewesen wäre, es sein zu lassen. Aber es ist nun einmal so gewesen, dass Paul felsenfest behauptet hat, mit Gina keinen Kontakt mehr zu haben. Und sie hat Paul mehrmals beim Lügen ertapp. Gina sagt sofort: »Nein«, und das sehr langsam und genüsslich. »Wir haben nicht damit aufgehört. Warum auch?«

Jetzt erkennt Pilar immerhin, dass Gina einerseits die Wahrheit sagt, und dass sie ihr andererseits dennoch nicht vertrauen kann, aber das spielt keine Rolle mehr; sie wird Gina nie wiedersehen. Noch heute Abend wird sie in Pauls Wohnung gehen, auch wenn diese zurzeit von der Polizei versiegelt ist, und sie wird Pauls E-Mails lesen, weil Tote kein Anrecht auf Geheimnisse mehr haben, und weil es für die Lebenden wichtig ist, alles zu wissen, egal, wie es ihnen damit geht. Und in diesem Moment beugt sich Gina vor und legt ihre kühle weiße Hand auf Pilars dunkleren Unterarm, und Pilar bringt es nicht fertig, die Hand wegzustoßen. »Hat er behauptet, dass wir uns nicht mehr sehen?«, fragt Gina.

Pilar kann nicht darauf antworten, sie mag Gina nicht mehr ins Gesicht sehen. »Ich muss gehen«, sagt sie und zieht ihren Arm vorsichtig unter der fremden Hand weg. Sie sieht, dass Ginas Hand sehr schmal mit langen Fingern ist, dass die kurz gefeilten Nägel matt glänzen, und die Haut aussieht wie geäderter Marmor, wie die Haut einer Toten. Im selben Moment verschwindet die Sonne endgültig, und Pilar beginnt zu frieren, holt ihr Portemonnaie aus der Aktentasche und legt das Geld für den Kaffee abgezählt auf den Tisch.

»Ich übernehme das«, sagt Gina, und aus ihrer Stimme ist nicht nur das schlechte Gewissen herauszuhören, sondern auch der unbeholfene Versuch, Pilars Gunst zurückzugewinnen, nicht, weil sie Pilar mag, sondern weil sie es wie viele intrigante Menschen nicht erträgt, dass jemand schlecht über sie denkt. Das glaubt Pilar jedenfalls, und schon deshalb lehnt sie das Angebot ab, und zwar auf unmissverständliche Weise, aber Gina lässt nicht locker, fleht sie regelrecht an, noch einem Moment sitzen zu bleiben.

Pilar fragt: »Warum?«, aber sie bleibt sitzen, die Lippen zusammengepresst, die Aktentasche auf ihrem Schoß.

»Es war nichts zwischen Paul und mir. Das musst du mir glauben.«

»Er hat behauptet, ihr hättet keinen Kontakt mehr.«

»Ja, weil du die Wahrheit nicht akzeptiert hättest. Du hättest ihm nicht geglaubt, dass wir nur Freunde sind, du glaubst nicht an Freundschaft zwischen Männern und Frauen.«

Zorn breitet sich in Pilar aus, bis sie ihn in den Fingerspitzen zu spüren glaubt, eine nervöse Energie, die sie zwingen will, aufzuspringen, aber sie sitzt und schweigt. »Das ist alles«, sagt Gina gerade, und Pilar fragt sich *was alles?* Sie hat nichts von dem mitbekommen, was Gina ihr gerade erklärt hat, aber es ist auch nicht wichtig. Gina ist nicht wichtig. »Wir sprechen zwei verschiedene Sprachen«, sagt sie zu Gina. Gina sieht sie an wie ein verletztes Tier, und auch das nimmt Pilar ihr nicht ab; alles an dieser Szene war beabsichtigt, vielleicht sogar das Treffen an sich. Es ist demütigend und infam wie ein Fußtritt des Schicksals, dem Pilar nicht rechtzeitig ausweichen konnte.

»Es tut mir leid«, sagt Gina, und es klingt hilflos und fast ehrlich, aber es ist zu spät.

»Da bin ich mir sicher«, sagt Pilar und steht auf; Paul hat ein doppeltes Spiel gespielt, er hat mit anderen über ihre Beziehung gesprochen. Das ist er nun, der Vertrauensbruch, der entwertet, was zwischen ihnen war. Eine Erleichterung. Sie ist Paul nichts mehr schuldig.

Dann weiß sie, dass das eine schreckliche Lüge ist, und sie senkt den Kopf, fühlt sich wieder ganz weit weg, viel näher bei Paul als bei den Lebenden, denn in diesem Moment denkt sie, sie hat den Tod verdient. Was sie getan hat, ist unverzeihlich.

»Paul hat nur dich geliebt«, sagt Gina, als Pilar schon

am Gehen ist, und Pilar dreht sich noch einmal um, platziert sorgsam ihren Stich, nicht tödlich, aber schmerzhaft. »Ich weiß nicht, ob Paul nur mich geliebt hat. Aber wen auch immer Paul geliebt hat, du warst es nicht. Du hast ihm nur leidgetan.«

GINA

In dieser Nacht schläft Gina schlecht, denn es ist die Nacht vor ihrer Vernissage. Wieder einmal träumt sie, dass sie die Galerie betritt und feststellt, dass die Galeristin sich nicht an ihre Abmachung gehalten hat, dass ihre Bilder nicht, wie besprochen, im großen Raum mit dem Schaufenster zur Straße hinaus hängen, sondern in einem kleinen niedrigen, überhitzten Kabuff neben der Toilette untergebracht sind, während im großen Raum zwei Objekte von Anselm Kiefer stehen und an den Wänden mehrere Werke von Gerhard Richter prangen, zwei Künstler, die sie auch im Wachzustand nicht mag. Und so versucht sie, wie schon mehrere Nächte davor, die Gäste davon zu überzeugen, dass Kiefer und Richter überschätzt seien, aber niemand hört ihr zu, niemand interessiert sich für Ginas Sachen, und zum Schluss will sie sie selbst nicht mehr ansehen, scheint ihr jeder Pinselstrich schief und missglückt, alles falsch und verlogen.

Als sie wie gerädert aufwacht, ist sie einen Moment lang so erleichtert, dass sie beinahe auflacht, obwohl ihr Herz noch immer klopft und ein leichter Schweißfilm auf ihrer Stirn liegt. Auch Nacken und Kopfhaut sind feucht, sogar die Laken fühlen sich klamm an. Gina liegt ein paar Minuten lang still und hört auf den Regen, der gegen das Schlafzimmerfenster trommelt, dann hört sie ein melodisches Geräusch irgendwo in ihrer Wohnung, steht auf und begibt sich gähnend und mit trägen Schritten auf die Suche nach ihrem Telefon.

Es liegt in der Küche neben dem Herd. Gina drückt auf das Knöpfchen, das die Verbindung herstellt, und hofft, dass es ihre Galeristin ist. Dieser sich bis in die Einzelheiten wiederholende Traum beschäftigt sie. Aber es ist nicht die Galeristin, natürlich nicht, das wäre ja zu einfach, sondern ihre Mutter. Gina fischt wie auf Kommando ein Knäckebrot aus der angebrochenen Verpackung auf dem Fensterbrett und knabbert daran herum, während ihre Mutter fragt, ob sie gerade störe.

Gina öffnet den Kühlschrank und dann das Kühlfach, aber der Wodka ist alle. Sie stützt sich aufs Fensterbrett und schaut, den Hörer schief zwischen Schulter und Ohr geklemmt, in einer ziemlich unbequemen Position auf die nass glänzende Straße hinunter. Auf dem Bürgersteig gegenüber kann sie ein Paar erkennen, halb verdeckt von einem Regenschirm, was sich offensichtlich streitet, jedenfalls gestikuliert sie heftig und ausladend, während er, soweit das Gina sehen kann, mehr oder weniger regungslos den Schirm über beide hält, schon wegen dieser nicht übertragbaren Aufgabe als Sparringpartner benachteiligt. »Würdest du mich stören, hätte ich nicht abgehoben«, sagt Gina schließlich in den Hörer, dreht sich um, weg von dem Anblick des Pärchens, und nimmt sich ein neues Knäckebrot, während mehlige Krümel von ihren Lippen auf den Küchenboden fallen und ein interessantes Muster auf den schwarz-weißen Fliesen bilden.

»Habe ich dich aufgeweckt?«

»Das fragst du jedes Mal. Nein.«

Ihre Mutter lebt mit ihrem zweiten Mann in Ginas Heimatstadt und meldet sich hauptsächlich, um schlechte Neuigkeiten weiterzugeben. Auch jetzt sagt sie, dass alles so furchtbar sei und dass sie aus den Sorgen nicht mehr herauskäme. Widerwillig erkundigt sich Gina, was denn los sei, und nimmt sich dabei einen Apfel aus dem Obstkorb, denn wenn sie mit ihrer Mutter telefoniert, muss sie entweder essen, trinken oder rauchen, manchmal auch mit abgedrehtem Ton fernsehen, als wären all diese Ablenkungen eine Art Schutzwall vor den Dingen, die sie nicht hören und nicht wissen will, und denen sie trotzdem nicht entkommt. Irgendwann einmal hat sie sich den Erfolg auch deshalb gewünscht, weil sie glaubte, dass ihre Eltern dann stolz und glücklich wären, weniger pessimistisch und mürrisch als bisher. Es ist anders gekommen, alles eher schlimmer als besser geworden, denn seitdem sich ihre Bilder tatsächlich recht gut verkaufen und sie in der Kunstbranche einen gewissen Bekanntheitsgrad erreicht hat, geben ihr die Eltern mehr denn je das Gefühl, ihnen etwas schuldig geblieben zu sein.

»Regine, ich muss dir etwas mitteilen«, sagt die Mutter mit dem panikartigen Vibrato in der Stimme, das noch unangenehmere Nachrichten als sonst verheißt, und Gina geht mit dem Telefon am Ohr ins Bett zurück, kriecht unter die Decke, um ihre kalten Füße zu wärmen, und würde sich am liebsten noch das Kissen über den Kopf legen, während ihre Mutter berichtet, dass der Mann von Ginas Schwester eine Affäre habe und sich scheiden lassen wolle, und was Gina dazu meine.

»Wieso denn gleich scheiden lassen? Geht das denn schon so lange?« Gina angelt sich eine Zigarette aus der Schachtel auf dem Nachtkästchen. Nach dem Knäckebrot und dem Apfel ist das jetzt die dritte orale Belohnung, die sie sich zukommen lässt, weil sie nicht etwa auflegt, sondern sich diese langweiligen traurigen Geschichten bis zum bitteren Ende anhört. »Mo-na-te-lang«, ruft ihre Mutter voll gerechter Empörung, so, als hätte sie genau auf diese Frage gewartet, und Gina hält den Hörer etwas weiter weg, aber sie hört es trotzdem herausquäken, dass »diese Frau« nun auch noch schwanger sei und sich nicht entblöde, Edwin deshalb unter Druck zu setzen, weshalb sich die Situation derart zugespitzt habe, dass ...

»Von Edwin?«, unterbricht Gina, legt sich auf den Rücken und stößt eine Rauchsäule gegen die Zimmerdecke, die dort hängen bleibt wie eine Nebelschwade, während ihre Mutter ruft: »Natürlich von Edwin. Es ist furchtbar.«

»Mhm.«

»Rauchst du etwa schon wieder?«

»Nein.«

»Ich hör das doch. Ich dachte, du rauchst nicht mehr.«

»Tue ich auch nicht.«

»Und was ist dann für ein Geräusch?«

»Was sagt Edwin zu der ganzen Sache?«

»Lenk nicht ab.«

»Das tue ich nicht. Ich will es wirklich wissen.«

Ihre Mutter seufzt, als gebe sie sich geschlagen, dabei will *sie* doch darüber reden, nicht Gina, *sie* ist es doch, die beim geringsten Problem sofort zum Telefon greift, als wollte sie ihr ein für alle Mal den Spaß an der Tatsache verderben, dass sie als Einzige dieser Familie entkommen ist. »Du kennst ihn doch«, fügt sie hinzu, und nichts wäre jetzt einfacher gewesen, als sich solidarisch am Gejammer zu beteiligen, und nicht zum ersten Mal fragt sich Gina, warum sie immer gerade das nicht macht, was man sich von ihr wünscht und erwartet.

»Tut er so, als ginge ihn das alles nichts an?«, fragt sie, aber das ist es natürlich nicht, was ihre Mutter hören will, das klingt viel zu distanziert und ironisch, und prompt kommt die gereizte Replik: »Dich scheint das ja alles nicht zu beeindrucken.«

»So etwas passiert jeden Tag, Mama.«

In Ginas Erinnerung ist Edwin relativ groß und schlaksig, und wirkt immer leicht abwesend; und dazu passt auch, wie er seine Frau behandelt, nämlich mit einer vorsichtigen Ratlosigkeit, als würde er sie kaum kennen, als sei er mehr oder weniger unabsichtlich in diese Ehe hineingeschlittert und völlig ohne sein Zutun Vater von drei Kindern geworden.

»Was sollen wir jetzt bloß machen, Regine?«

»Ich weiß es nicht. Das muss Susanne entscheiden.«

Gina weiß, dass sie um den heißen Brei redet, wie es jeder in dieser Familie tut; in ihrer Familie fragt man nicht nach, sondern weiß immer schon Bescheid, man widerspricht auch nicht, sondern nickt und lächelt traurig oder böse, und dann denkt man sich seinen Teil. Wie kommt es nur, dass wir alle ständig enttäuscht voneinander sind, denkt Gina und stellt den Zigarettenstummel mit dem Filter nach unten auf den Nachttisch, wo er langsam verglimmt und einen stinkenden Aschekegel hinterlässt wie ein winziges Mahnmal.

»Susanne kann sich jederzeit bei mir melden. Sie kann bei mir wohnen, solange sie will«, sagt Gina und schnippt den Aschekegel in den Papierkorb.

»Wie soll sie das denn machen, Regine, sie kann doch die Kinder nicht allein lassen«, erwidert ihre Mutter hörbar unzufrieden.

»Wie gesagt, Mama, sie kann mich jederzeit anrufen. Ich bin für sie da. Sie kann mich besuchen, sie kann hier wohnen, sie kann sich ablenken. Würdest du ihr das bitte ausrichten?«

Ihre Mutter würdigt diesen Vorschlag keiner Antwort, und Gina verabschiedet sich und legt schließlich einfach auf, nachdem ihre Mutter beharrlich weiter schweigt. Das ist möglicherweise die erste Hürde auf dem Weg zu echter Unabhängigkeit, sagt sich Gina, während sie die Dusche anstellt und darauf wartet, dass das Wasser warm wird. Ein Gedanke, der sie erst euphorisch und dann traurig macht. Unabhängigkeit ist es zwar, was sie immer gewollt hat, schließlich ist sie in einer uninteressanten Stadt, in einem uninteressanten Viertel aufgewachsen, in einer Familie, die nichts Inspirierendes hat. Es ist also nur logisch, dass sie all das hinter sich lassen will, aber kaum ist sie auf dem Weg dahin, merkt sie, dass ihr etwas fehlt.

Sie duscht lange und sehr heiß, fantasiert sich unter einen Wasserfall im Dschungel, einen transparenten Vorhang aus Milliarden Tropfen, der gleichzeitig freien Blick und doch Schutz vor der Welt gewährt, aber irgendwann wird das Wasser lauwarm und dann sehr schnell kalt. Sie dreht den Hahn zu, trocknet sich ab, und überlegt, was sie mit diesem Fragment eines Tages anfangen soll, der eigentlich erst am Abend richtig beginnen wird, nachdem ihr ihre Galeristin streng verboten hat, vor vier Uhr in der Galerie zu erscheinen.

Geh einkaufen oder setz dich ins Café. Wir haben alles bis ins Detail besprochen. Hier stehst du nur herum und machst dich und uns nervös.

Sie zieht sich eine alte, ausgebeulte Jeans und ein farbbekleckstes T-Shirt an. Sie würde nicht einkaufen gehen oder ins Café, sondern einige Leinwände grundieren, denn das ist eine Arbeit, die keine Kreativität erfordert, sondern nur handwerkliche Sorgfalt, bei der man nicht denken, sondern nur funktionieren muss, und das wird ihr guttun. Sehr gern würde sie jetzt die Welt um sich herum vergessen, völlig in einer stupiden, anstrengenden und notwendigen Tätigkeit aufgehen, um die Last verbliebener Stunden nicht mehr zu spüren.

Ihre Bilder hängen genau so, wie sie es mit der Galeristin besprochen hat. Es sind viele Leute gekommen, aber darunter sind viele Freunde und nur wenige potenzielle Kunden, dazu kommt, dass sich der angekündigte Journalist als Volontär im Sportteil entpuppt, den die Chefredaktion zur Vernissage geschickt hat, um der Galeristin einen Gefallen zu tun. Immerhin sieht er sie schwärmerisch an, als sie langsam in sein Aufnahmegerät von nie enden wollender Reflexion über die Welt spricht. Bilder, sagt sie in sein begeistertes, verständnisloses Gesicht, beinhalteten alles, was der Schöpfung gleichkäme, Geist und Materie, und so sei das Bild an und für sich Selbstspiegelung und gleichzeitig die Verdichtung neuer Mythen und Lebensentwürfe. »Meine Bilder begannen um das Thema Liebe zu kreisen, mit all ihren Begleitformen, Erotik und Sexualität, Liebe als Provokation, als unvollendeter Zustand, als verführerische Inszenierung und ausweglose Hoffnung. Es interessiert mich nicht, ob Frauen Lustobjekte des Mannes sind, sondern was sie mit ihrer Lust machen. Es geht um Triumph, um Macht, Einsamkeit, Niederlage, um Schmerz und vor allem um Erlösung.«

Während sie das zum hundertsten Mal abspult, überlegt sie sich, wider Willen geschmeichelt, ob sie ihn zum anschließenden späten Abendessen einladen soll. Ihre Galeristin hat einen Tisch in einem Thairestaurant in der Nähe reserviert, es wäre also ein völlig unverdächtiges Angebot, doch dann erkennt sie, dass er zu jung für sie ist und ihr nur Scherereien einbringen würde, und ausnahmsweise hält sie diese Aussicht tatsächlich davon ab, die Sache weiterzuverfolgen.

Um acht Uhr ist es brechend voll; das kleine Vorspeisen-Büffet ist leer geräumt, der Alkohol fließt in Strömen, zwei Bilder sind bereits verkauft, und zwei weitere wurden reserviert, und das ist kein großer, aber ein respektabler Erfolg für den Anfang, schließlich wird die Ausstellung noch zwei Wochen dauern. Langsam beginnt sich Gina zu entspannen, den Abend zu genießen, sich darüber zu freuen, dass sie im Mittelpunkt steht. Sie geht in die kleine Küche, macht die Tür hinter sich zu, der Lärm, das Stimmengewirr wird plötzlich dumpf wie unter Wasser, und Gina gießt sich ein Glas Wodka ein. Sie hat extra für diesen Moment eine neue Flasche gekauft und kalt gestellt und hebt das Glas auf einen Gast, der nie mehr kommen wird, trinkt und spürt das Brennen in der Kehle wie eine Wunde. Denn genau so ist es, sie ist schwer verletzt. Pauls Tod hat ein Loch in ihr Leben gerissen, das sich nie mehr schließen wird.

Sie hat Paul geliebt, auf ihre Weise, die immer beinhaltet, dass Zuneigung sich nicht in einem spontanen Gefühl erschöpfen darf, sondern auf Geben und Nehmen beruhen muss. Doch Paul hat nicht nur mehr genommen, als ihm zustand, sondern hat sie dann auch noch fallen lassen, eine Kränkung, die sie nie verwinden wird, weil sich der Verursacher aus dem Staub gemacht hat. Eine sehr einfache Methode, seine Schulden nicht zu bezahlen, denkt Gina, und nimmt einen zweiten tiefen Schluck, dann geht sie wieder hinaus zu den anderen, während der Alkohol seiner Aufgabe nachkommt und einen Schirm um sie webt, der sie befähigt, das zu tun, was sie tun muss. Zum Beispiel ihre schwarzen Gedanken zu verscheuchen und lächelnd Barbara zuzuprosten, als wäre nichts.

Barbara trägt einen Mantel aus blau-weißem brokatähnlichem Stoff und darunter eine Jeans. Gina stellt fest, dass sie abgenommen hat und dass es ihr nicht schlecht steht, dass sie plötzlich etwas zerbrechlich Durchsichtiges hat, die Ausstrahlung einer tapferen Verliererin, was Barbara schon wieder zur Gewinnerin macht. Eine Position, die ihr definitiv nicht zusteht, doch bevor Gina noch mehr hässliche Gefühle entwickeln kann, hat sich Barbara zu ihr durchgekämpft und beglückwünscht sie. Aus der Nähe sieht ihr Gesicht nicht mehr so zart, sondern ziemlich erhitzt aus, Nase und Stirn sind von einer glänzenden Schweißschicht überzogen, und sie stößt mit Gina an, während Gina lächelt, »Wie geht's dir?« fragt, und ihr den Oberarm streichelt. »Es geht«, sagt Barbara, zuckt gereizt die Schultern, lässt ihre Blicke mit gerunzelter Stirn durch den Raum schweifen, als wüsste sie ganz genau, was in Gina vorgeht, beziehungsweise vorgegangen ist, und vielleicht ist das ja auch so, vielleicht sind Ginas Gefühle ganz normal, vielleicht würde es Barb im Fall des Falles auch nicht anders gehen.

»Hat sich Manuel schon gemeldet?«, fragt sie.

»Er ist gestern Nacht geflogen. Seitdem nichts.«

»Und wie ist das für dich? Kommst du klar?«

Gina sieht, wie Barbaras Augen sich röten, und nun tut sie ihr ehrlich leid, na ja, fast, auch wenn da immer noch ein Rest Missgunst lauert, ein Anflug hämischer Genugtuung, dass Barb nicht mehr besser dran ist als sie. »Du könntest bei mir übernachten«, schlägt sie vor. Natürlich ist das nicht ernst gemeint, schließlich hat Gina nicht einmal ein Gästezimmer, und aus dem Alter, in denen Freundinnen in einem Bett übernachten, sind sie ja nun lange heraus. Barbara sagt brav, was man in solchen Situationen sagt, verlangt nichts von Gina, das sie nicht geben kann. »Danke, aber ich muss mich daran gewöhnen, es ist nur so viel auf einmal. Erst der Tod von Paul und jetzt Manuel.«

»Ja. Das verstehe ich.« Gina schämt sich, aber es lässt sich nicht ändern; sie ist erleichtert.

»Ich vermisse Paul«, sagt Barbara.

»Ja.« Gina beißt sich auf die Lippen, und plötzlich sieht sie alles nur noch wie durch einen Schleier. Sie kann einfach nicht akzeptieren, dass Paul tot ist, für immer und ewig verschwunden. Was auch heißt, dass sie ihn nie wieder anrufen kann, dass sie keine zynischen und albernen SMS mehr bekommen wird, dass sie niemand mehr *Miss Bisamratte* und *Frau Schleierkraut* nennen wird, und dass sie mit niemandem über das reden kann, was sie getan hat.

»Es tut mir alles so leid für dich«, sagt Gina, meint eigentlich nicht Barbara, sondern sich und legt trotzdem den Arm um Barbara wie eine echte Freundin. Aber Barbara entwindet sich, sagt »Tja«, was sich irgendwie ironisch anhört, und sieht Gina von der Seite an, als wüsste sie doch Bescheid, aber das kann nicht sein, sie kann nichts wissen, es ist einfach nicht möglich. »Jetzt sind wir beide allein«, sagt Barbara, und auch das klingt seltsam doppeldeutig, aber Gina beschließt, es zu ignorieren, sagt: »Wir werden es uns schon nett machen«, bietet Barbara eine Zigarette an, und Barbara nimmt sich gnädig eine, als wäre es ein Friedensangebot, das man schlecht ausschlagen kann. Sie lässt sich von Gina Feuer geben, ohne sich zu bedanken.

»Ja«, sagt sie dann, bläst den Rauch in die Menge, die sich um sie herumdrängt, »vielleicht war es das ja dann auch schon mit den Männern, vielleicht passiert die nächsten dreißig Jahre absolut nichts mehr.«

»Barb, du bist gerade einmal einen Tag getrennt …«

»Es kommt mir vor wie zehn Jahre.«

»Nicht einmal vierundzwanzig Stunden, wenn man es genau nimmt, und du redest schon von einem Dasein als alter Jungfer.«

»Weißt du, was ich neulich gelesen habe?«

»Was?«

»Von einer Frau, die sie sich mit Ende dreißig von ihrem Freund getrennt hat. Seitdem hatte sie keinen Sex mehr. Fünf Jahre lang keinen Sex mehr! Sie hat gesagt, wenn sie das gewusst hätte, hätte sie sich das mit der Trennung noch einmal überlegt.«

»Sex bekommst du immer, wenn du ihn unbedingt willst, darauf kannst du dich verlassen.«

»Manuel wollte heiraten.«

»Ach.«

»Er wollte heiraten und Kinder haben. Mit mir.«

»Das hast du nie erzählt.«

»Ich habe mich geschämt.«

»Wieso?«

»Immer wenn es ernst wurde, konnte ich es nicht. Immer wenn ich meinte, schwanger zu sein, bin ich panisch geworden. Ich bin nicht der Typ für Kinder. Ich fühle mich zu jung für Kinder, für die Verantwortung.«

»Mhm.«

»Ich weiß, wie alt ich bin, Gina.«

»Barb, ich muss mal kurz da rüber. Zu meiner Galeristin.«

»Ja, natürlich. Kein Problem.«

»Tut mir leid, gerade jetzt ...«

»Macht wirklich nichts. Geh nur.«

»Kommst du später mit ins ›Jules‹?«

»Ja, gern.«

»In einer halben Stunde ungefähr. Hältst du es so lange noch aus?«

»Ich werde mich unter den anwesenden Männern umsehen.«

»Tu das«, sagt Gina abwesend und verlässt Barbara, denn neben ihrer Galeristin steht ein Zahnarzt, mit dem sie sich vorhin schon unterhalten hat: Er ist nicht zu alt und nicht zu jung, er sieht aus, als hätte er Geld, und er gefällt ihr.

Der Zahnarzt ist doch älter, als Gina gedacht hatte; während sie sich mit ihm unterhält, schätzt sie ihn auf Anfang, Mitte vierzig, aber das ist eigentlich schon bald nicht mehr wichtig. Viel wichtiger ist, dass sich Oberlid und Unterlid zusammenziehen wie bei einer Katze, wenn er lächelt, dass seine Augenbrauen dicht und dunkel und so gleichmäßig geschwungen sind, als wären sie gezupft, dass seine Nase lang und schmal ist, dass sich zwei tiefe Falten zu den Mundwinkeln ziehen, dass seine Lippen blass und seine Zähne sehr weiß sind.

Er trägt einen goldenen Ehering, aber seine Frau scheint nicht hier zu sein.

»Ihre Bilder sind unglaublich erotisch«, sagt er, und auch das gefällt Gina, denn die meisten Männer trauen sich nicht, das anzusprechen, obwohl es auf der Hand liegt. Sie malt nackte, junge Frauen, hyperrealistisch, aber dekonstruiert, die Basis ihrer Bilder sind Papiercollagen aus Anzeigenseiten von Hochglanzzeitschriften, ihre Akte zeichnen sich durch makellose Gesichter und ideal gerundete Brüste aus, und die Irritation des Betrachters entsteht aus dieser Perfektion und aus der Tatsache, dass Brüste, Arme und Beine nach oben oder unten verschoben sind, dabei wie abgeschnitten und angeklebt wirken, als habe ein Mädchen seine Barbiepuppe in ihre Einzelteile zerlegt und neu zusammengesetzt.

»Gleichzeitig sind sie gnadenlos«, sagt der Zahnarzt. »Keine lebendige Frau kann diesen Bildern genügen.«

»Da haben Sie recht«, sagt Gina. Ihr Blick ruht mit einer Intensität auf ihm, als würde er ihr gefallen, und das wiederum scheint ihm zu gefallen.

»Wer hat Sie mitgebracht?«, fragt sie, als verstünde es sich von selbst, dass er auf keiner Gästeliste steht.

»Eine Freundin.« Seine Augen lassen sie nicht los.

Miss bisamratte beste freundin ohne ihre markante iro-

nie u ihren bösemädchenwitz wäre jeder alltag qualtag lg dahl

Verehrter mr dahl, diese therapeutische leistung kostet 1 abendessen einzulösen diese woche lg bisamratte

Das ist kein kostenpunkt sondern vergnügen bitte andere währung wählen lg

Verstehe da ist jemand eifersüchtig und jemand anderer zu feige für freundschaft schade ende

»Nicht Ihre Frau?«, fragt Gina, sonnt sich in seinem Blick.

»Wir leben getrennt.«

»Entschuldigung.«

»Ich würde sonst nicht so mit Ihnen reden.«

»Warum, wie reden Sie denn mit mir?«

Er lächelt und antwortet nicht. Dann erkundigt er sich plötzlich mit beinahe beleidigender Sachlichkeit nach dem Konzept ihrer Malerei: »Haben Sie ein Konzept?«, fragt er in inquisitorischem Ton, als bestünde der begründete Verdacht, dass sie ins Blaue malt, konfus, improvisiert, ohne Plan und Ziel.

»Natürlich«, sagt Gina.

»Warum diese puppenhaften Schönheiten, diese geradezu unzulässig idealisierte Form von Weiblichkeit? Werdet ihr nicht schon genug terrorisiert vom Schönheitswahn?« Es klingt beinahe zornig, und Gina denkt, dass er möglicherweise schon sehr viele schöne Frauen gesehen hat, die es nicht mehr sind, sobald sie auf seinem Behandlungsstuhl Platz genommen und ihren Mund aufgemacht haben. Unwillkürlich stellt sie sich den Anblick schwärzlicher, fleckiger, kariöser Zähne vor und erinnert sich an ihr eigenes Schaudern, sobald der Arzt begonnen hatte, sich mit seinem kleinen Spiegel in ihrer Mundhöhle zu schaffen zu machen. Sie denkt an dicke, kurze Finger in gelblichen Latexhandschuhen, an denen

Reste ihres Lippenstifts klebten, und dabei wird ihr beinahe übel.

Sie nimmt sich zusammen.

»Bilder sind immer der Ausdruck einer Sehnsucht«, sagt sie schließlich.

»Sie sehnen sich nach Perfektion?«, fragt er zurück.

»So einfach ist es auch wieder nicht.«

»Ach, nein?«

»Nein. Aber wenn Sie wollen, erkläre ich Ihnen mein Konzept.«

Er schweigt einen Moment lang.

»Sind Sie Masochistin?«, fragt er dann.

»Gott hat die Welt aus Sehnsucht erschaffen, aus der Sehnsucht, erkannt zu werden. Die Werbung hat diese Sehnsucht missbraucht, der Begriff der Schönheit wird insgesamt andauernd missbraucht. Meine Bilder spielen mit dieser Erkenntnis, sie provozieren und machen Angst, und Angst führt zur Erkenntnis. Mir geht es um die Darstellung des Weiblichen in den Medien und um moderne Liebeserfahrung und Körpererfahrung der Frau.«

»Sie kritisieren den Schönheitswahn. Das kann jeder behaupten, auch jeder Werbefotograf, der seine Bilder anschließend am Computer bearbeitet, damit der Teint noch glatter und fehlerloser wird.«

»Ich kritisiere nicht, ich zeige, was ist. Mein Ausgangspunkt ist die These, dass die Kunstgeschichte zugleich eine Geschichte des Leibes ist.«

»Die Geschichte des Leibes?«

»Alle Künstler haben sich in der Abbildung des Leibes versucht, den verschiedenen Texturen der Haut, den Millionen von Schattierungen, die in der Folge eine Haltung oder einen Schmerz wiedergeben.«

»Ich würde Sie gerne wiedersehen.« Und Gina spürt, dass diese Bemerkung nicht ganz ehrlich ist, vielleicht bloß

78

den Wunsch ausdrückt, dass sie aufhören soll, seltsames Zeug zu reden, das er nicht versteht. Aber sie schiebt diesen Gedanken weg, denn er ist nicht gut für sie, und an diesem einen Abend will sie nur das tun, was gut für sie ist. Was sie nicht verhindern kann, ist, dass ihre Stimme um eine Nuance härter, ironischer wird.

»Noch bin ich ja da.«

Sie stehen sehr dicht zusammen, während die Menge um sie herumwogt, und Gina fühlt den dringenden Wunsch, etwas zu trinken, noch mehr Wodka, um den Rausch nicht abebben zu lassen, auf dessen Welle sie surft, und sie löst ihren Blick von dem Mann, dessen Namen sie vergessen hat, weil seine Gegenwart ihre Gedanken auf ein einziges Ziel fokussiert. Vielleicht wäre jetzt gleich etwas passiert, aber in diesem Moment sprengt Barbara den magischen Kreis.

»Mein Freund hat mich verlassen«, teilt Barbara mit schwerer Stimme niemand Bestimmtem mit, während sich Gina wieder an den Vornamen des Zahnarztes erinnert; er heißt Reinhard. Reinhard sieht Barbara an und wartet ab, was Gina jetzt unternimmt, um diese Situation zu bereinigen. Aber bevor Gina etwas machen kann, stößt die Galeristin zu ihnen und stellt eine ältere Frau vor, die nach Geld aussieht, und Gina lächelt erst Reinhard und dann Barbara entschuldigend an, bevor sie sich der Galeristin und ihrer möglichen Kundin widmet.

Eine Stunde später sitzen sie zu zwölft im »Jules«, links neben Gina sitzt Reinhard, der Zahnarzt, zu ihrer Rechten ihre Galeristin, die, wie alle in der Runde, ziemlich beschwipst ist, während die Kellner erst misstrauisch die laute, extrem lustige Runde beäugen und dann immer freundlicher werden, als die Bestellungen nur so auf sie niederprasseln. Immerhin gehört das »Jules« zu den vielen

Lokalen, die einmal angesagt gewesen und aus unerfindlichen Gründen irgendwann halb leer geblieben sind, weshalb Kunden wie diese einen langen, öden Abend retten.

Reinhard und Gina werden von der Gruppe bereits als das Paar wahrgenommen, das sie erfahrungsgemäß niemals sein werden, aber der Alkohol legt kritische Reflexe lahm, macht die Gesichter milde und die Herzen optimistisch. Warum sollte nicht doch einmal möglich sein, was normalerweise nie passiert: Gina lernt einen passenden Mann kennen, und es endet nicht in einer wie auch immer gearteten Enttäuschung. Und so lässt Gina, ungewohnt optimistisch, ihre Blicke über den Tisch schweifen und entdeckt Barbara am anderen Ende, die Gina nicht beachtet, sondern in ein Gespräch mit einer Frau vertieft scheint, die sich später als die Schwester der Galeristin entpuppt.

Am Tisch wird diskutiert über den Zusammenhang zwischen Kunst und Liebe und dem Schönheitsbegriff des einundzwanzigsten Jahrhunderts, und schließlich landet man beim Sinn der Malerei in einer Zeit der digitalen Vervielfältigung. Dann zitiert jemand zu Ginas Ärger einen viel berühmteren Kollegen, der seine Bilder angeblich einmal mit Pilzen verglichen hat, die aus dem feuchten Waldboden wachsen. Prompt kommt die »Siehst du das auch so?«-Frage, und sie antwortet: »Natürlich nicht«, während ihre Stimme schärfer klingt als beabsichtigt. »Künstler reden manchmal so dummes Zeug, weil sie wissen, dass es interessant klingt.«

»Aber wie ist es dann?«, fragt sie eine rothaarige Frau, die ihr gegenübersitzt und die Gina nicht kennt, wie sie sich plötzlich überhaupt als Fremde fühlt, und das ausgerechnet auf einer Veranstaltung, die ihr zu Ehren stattfindet. »Wie ist das«, insistiert die Frau, »wenn sich etwas auf deiner Leinwand materialisiert?«, und Gina denkt einen Moment lang nach, bevor sie einfach formuliert, was ihr schon so lange im Kopf herumgeht. »Es ist schön, ein schönes Gefühl ....« Sie stockt; ihre Zunge fühlt sich schwer an, aber nun ruhen alle Blicke auf ihr, und sie kann nicht mehr zurück, also macht sie weiter. »...dann ist es auch wieder schwer, denn am nächsten Tag sieht ein Bild dann wieder ganz anders aus, weil sich entweder die Lichtverhältnisse verändert haben oder du selbst nicht mehr dieselbe bist, und dann ist das Bild vielleicht nicht mehr so, wie du es dir vorgestellt hast. Wie es in deinem Kopf schon fertig vorhanden war. Und dann fragst du dich, wann das reale Bild endlich so sein wird, dass es dem Bild in deinem Kopf wenigstens ähnlich ist, und irgendwann erkennst du: Nie, es wird nie so sein, wie du es gerne hättest, es ist immer irgendwie verpfuscht.«

Gina lacht und ihr Gegenüber ebenfalls, vielleicht erleichtert, dass sie nur Spaß gemacht hat, dabei ist alles, was sie gesagt hat, so wahr wie selten etwas. Manchmal tut diese Wahrheit weh, aber nicht heute Abend. Heute Abend ist alles sehr angenehm, keine weiteren Verletzungen in Sicht, und sie wendet sich Reinhard zu, der seinen Arm um sie gelegt hat und im Nacken mit ihren dunklen Locken spielt. Gina lächelt, und er küsst ihr Ohr. Alles scheint sehr leicht zu sein, und dieses Gefühl hält an, erstaunlicherweise, bis Gina das Vibrieren des Handys an ihrer rechten Pobacke spürt und sich behutsam von Reinhard losmacht, und ihm zuflüstert, dass sie gleich wiederkäme.

Auf dem Weg zur Toilette fischt sie ihr Telefon aus der Hosentasche und erkennt die Nummer, die sie wohlweislich nie eingespeichert hat. Sie drückt auf den Knopf, der die Verbindung unterbricht, bevor sie aufgebaut werden kann, aber dann beginnt es eine Minute später erneut zu vibrieren, und diesmal hebt sie ab.

»Wir hatten ausgemacht, dass wir nicht mehr telefonieren«, sagt sie in den Hörer hinein, unfreundlich, aber leise, weil man nie weiß, wer sich sonst noch hier aufhält. Sie schließt die Kabine hinter sich ab und setzt sich auf den perlmuttfarben schimmernden Klodeckel. »Ich will nicht, dass du mich anrufst«, sagt sie in das atmosphärische Rauschen hinein, aber sie legt diesmal nicht auf, noch nicht, obwohl sie genau weiß, dass sie das sollte.

MANUEL

Das Flugzeug der Qatar Airlines fliegt in einen strahlend roten Morgen hinein, zarte Schleierwölkchen verdecken den Bogen der aufgehenden Sonne, und eine fürsorgliche Stewardess zieht Manuel die heruntergerutschte Decke wieder über die Schulter, während Manuel von seinem Vater träumt, der vor zehn Jahren in Griechenland ertrunken ist, an einer höchstens brusttiefen Stelle in einer stillen Bucht bei glatter See. Die Obduktion hatte damals weder einen Herzinfarkt noch einen Schlaganfall ergeben; organisch war er vollkommen gesund, aber seine Lunge war voller Salzwasser. Über die Ursache konnte man nur rätseln; vielleicht hatte es einen Wirbel oder eine Welle gegeben, die ihn irritierte, vielleicht ist er auf einen Krebs oder eine scharfkantige Muschel getreten. Sicher ist, dass ihn etwas so erschreckt haben muss, dass er unterging und das Salzwasser nicht nur schluckte, sondern panisch einatmete. Eine mögliche Erklärung dafür lautet, dass sein Vater sein Leben lang Angst vor Wasser hatte, und dass sich das Wasser nun, im Sinne einer sich selbst erfüllenden Prophezeiung, rächte.

Manuel träumt von der Beerdigung, von den vielen weinenden Menschen, von den Schülern seines Vaters, die am Grab singen, und dann befindet er sich plötzlich in dem verwaisten Arbeitszimmer und räumt gemeinsam mit seiner Mutter all die Dinge aus, die sein Vater, ein besessener Sammler, nicht wegwerfen konnte. Sie arbeiten schweigend, Seite an Seite, versinken in Bergen von ausgeschnit-

83

tenen Zeitungsartikeln aus den letzten dreißig, vierzig Jahren, fühlen sich umstellt von Ordnern voller angefangener Zeichnungen, Skizzen und krakeligen, kaum lesbaren Notizen auf vergilbtem linierten Papier, das sein Vater säuberlich aus Ringblöcken und Schulheften herausgetrennt hat, und dann beginnt, in einem dieser stillen Momente, die Wanduhr zu ticken. Sie ist vor Jahren stehen geblieben und nie wieder aufgezogen worden, aber jetzt tickt sie, unerklärlich, unüberhörbar, gespenstisch, und Manuel erstarrt, während seine Mutter anfängt zu weinen, und sagt, dass sie Angst habe, sagt: »Ich glaube, er will mich holen.« Manuel zuckt zusammen und wacht auf, schwitzend und mit einem schlechten Geschmack im Mund, während sich das Dröhnen der Triebwerke in seinen Kopf zu bohren scheint, die aufgehende Sonne ihn blendet.

Sein Vater will seine Familie wieder um sich haben. Er verfolgt Manuel bis in seine Träume, weil er sich langweilt, so ganz allein in der Ewigkeit.

Manuel sieht auf die Uhr und stellt fest, dass sie in circa einer Stunde landen werden, also sucht er schlaftrunken nach dem Knopf, der seinen Sitz wieder aufrichten soll, aber die Stewardess steht bereits neben seinem Platz und erledigt das für ihn. »Did you sleep well?«, fragt sie, und er antwortet automatisch: »Yes. Thank you.« Sein Englisch, denkt er, ist in Ordnung, reicht für berufliche Belange vollkommen aus, auch wenn er seinen harten deutschen Akzent nicht mehr loswerden wird, aber wen kümmert es schon, wie er redet, die Hauptsache ist doch, dass er verstanden wird. Die Stewardess lächelt jedenfalls und reicht ihm mit einer eleganten, fast sinnlichen Bewegung eine Frühstückskarte. Überhaupt findet Manuel sie in seinem unwirklichen Zustand zwischen Wachsein und Schlaftrunkenheit sehr schön und

überlegt eine Sekunde lang, wie es wäre, sie näher kennen-
zulernen, dann lässt er den Gedanken wieder fallen, vergisst, dass er ihn je gehabt hat und legt die Frühstückskarte achtlos auf den leeren Sitz neben sich. Er starrt in
den blassblauen Himmel, denkt an seinen Vater, anschließend an Paul, dann an Barbara und fühlt sich plötzlich
umzingelt von Tod und Vergänglichkeit.

Wie aus dem Nichts überfällt ihn eine unglaublich far-
bige und detaillierte Erinnerung an Paul, obwohl er sich
nicht einmal viel aus ihm gemacht hat. Während Barbaras Gedächtnis eine baufällige Baracke ist, mit kaputten
Möbeln und klaftertiefen Rissen in den Böden und Wänden, präsentiert sich seins als perfekt ausgebautes, mittlerweile etwas überfülltes Haus, in dem jedes Schräub-
chen an der richtigen Stelle blinkt. Oft macht ihn das
stolz, die Ordnung in seinem Kopf, mit all den beschrif-
teten Schubladen, in die er jederzeit hineingreifen kann,
manchmal ist es aber auch eine Belastung, nichts vergessen zu *können*, sich an alles erinnern zu *müssen*, immer randvoll zu sein mit Erinnerungen an die Vergangenheit. Wie zum Beispiel dieser Urlaub mit Paul, der zwei
Jahre zurückliegt und Manuel rein gar nichts bedeutet
hat, und den er plötzlich trotzdem wieder vor Augen hat,
als sei das alles erst gestern passiert. Vielleicht ist ja genau das die Erklärung dafür (eine absurde Idee, aber
plötzlich kommt sie ihm logisch vor), dass Tote, wie Paul
oder sein Vater, sich mit ihrer plötzlichen Absenz nicht
abfinden wollen, sich quasi mit Gewalt in die Köpfe der
Lebenden drängen, um wenigstens nicht vergessen zu
werden, wenn sie sonst schon keine Rolle mehr spielen
dürfen.

Also sieht er sich und Barbara auf einer hitzeglühenden
griechischen Insel, zusammen mit Paul und einer arbeits-
losen blonden Schauspielerin namens Sabine, mit der sich

Paul abgab, bevor Sabine ihn verließ, um einen TV-Regisseur zu heiraten. Paul, Barbara, Sabine, damals noch eine Schauspielerin ohne Engagement, und Manuel, damals noch als Architekt in Lohn und Brot, saßen in einem winzigen Corsa auf dem Weg nach Oia, einer schneeweißen Stadt, die romantisch an einen Felsen geschmiegt war, wo Paul unbedingt den Sonnenuntergang genießen wollte. Barbara und Manuel hatten ihm versichert, dass ihrer Erfahrung nach der kleine Platz weit oben über der Bucht überlaufen sein werde, und Sabines herabgezogene Mundwinkel hatten deutlich gezeigt, was sie von dieser spontanen Idee hielt, da doch ausgerechnet heute in ihrem All-Inclusive-Hotel der allwöchentliche Grillabend angekündigt worden war.

Schließlich hatten sie sich auch noch verfahren, landeten nicht auf der Straße auf dem Felsenkamm von Fira nach Oia, sondern auf einer kurvenreichen Route unten am Meer, ein Riesenumweg, wie Manuel sofort erkannte, während Paul am Steuer unbelehrbar wie ein Kind von einer Abkürzung faselte, und dann die rechte Hand vom Lenkrad nahm und Sabine auf das gebräunte Knie legte. Die schob die Hand mit einer brüsken Bewegung weg, woraufhin Paul sie wieder hinlegte, aber Sabine sie wieder wegschob. Schließlich kam es beinahe zu einem Kampf, der wahrscheinlich nur deshalb nicht ausartete, weil Sabine die Anwesenheit von Manuel und Barbara bewusst wurde und schließlich Paul gewähren ließ, während sie mit genervtem Ausdruck aus dem Fenster sah, ihr kleines, mageres Profil verschlossen wie eine Auster. Natürlich kamen sie zu allem Überfluss auch noch fast zu spät, fanden keinen Parkplatz, mussten schließlich im Laufschritt durch die schmalen Gassen sprinten, während sich die niedrigen kubischen Häuser bereits orange verfärbt hatten und sich Sabine in ihren Stiletto-Sandalen beinahe den

Fuß verknackste. Der Platz vor dem kleinen Café war so überfüllt gewesen, dass man fast nichts sehen konnte von dem Spektakel.

Aber Paul hatte seinen Willen bekommen, wie immer übrigens in diesem Urlaub, auch wenn das niemandem außer Manuel aufzufallen schien. Und obwohl sie zum Grillabend zu spät kamen, wo am geplünderten Buffet nur noch ein paar erkaltete, rötlich glänzende Bratwürste zu haben waren, und Sabine wahrscheinlich schon bei diesem deprimierenden Anblick die spätere Trennung beschlossen hatte, redete Paul den ganzen restlichen Abend aus *reinem Trotz*, wie Manuel verärgert feststellte, von dem unvergesslichen Erlebnis einer feuerroten Sonne, die sich im Meer ertränkte, mit den schwarzen Umrissen der Felseninseln im Vordergrund und dem Anblick eines hell erleuchteten Kreuzfahrtschiffes, das der Nacht entgegenfuhr. Und wieder einmal hatte sich Manuel gefragt, wie ein Mensch, der sich nichts sagen ließ und bei den unpassendsten Gelegenheiten krächzend lachte wie ein pubertierender Jugendlicher, wie ein so *würdeloser* Charakter wie Paul als professioneller Helfer auf die Menschheit losgelassen werden konnte. Darauf hatte Barbara später einmal geantwortet, dass Therapeuten bei der Gestaltung ihres eigenen Lebens oft versagten, und dass das nichts über deren Kompetenz aussagte. Ein Argument, das ihn in seiner Undurchdachtheit furchtbar aufregte und dazu brachte, wieder einmal heftiger zu reagieren, als gut war.

Das ist doch Blödsinn, Barb! Ich bitte dich!

Sie lagen im Bett, das Licht war ausgeschaltet, um keine Mücken anzulocken, die Laken waren feucht von ihrem Schweiß, die altmodische, nicht regulierbare Klimaanlage brummte und surrte über ihren Köpfen, während sie stritten, statt zu schlafen, eine typische Situation, weil Barbara

Dinge nicht auf sich beruhen lassen konnte, ihr immer irgendwelche Gegenargumente einfielen, während er sich manchmal einfach nur jemanden wünschte, der ihm ohne Wenn und Aber zustimmte.

Okay, Manu, wie du willst.

Was soll das denn wieder heißen?

Du hast deine Meinung, ich meine.

Du findest also nicht …

Nein.

Du findest nicht, dass ein Mann, der sich anmaßt, anderen zu sagen, was sie tun sollen …

Leute kommen zu ihm, weil sie etwas in ihrem Leben klären wollen. Er hat die nötige Distanz, bei diesem Prozess zu helfen. Das heißt nicht, dass sein eigenes Leben perfekt funktionieren muss. Es reicht, wenn er weiß, wie ein Leben funktionieren müsste.

Haarspalterei.

Okay.

Okay was?

Du hast deine Meinung, ich meine.

So endeten viele ihrer Diskussionen, indem Barbara sie abwürgte, auf diese nachgiebige Weise, die ihn gleichzeitig wütend und wehrlos machte.

Paul ist tot. Manuels Beziehung ist tot. Sein altes Leben ebenfalls.

Er sieht aus dem Fenster. Der Himmel ist wolkenlos, siebentausend Meter unter ihm befindet sich das Meer.

Katar ist seine Chance. Er darf das nicht vermasseln.

Sie werden in einem Team von zehn Fachleuten arbeiten, die aus Frankreich, den USA, Bahrain, Deutschland und den Philippinen stammen.

Das hört sich interessant an.

Die Leitung wird ein Amerikaner übernehmen, Larry Henson.

Den Namen habe ich noch nie gehört.

Er ist international sehr bekannt.

Was hat er gemacht?

Keine Prestigebauten à la Norman Forster, wenn Sie das meinen. Larry ist sehr erfolgreich in Hongkong und Singapur. Wir sind froh, dass wir ihn gewinnen konnten.

Natürlich. Darf ich fragen …

Sie werden gemeinsam ein Businesscenter bauen. Das Budget beträgt dreißig Millionen US-Dollar.

Das ist ausgesprochen großzügig.

In Katar gibt es keine Liquiditätsprobleme. Dieses Land möchte ganz oben mitspielen. In der ersten Liga neben Kuwait und Saudi-Arabien.

Ich verstehe. Gibt es Pläne für dieses Projekt?

Ja.

Wer hat sie erstellt? Larry Hensons Büro?

Das werden Sie alles vor Ort erfahren.

Natürlich.

Sind Sie mit den Konditionen einverstanden?

Ja.

Dann darf ich Ihnen Ihr Ticket geben. Waren Sie schon einmal in Katar?

Ich weiß nicht einmal, wo das genau liegt.

Darf ich fragen, wie Sie diesen Aufenthalt privat regeln werden?

Ich bin vollkommen unabhängig.

Laut unseren Unterlagen sind Sie unverheiratet.

Ja. Wie gesagt …

Das ist gut. Katar ist kein Ort für Frauen aus unserem Kulturkreis.

Davon habe ich gehört.

Nun zu unserem Gehaltsvorschlag …

Ich bin damit einverstanden.

Er hatte nie zuvor so unglaublich viel Geld angeboten bekommen. Steuerfrei.

Sie stellten ihn auf die Empfehlung seines früheren Chefs hin ein, ausgerechnet dem Mann, den er eigentlich hassen müsste, weil er damals die Zügel hatte schleifen lassen, obwohl die Zeiten schwieriger geworden waren, weil er die falschen Leute befördert hatte, die, die viel redeten, aber mit Geld nicht umgehen konnten, unzuverlässig arbeiteten und ihre Etats überzogen. Genau deshalb hatte die Firma zwei wichtige Auftraggeber verloren und dann zu allem Überfluss noch eine millionenschwere Haftungsklage kassiert wegen eines Statikfehlers, der über zehn Jahre zurücklag und den die Versicherung nicht übernehmen wollte. Und so war es gekommen, dass der Bankrott plötzlich kein Schreckgespenst mehr, sondern ausgemachte Sache und nur noch eine Frage von Wochen gewesen war.

Alles war unglaublich schnell gegangen, und dann war alles vorbei gewesen.

Die Ruhe nach dem Sturm.

Während Manuel mit großen Augen beobachtete, wie sein Leben auseinandergerissen und um ihn herumgewirbelt wurde, mit beinahe unpersönlichem Interesse registrierte, was ihm und seinen ehemaligen Kollegen angetan wurde, erkannte er mit geradezu heiterer Verwunderung, dass es nichts gab, was er dagegen unternehmen konnte.

Dann handelte er wie automatisiert, immer noch in einem Zustand fast kompletter Empfindungslosigkeit, schrieb Bewerbungen, rief Personalchefs an und ließ sich von freundlichen und auch weniger freundlichen Menschen auf nächstes oder übernächstes Jahr vertrösten, wenn sich die Lage entspannt habe. Nutzlose Aktivitäten in einer

Zeit ohne Hoffnung, eine Erkenntnis, die er nicht wahrhaben wollte, denn so funktioniert er einfach nicht, er nicht. Man weiß ja, wie der Markt aussieht, dass es zu wenig freie Stellen für viel zu viele Architekten gibt, und deshalb, erhoffter Aufschwung in der Baubranche hin oder her, niemand kündigt oder gar ein eigenes Büro aufmacht, aber man wendet dieses Wissen natürlich niemals auf sich selber an. Ist man nicht immer die Ausnahme von der Regel? Ist dieses Erfolgskonzept nicht immer der Garant gewesen, es wider gegen jede Wahrscheinlichkeit doch zu schaffen?

Als Manuel schließlich auf der Straße stand, ohne Aussicht auf einen Job, der nicht an seinen Zielen und Lebensträumen vorbeiging, streckte der Sommer gerade seine ersten zarten Fühler aus, und Manuel freute sich auf heiße Tage in den Bergen oder im Schwimmbad, auf den überlangen Urlaub, den er sich nach all der vergeblichen Schufterei redlich verdient hatte. Aber dann wurde das Wetter plötzlich schlecht, und Barbara und er gaben viel Geld für vierwöchige Luxusferien auf einer griechischen Insel aus, weil sie beide das Gefühl hatten, sich das jetzt gönnen zu müssen, und weil irgendwo immer noch die Hoffnung lauerte, dass sich nach ihrer Heimkehr wie durch ein Wunder irgendetwas ergeben würde, dass das nicht eintreten würde, was doch nie vorgesehen war.

Aber alles wurde noch schlimmer.

Manuel wusste in dem Moment, als sie ihre Urlaubskoffer in die leere, staubig riechende, aufgeheizte Wohnung schleppten, dass er mit dem Dasein, das ihn jetzt erwartete, nicht zurechtkommen würde. Es gab unzählige Menschen, denen es viel schlechter ging als ihm, die nicht nur arbeitslos, sondern hoch verschuldet waren und dabei möglicherweise auch noch einsam, depressiv und krank. Aber das half alles nichts. Er fühlte sich nackt wie eine

Schnecke ohne Haus. Und dann packte ihn die Panik, ließ ihn nachts nicht schlafen, machte ihn tagsüber gereizt und nervös, denn die Panik kannte keinen Anlass, also konnte man sie auch nicht von sich fernhalten. Es gab keine wirksame Waffe gegen sie, sie sprang ihn an wie ein Tier aus dem Gebüsch, schlug ihre Zähne in seinen Hals, zwang ihn in die Knie, nahm ihm die Luft zum Atmen, wenn er im Auto saß oder spazierenging. Einfach so.

Seitdem er beschlossen hat, Barbara zu verlassen und nach Katar zu gehen, hat sich die Angst von einem Tag auf den anderen verabschiedet, wurde selbst die Erinnerung daran von Tag zu Tag schwächer. Eine Entwicklung, über die er nie mit Barbara geredet hat, und das ist das einzige Versäumnis, was er sich seiner Ansicht nach vorzuwerfen hat.

Er sieht nach unten durch den zarten Dunst auf das blaue Meer, erzählt sich zum hundertsten Mal im Stillen seine Version der Ereignisse. Jede Trennung hat ja eine Geschichte, so muss es auch sein, schon damit man nicht als Schuft dasteht, wenn man nicht verlassen wird, sondern selber geht.

Die Geschichte, seine Geschichte, geht so, dass Manuel die Wände strich, Türen und Fensterrahmen abbeizte und sie neu lackierte, das Schlafzimmer umräumte, eine neue Küche einbaute, alte Kleidung aussortierte und sie ordentlich verpackt zur Caritas brachte, Barbara jeden Abend mit einem selbst gekochten Essen empfing und die komplette Planung für ihr soziales Leben übernahm. Und Barbara tat so, als würde sie sich darüber freuen, aber in Wirklichkeit war sie von seiner permanenten Anwesenheit überfordert.

Ich komme nach Hause, und du bist immer schon da.
Ja, und?
Ich habe keine Zeit mehr für mich.

Er bestellt ein Frühstück und schaut wieder aus dem Fenster. Seine Auftraggeber haben ihm eine helle, großzügige, klimatisierte, geschmackvoll möblierte Vier-Zimmer-Wohnung mit Meerblick versprochen, die er allein bewohnen wird, ein Gedanke, der ihn erst abgeschreckt hat und ihm jetzt immer besser gefällt: vier Zimmer nur für ihn allein. Er wäre vollkommen unabhängig, müsste sich mit niemandem absprechen, was ihn an seine erste eigene Wohnung nach sechs WG-Jahren erinnert: Wie er in seiner blitzsauberen Küche saß und wusste, dass niemand außer ihm sie je benützen würde, niemand Spaghettisaucen-Spritzer so lange auf dem Herd eintrocknen lassen würde, bis sie sich nur noch mit Stahlwolle und Chlorreiniger entfernen ließen, niemand die chromschimmernde Dunstabzugshaube mit Fingertapsern verunstalten oder mit dreckigen Profilsohlen über den Küchenboden stapfen würde, dass er sich nie wieder über verkalkte Fliesen im Bad ärgern müsste oder er morgens halb nackten fremden Mädchen begegnen würde, die ihn mit gereiztem Blick musterten, als sei er der Eindringling und nicht sie.

Natürlich ist auch eine Beziehung eine Wohngemeinschaft, und, das ist die Fortsetzung von Manuels Geschichte ihrer langen, unausweichlichen Trennung, so gesehen anstrengend, ganz besonders anstrengend, wenn die Mitbewohnerin Barb heißt. Denn Barb räumt ungern und nur oberflächlich auf und vergisst dabei die Hälfte, während er aufs Detail achtet. Pfusch erträgt er nicht. Schon bei seinem Vater hat ihn diese Manie, Dinge mit begeistertem Furor anzufangen und dann mehr schlecht als recht zu Ende zu bringen, entsetzlich aufgeregt, und auch Barb pfuscht auf die unerträglichste Weise. Es reicht ja schon, zusehen zu müssen, wenn sie ein Tablett mit Tellern belädt und dann das Besteck vergisst oder Tassen oder Gläser oder Honig oder Tomaten oder Käse, und dann sich selbst zu beobachten, wie die eigene Stimmung zuverlässig eintrübt angesichts dieser ewigen Schusseligkeit und Unaufmerksamkeit gegenüber den täglichen Dingen des Lebens.

Pfusch! Es lasse sich leider nicht anders ausdrücken, sagte er bei solchen Gelegenheiten, und er hörte sich selbst dabei zu, registrierte durchaus, wie scharf und leise seine Stimme wurde und wie infam seine Argumentation, wenn er sich wieder einmal sehenden Auges in die Todesspirale ihrer Dispute stürzte. Während Barb behauptete, er hätte keinen Blick für das, was sie in dieser Wohnung tue, und immer nur kritisiere, was sie unterlasse, und er konterte, dass ihre Leistungen jetzt nicht zur Debatte stünden, dass sie also nicht das Thema wechseln solle, und sie dann sagte: *Welches Thema, bitte?*

Ich glaube, ich habe etwas nicht mitbekommen. Wovon reden wir eigentlich? Er legte dann los, befeuert von einer Wut, die sich zwar zugegebenermaßen weit über Barb und ihre Fehler hinaus bewegte, aber trotzdem immer wieder davon ausgelöst wurde. Weswegen die Schuldfrage seiner Ansicht nach eindeutig zu ihren Ungunsten ausging, ein sehr wichtiges Kapitel in seiner Geschichte: die Auffassung, dass Barbara die Chance gehabt hat, es besser zu machen, aber diese Chance immer wieder ausgeschlagen hat.

Ich hasse es, dass ich dich immer wieder um dieselben Sachen bitten muss.

Siehst du, was ich gerade mache, Manuel? Ich räume die Spülmaschine ein. Wie immer übrigens. Ich mache Ordnung! Siehst du das?

Darum geht es nicht.

Doch, dir geht es um Ordnung. Ich mache Ordnung. Jetzt und hier mache ich Ordnung. Wo ist also das Problem, Manu? Was willst du?

Dass du aufhörst, deine Handtasche auf den Herd zu stellen, weil sie dort nichts verloren hat. Dass du ein für alle Mal begreifst, dass deine Post in dein Zimmer gehört und nicht auf den Esstisch. Dass du selber merkst, wie viele Haare deine Katzen verlieren, wenn sie auf dem Schoß gekrault werden, und dass fliegende Katzenhaare besonders unappetitlich sind, wenn wir gerade frühstücken.

Du vergisst auch Dinge in der Küche.

So? Welche denn?

Die Spülmaschine einzuräumen. Zum Beispiel.

Blödsinn.

Das Frühstück kommt, und er verzehrt es ohne großen Appetit, obwohl die Brötchen frisch duften und die Erdbeermarmelade mit echten Früchten bestückt ist. Auch am Kaffee, heiß und kräftig, gibt es nichts zu beanstanden, aber er nimmt trotzdem nur ein paar Schlucke, und dann kündigt der Pilot schon über Lautsprecher an, dass sie nun ihre Reiseflughöhe verlassen und in fünfunddreißig Minuten in der Hauptstadt Doha landen würden. Das Wetter sei schön, sagt der Pilot auf Englisch, es habe einundneunzig Grad Fahrenheit, und Manuel weiß nicht mehr genau, wie viel das in Celsius ist, aber ihm ist sehr wohl klar, dass einundneunzig Grad richtig heiß ist.

Davor hat er keine Angst, er mag Hitze.

Er hatte sich in Reiseführern und über das Internet informiert, aber im Grunde weiß er immer noch nicht viel über Katar, ein Land, in dem er, wenn alles gut geht, mindestens ein Jahr seines Lebens verbringen wird. Immerhin hat er erfahren, dass Katar klein ist, dreimal kleiner als Belgien, und dass der Lebensstandard in den letzten Jahrzehnten in schwindelerregende Höhen gestiegen ist, dass Katar vom Öl lebt und nur davon, dass es am westlichen

95

Rand des Arabischen Golfs liegt und an Saudi-Arabien, die Arabischen Emirate und im Norden an Bahrain grenzt, dass sich die Hauptstadt Doha, wo er wohnen und arbeiten wird, entlang einer Bucht erstreckt, dass es keinen Alkohol gibt, aber Restaurants und Luxushotels, die, so der Reiseführer, ihresgleichen suchen.

Der Flughafen ist sehr hell und angenehm klimatisiert. Um ihn herum reden und lachen Männer in knöchellangen weißen Gewändern wie eine Schar riesiger exotischer Möwen; Manuel ist der einzige Mann in westlicher Kleidung. Er merkt, dass er auffällt, auch wenn ihn niemand offen anstarrt. Er dagegen kann gar nicht aufhören zu gucken, so fremd kommt ihm alles vor und so fern; verwundert starrt er einer tief verschleierten Frau in Schwarz hinterher, die in kehliger Sprache schimpfend zwei etwa zehnjährige Jungen hinter sich herzerrt, die teure amerikanische Streetwear tragen.

Mit seinem Visum kommt er problemlos durch die Passkontrolle, er muss nur kurz am Gepäckband warten, bis er seine beiden voluminösen Samsonites herunterwuchten kann. Alles scheint hier glatt und kinderleicht zu funktionieren, ohne Verspätungen und Verzögerungen, und das gefällt ihm, das hat er zu Hause immer schmerzlicher vermisst: die Art Reibungslosigkeit, die das Leben vereinfacht und einen dazu befähigt, sich ungestört auf die wirklich wichtigen Dinge zu konzentrieren. Ein Mann, auch er in einer weißen *dishdasha,* spricht ihn auf Englisch an, fragt, ob er Hilfe braucht, was Manuel freundlich verneint, woraufhin der Mann sich verabschiedet, mit seinem Rollkoffer Richtung Ausgang läuft, während Manuel ihm langsam folgt. Er spürt jetzt die kurze Nacht in den Knochen und das leichte, aber vernehmliche Pochen hinter seinem rechten Auge und hofft, dass er rasch eine Apotheke findet.

In der Ankunftshalle sieht Manuel als Erstes ein Meer von mit flatternden *koffias*-Tüchern bedeckten Männerköpfen und dann ein darüber schwebendes Schild, auf dem sein Name steht. Manuel schlägt sich zu dem Schild durch, steht schließlich atemlos vor einem kleinen Mann mit scharfen, dunklen Gesichtszügen, der daraufhin das Schild sinken lässt. Er trägt Khakihosen, die ihm etwas zu weit sind, und ein blütenweißes Hemd. Er lächelt und schüttelt Manuel die Hand, und nimmt ihm anschließend die beiden Koffer ab, was Manuel aus irgendeinem Grund unangenehm ist, woran er sich aber sicherlich gewöhnen wird. Und ein paar Sekunden später tauchen sie in die feuchte Hitze Katars ein, ein unglaubliches Erlebnis, denn noch nie hat Manuel derartige Temperaturen außerhalb eines Dampfbades erlebt; ihm bricht auch sofort der Schweiß aus, das Pochen in seinem Kopf steigert sich zu einem dumpfen, gleichbleibenden Schmerz, der sich nun nicht mehr ignorieren lässt, und verzweifelt kramt er in der Innentasche seines Blazers nach seiner Sonnenbrille, die er offenbar entweder im Koffer verstaut oder zu Hause liegen gelassen hat, aber dann stehen sie bereits vor einem BMW mit fast schwarz getönten Fenstern, und Manuel steigt erleichtert ein.

Direkt am Flughafen befindet sich eine Apotheke, und Manuels Fahrer besteht darauf, ihm das gewünschte Aspirin zu besorgen, während Manuel seinen schmerzenden Kopf an die Sitzlehne bettet.

Danach fahren sie durch Doha, eine weitläufige weiße Stadt mit luxuriösen Geschäftshotels, hochmodernen Regierungsgebäuden und einem Hauptpostamt, das aussieht, als habe es gerade einen Design-Wettbewerb gewonnen. Überhaupt scheint der Reichtum allgegenwärtig und hat beinahe etwas Aufdringliches, wie auch der hörbare Stolz, mit dem ihn der Fahrer auf die Sehenswürdigkeiten der Stadt hinweist. Manuel bemüht sich um ein interessiertes Gesicht, ohne dass ihm die Augen zufallen, ein Kampf, den er schließlich verliert, und einschläft.

Das Flüstern des Fahrers nah an seinem Ohr weckt ihn. »Doha Sheraton«, sagt der Fahrer. Der Wagen parkt vor einem riesigen Hotelkomplex, der aussieht wie eine Pyramide mit abgesägter Spitze, und Manuel steigt aus, schließt geblendet die Augen, während ihm der Fahrer erklärt, dass er nun ein paar Stunden Zeit habe, sich auszuruhen, weil das erste Treffen in der Lobby erst um 17 Uhr stattfinden werde, also in sieben Stunden, und Manuel bedankt sich bei dem Fahrer, würde ihm gern Trinkgeld geben, hat aber versäumt, am Flughafen Geld umzutauschen, und belässt es bei einem Händedruck, was den Fahrer nicht zu stören scheint. Er lächelt, gleitet ins Auto zurück und lässt Manuel in der gleißenden Hitze stehen, inmitten seiner beiden Koffer, die ihm sofort ein livrierter Page abnimmt, der dem Alter nach Manuels Sohn sein könnte.

Zwei Stunden später, nach einem tiefen, traumlosen Schlaf, rasiert sich Manuel vor dem riesigen, beleuchteten Spiegel in einem mit weißem Marmor gefliesten Bad, das doppelt so groß ist wie sein Arbeitszimmer in Deutschland. Seine Kopfschmerzen sind weg, aber er denkt an Barb, und dabei steigt wieder die Wut in ihm hoch.

Barb hat ihn nie verstanden, und sie hat sich nicht einmal bemüht. Falsch, denkt er, und ärgert sich schon wieder, sie hat sich bemüht, aber sie ist schlecht in solchen Sachen. Sie hat ihm nicht geholfen, sie hat es seiner Meinung nach nicht wirklich ernsthaft versucht, und er findet, dass es sein gutes Recht ist, ihr das übel zu nehmen. Andererseits muss er zugeben, dass er selbst nicht sicher war, wie ihre Hilfe im konkreten Fall hätte aussehen sollen. Tatsache ist ja eben auch, dass die Mechanik einer Beziehung kompliziert ist, und dass man dies immer erst dann begreift, wenn eins der vielen kleinen Rädchen blockiert und die ganze Maschinerie lahmlegt.

Manuel beendet seine Rasur. Sein Gesicht sieht im weichen Licht voller aus als noch vor ein paar Monaten; er hat ein paar Kilo zugenommen, nicht viele, vielleicht drei oder vier, aber es reicht seiner Ansicht nach, um ihn älter und gesetzter aussehen zu lassen. Er beschließt, das Mittagessen ausfallen zu lassen und dies als ersten Schritt in sein neues Leben als erfolgreicher Single zu betrachten.

Er zieht sich ein frisches Hemd an, nimmt die Plastikkarte aus der Halterung neben der Tür, woraufhin alle Lichter ausgehen und nur noch die Klimaanlage dezent weitersummt. Dann verlässt er das Zimmer.

Ein Taxi fährt ihn zum Suq Waqif, ein für arabische Verhältnisse kleiner Markt, den er rasch durchquert hat. Der Suq, stellt er enttäuscht fest, ist von orientalischem Charme etwa so durchdrungen wie ein Baumarkt in der deutschen Provinz: Das Angebot beschränkt sich weitgehend auf günstige Importware aus Asien, vieles davon ist technischer Natur wie Computerbildschirme, DVD-Rekorder, Digitalkameras, Mobiltelefone. Arabisches Kunsthandwerk ist ebenso wenig zu finden wie einheimische Händler. Das Geschäft machen Pakistani, Bangladeschi und Inder.

Es sind nur wenige Touristen und auch nur wenige Einheimische unterwegs. Vielleicht ist es einfach noch zu früh. Schließlich lässt er sich zum Hotel zurückbringen, ist danach immer noch müde, trotz der zwei Stunden Schlaf, wartet in seinem geräumigen, klimatisierten Hotelzimmer, das sich in jeder Metropole überall auf der Welt befinden könnte, und fühlt sich genauso, nämlich wie jemand, der überall sein könnte und nirgends sein muss, weil es keine Rolle spielt, weil ihn hier oder dort niemand braucht oder vermisst.

Er öffnet die Minibar und findet Coca-Cola-, Schweppes- und Tomatensaft-Fläschchen. Er nimmt sich ein Tonicwater und eine Tüte mit fettigen Erdnüssen, legt sich aufs Bett, verzehrt beides und starrt danach an die Decke, bis er auf die Idee kommt, den Fernseher einzuschalten, wo der Sender Al-Dschasira einen Beitrag über Bagdad bringt. Jedenfalls vermutet Manuel, dass es sich um Bagdad handelt, weil er die Bilder zur Genüge aus dem deutschen Fernsehen kennt, das schwarze rauchende Autowrack, die Scherben auf der Straße, daneben eine Lache aus bräunlichem Blut, Leute, die durcheinanderschreien, alles unterlegt mit arabischen Schriftzeichen.

Er schaltet wieder aus, der Kommentar in kehligem Arabisch dröhnt ihm noch in den Ohren, und er sieht auf die Digitaluhr neben seinem Bett, deren Ziffern bläulich schimmern, und stellt fest, dass es halb fünf ist. Am liebsten möchte er bis in alle Ewigkeit auf diesem Bett liegen, und gleichzeitig ist ihm langweilig, dass er aus der Haut fahren könnte. Ein Gefühl, das ihn immer heimsucht, wenn etwas Neues passiert, das er nicht einschätzen kann. Er bereitet sich wochenlang akribisch darauf vor, fühlt sich euphorisch angesichts der Tatsache, alles geplant und bedacht zu haben, ist es endlich so weit, stellt er fest, dass alles ganz anders ist, als er es sich vorgestellt hat, was ihn immer wieder von Neuem verwirrt und ärgert.

Und so springt er aus dem Bett, verlässt zum zweiten Mal das Zimmer, geht mit schnellen, vom Teppich gedämpften Schritten zum Lift und fährt vom zehnten Stock ins Erdgeschoss. Der Lift ist von allen vier Seiten verspiegelt, es gibt eine Perspektive, aus der ihm sein Gesicht nicht seitenverkehrt erscheint, sondern genau so, wie der Rest der Welt ihn sieht, ein Gesicht, das ihm fremd ist und das er nicht mag. Also wendet er den Blick ab, hin zu seinem vertrauten Spiegelbild, und schon öffnet sich die Tür mit einem leisen Klingelton. Er sieht auf die Uhr, zwanzig vor fünf, er hat noch Zeit für einen Drink an der Bar, und während er die riesige Lobby betritt, zieht er sein Telefon aus der Hosentasche und wählt auswendig Ginas Nummer, die er vorsichtshalber nicht eingespeichert hat, erreicht aber nur ihre Mailbox. Er spricht keine Nachricht darauf, sondern beendet die Verbindung. Er will das mit Gina klären, aber dafür muss er sie persönlich erreichen.

Stattdessen ruft er seine Mutter an.

Es läutet ewig, mindestens zehn Mal. Während dieser Zeit läuft er in die fast leere Bar, setzt sich an den Tresen, und bestellt einen Tomatensaft mit Salz und Pfeffer, als würde er noch im Flugzeug sitzen. Schließlich hebt seine Mutter doch ab, ihre Stimme klingt erstaunlich nah, so nah, dass es ihm einen Stich versetzt. Wie immer, wenn er anruft, sagt sie förmlich ihren Namen in den Hörer, so, als hätte sie seine Nummer nicht längst auf dem Display erkannte, sagt »Bentzinger« mit ihrem typischen seufzenden Unterton, als sei Leben an sich ein ungeheurer Arbeitsaufwand, dem man sich gleichwohl gehorsam unterwirft.

»Ich bin's«, meldet sich Manuel, und er glaubt, ihre Erleichterung zu hören, bevor sie überhaupt etwas gesagt hat: Er ist nicht abgestürzt, er ist nicht im fremden Land verlorengegangen, sondern erreichbar, wenn auch weit weg, und sie kann ihn jederzeit anrufen, »wenn etwas ist«.

»Wie geht es dir?«, ruft sie, wie immer ein wenig zu laut, denn sie hört nicht mehr besonders gut. »Bist du gut angekommen?«

»Ja. Alles in Ordnung.«

»Und? Wie ist es?«

»Wie ist was?«

Er hört sie verärgert atmen. Sie ist nicht dumm, sie spürt genau, dass er sie absichtlich auflaufen lässt, und plötzlich tut ihm sein Verhalten leid, diese plötzliche Gereiztheit angesichts von Erkundigungen, die mit enervierender Offensichtlichkeit keinen anderen Zweck haben, als ein Gespräch in Gang zu bringen. Barbara lachte dagegen immer und sagte Dinge wie »Du redest ja wieder wie ein Wasserfall, man kommt gar nicht zu Wort bei dir«, aber seine Mutter war mit seiner Art noch nie zurechtgekommen.

»Es ist alles in Ordnung«, sagt er also reuevoll und so freundlich, wie er nur kann. »Ich bin in einem sehr schönen Hotel direkt am Strand. In zehn Minuten treffe ich mich mit der Firma und den neuen Kollegen.«

»Das ist ja schön.« Mehr kommt nicht an Reaktion, und Manuel weiß, dass sich seine Mutter nicht traut, nachzufragen, und er weiß auch, dass das wiederum seine Schuld ist, weil er immer so unduldsam mit ihr umgeht. Aber er hatte ihr nun in den letzten Wochen mehrfach erklärt, was er in Katar beruflich zu tun haben würde, und trotzdem hatte sie offenbar schon wieder alles vergessen. Diese geistigen Verfallszeichen ärgern ihn, weil sie doch noch gar nicht so alt ist. Sie soll sich zusammennehmen. Ein Gefallen, den sie ihm nicht tut.

Sie fragt also gar nichts, stattdessen beginnt sie ihrerseits zu erzählen, berichtet von ihren beiden besten Freundinnen Gudrun und Sigrid, und dass Gudrun einen kurzen Krankenhausaufenthalt antreten müsse »wegen einer Herzsache«. Natürlich fragt Manuel sofort »Was für eine Herzsache?«, obwohl ihn nichts weniger interessiert als Gudruns Gesundheitszustand. Es geht ihm um Präzision.

»Das weiß ich nicht«, antwortet seine Mutter ungeduldig. »Es ist doch auch egal. Irgendetwas am Herzen halt.«

»Gudrun ist das sicher nicht egal. Sie möchte bestimmt wissen, was genau ihr fehlt.«

»Ja. Sie wollte aber nicht darüber sprechen.«

»Oder du hast es vergessen.«

»Ich habe gar nichts vergessen! Sie hat nicht darüber gesprochen!«

»Schon gut. Ist schon gut.«

Halbwegs besänftigt fährt seine Mutter fort: »Sigrid und ich besuchen sie morgen.«

»Mhm.«

»Sie sagte, sie hat ein sehr schönes Zimmer.«

Also befindet sich Gudrun bereits im Krankenhaus, und hat seine Mutter nicht gerade gesagt, sie gehe erst dorthin? Er lässt diese Ungenauigkeit widerwillig auf sich beruhen. »Tatsächlich?«

»Ja, wir haben heute früh telefoniert. Es geht ihr ganz gut.«

»Aha.«

»Wie ist denn das Wetter bei euch?«

Weiß sie noch, wie das Land heißt, in dem er sich gerade befindet? Es reizt ihn, das herauszufinden, aber er hält sich zurück. »Heiß ist es«, sagt er nur.

»Ah ja. Das kann ich mir denken. In diesen Ländern ist es ja immer sehr heiß.«

»Ja. Besonders jetzt. Hör zu, Mama …«

»Du musst jetzt aufhören.«

»Ja. Ich treffe mich jetzt mit meinen Kollegen.«

»Oh.«

»Ich rufe morgen wieder an.«

»Hast du schon mit Barbara telefoniert?«

»Nein.«

Seine Mutter sagt nichts darauf. Barbara und sie haben kein besonders enges Verhältnis; trotzdem tut ihr Barbara leid, weil sie mitbekommen hat, dass es ihr schlecht geht.

103

Seine Mutter ist nämlich ein guter Mensch, was sich altmodisch anhört und heutzutage nicht mehr viel gilt. Und es hilft ihm auch nicht dabei, ihre Begriffsstutzigkeit weniger ärgerlich zu finden, aber trotzdem tut es gut, ab und zu daran zu denken, dass seine Mutter eine sehr liebe Frau ist.

»Hab einen schönen Tag, Mama«, sagt er versöhnlich. »Ich melde mich morgen bei dir und erzähle dir, wie es gelaufen ist.«

»Schön«, sagt sie auf ihre versonnene, freundliche Art, mit einem kleinen Lächeln in der Stimme, das ein warmes Gefühl in ihm aufsteigen lässt, dann entdeckt er in der Lobby eine Gruppe von etwa neun Männern in westlicher Kleidung, die sich um einen Mann in einem weißen Anzug scharen, sagt »Bis morgen«, und bricht die Verbindung ab.

MARTHA

Martha träumt vom Krieg, irgendeinem Krieg oder ihrem Krieg, sie weiß es nicht genau. Ihr Traum vermischt sich mit Eindrücken aus den Filmen, die sie viele Jahre später gesehen hat und die ihre Erinnerung an die schrecklichste Zeit ihres Lebens einerseits ergänzt und andererseits so verfälscht haben, dass sie manchmal überhaupt nicht mehr unterscheiden kann zwischen Realität und Fiktion.

Sie sieht einen kleinen Jungen zwischen all den Toten stehen. Alles scheint von einer zentimeterdicken grauweißen Schicht bedeckt, selbst sein Gesicht, und Martha geht näher an den Jungen heran, will ihn tröstend in den Arm nehmen, aber der Junge ist so steif, dass man ihn kaum anfassen kann, als wäre auch er tot. So kniet Martha vor ihm in Schutt, Dreck und Asche, sieht ihm in die Augen, sieht, dass die Iris dunkelbraun ist, die Pupillen riesengroß scheinen, sich durch das Augenweiß rote Äderchen ziehen. Auch die Lider sind brennend rot, wie entzündet. Der Junge ist vielleicht elf oder zwölf und sehr mager. Sie versucht, ihm den Staub aus dem Gesicht zu wischen, aber das Zeug klebt wie Pech auf seiner Haut, es will sich einfach nicht entfernen lassen, und plötzlich sagt eine Kinderstimme – vielleicht die Stimme des Jungen, aber seine Lippen bleiben regungslos unter der Staubkruste –: *Wieso hast du mir nicht geholfen, Martha, jetzt kannst du mich auch gleich in Ruhe lassen.* Und Martha zuckt zurück, denn etwas an dieser Stimme erinnert sie an Heinrich, genannt Harry, ihren Mann, und sie will antworten: *Kein*

Mensch konnte dir helfen, du hast dir doch nie helfen lassen, und wer, bitte, lässt denn hier wen nicht in Ruhe? Aber die Stimme sagt: *Pschscht* – und Martha wacht auf, um fünf nach zwei, mitten in der Nacht, in der es so dunkel und still ist, wie es nur sein kann in einem Zimmer, das von grauen Aluminium-Jalousien beinahe luftdicht abgeriegelt ist.

Harry hat diese auf den Millimeter genau schließenden Jalousien anbringen lassen, drei, vier Jahre vor seinem plötzlichen Tod, weil er am besten bei absoluter Dunkelheit schlafen konnte, und weil er schon damals in das Alter kam, wo der Schlaf sich lange bitten ließ, und – war er endlich da – sich stets fluchtbereit in Mantel und Hut auf die äußerste Bettkante setzte, um bei der geringsten Störung wieder das Weite zu suchen. Martha hatte sich irgendwann daran gewöhnt, schließt die Jalousien nun selbst jeden Abend gewissenhaft bis auf die letzte Ritze, als würde Harry noch leben und das gutheißen. Aber trotzdem ist es immer, wenn sie aufwacht, ein Schock, nichts, aber wirklich gar nichts zu sehen, als wären ihr die Augen mit einem dicken Filztuch verbunden. Und das ist noch die harmloseste Variante. Manchmal raubt ihr die totale Finsternis auch jedes Gefühl für sich selbst, scheint sie plötzlich körperlos zu machen, sodass sie nur noch aus angstvoll aufgerissenen Augen besteht, die versuchen, die Schwärze um sie herum zu durchdringen, während sie Ort, Zeit, Wochentag, sogar ihren Namen vergessen hat.

Diesmal allerdings weiß sie sofort, wer und wo sie ist, schaltet mit geübtem Griff ihr Nachttischlämpchen ein, beugt sich mit einem leisen Seufzer aus dem Bett und fischt nach einem aufgeschlagenem Taschenbuch, das auf den Boden gefallen ist, und erwischt es am Einband. Das Buch handelt von einer genialen deutschen Verschlüsselungsmaschine, deren Code im Lauf der Handlung von noch genialeren englischen Wissenschaftlern geknackt werden muss, um einen U-Boot-Angriff der Deutschen in letzter Sekunde verhindern zu können, ein Wettlauf mit der Zeit, der sich zum Schluss zu einem spannenden Crescendo steigert, was Martha immer wieder genießt, obwohl sie das Buch schon beinahe auswendig kennt. Und so blättert sie zum hundertsten Mal darin herum und liest sich schließlich an einer Stelle fest, fühlt sich trotz der dramatischen Handlung wie in einer lieb vertrauten Landschaft, fiebert und ängstigt sich mit den Figuren. Alles also, wie es sein sollte, aber nach einer Weile wird die Stille um sie herum trotzdem quälend, weckt unwillkommene Erinnerungen wie die an Harrys Tod und die Zeit danach, als er mehrmals rachsüchtig versuchte, sie ins Jenseits zu holen. Martha langt hinter sich und zieht ihr voluminöses Kissen hoch genug, dass sie sich anlehnen kann. Aus Erfahrung weiß sie, dass das wieder eine jener Nächte wird, in denen sie vor dem Morgengrauen nicht mehr einschläft, weswegen sie die Zeit bis dahin möglichst angenehm herumbringen muss.

Sie legt das Buch wieder weg und greift sich die Fernbedienung vom Nachttisch, zappt sich durch Wiederholungen uninteressanter Filme und deprimierender Werbespots für Sex-Hotlines, bis sie in einem dritten Programm auf eine Sendung mit Bob Ross stößt, woraufhin sie erleichtert und mit einem köstlichen Gefühl tiefer Entspannung die Fernbedienung sinken lässt. Bob Ross ist ein gedrungener Mann Ende vierzig mit einer krausen Haargloriole, den man ausschließlich vor einer Staffelei stehen sieht, denn Bob Ross malt. Komplette Landschaftsbilder in nur einer halben Stunde. Martha hat schon viele seiner Bilder von der Grundierung bis zur schwungvollen Signatur entstehen sehen und dabei festgestellt, dass die meisten sich sehr ähnlich sind, dass es überhaupt nur drei oder vier Motive gibt, die Bob Ross in unendlich vielen winzigen

Variationen auf die Leinwand bringt. Aber das macht ihr nichts aus, denn es ist schön, Bob Ross zuzugucken, beinahe als wäre man gerade nach Hause gekommen und würde sich in einen bequemen Sessel fallen lassen.

Doch das Schönste an der Sendung ist Bob Ross' Stimme, samtig weich und unendlich beruhigend spricht er von »happy little bushes« und »nice looking trees«, die unter seinen Händen entstehen, als wäre Malen keine Anstrengung, sondern ein geradezu überirdisches Vergnügen, dem man sich am liebsten vierundzwanzig Stunden täglich widmen könnte, dabei wie ein freundlicher Prediger ohne Unterlass seine Tätigkeit lobend und preisend.

Alle seine Sendungen sind Wiederholungen; Bob Ross ist im selben Jahr gestorben wie Harry, aber nicht mit neunundsechzig, sondern erst mit zweiundfünfzig Jahren, und das ist ein ganz kleiner Trost für Martha, denn so gesehen haben Harry und sie ja noch Glück gehabt. Und schon ist das Bild fertig, und Bob Ross verabschiedet sich mit einem kleinen, zarten, fast verschämten Winken und seinem typischen Gruß »Good bye, my friends«, und Martha, übermüdet, wie sie ist, gerät fast in Versuchung, zurückzuwinken.

Am nächsten Morgen weiß sie nicht mehr, wann sie eingeschlafen ist, nur dass der Schlaf wie immer zu kurz gewesen ist. Das spürt sie an ihren schmerzenden Gliedern und an den rheumatischen Beschwerden in ihren Finger- und Zehengelenken, die um diese Tageszeit immer besonders schlimm sind. So ist es dann schon sieben Uhr, als sie sich aus dem Bett quält, sich in Harrys viel zu großen Frottee-Bademantel mit den schwarz-roten Streifen wickelt und ihr Tagesritual angeht, das mit einer Tasse schwarzem Kaffee beginnt. Anschließend frühstückt sie zwei Scheiben Schwarzbrot, eine mit Butter und Schnittkäse, die andere mit Butter und Honig, alles so, wie sie es mag. Niemand kann ihr da mehr dreinreden, was das Alleinsein dann doch wieder zu einem angenehmen Zustand macht, dieses Ungestörtsein, die Tatsache, dass man nichts begründen und erklären muss. Wie zum Beispiel das ausgedehnte Bad, das Martha auch diesen Morgen in ihrer bequemen Sitzbadewanne nimmt, obwohl ihr der Arzt immer wieder davon abrät, weil sie sehr trockene Haut hat.

Ich nehme doch immer Badeöl, Herr Doktor.

Trotzdem, Frau Bentzinger. Ein Vollbad ist Gift für Ihre Haut und auch gar nicht nötig. Eine kurze Dusche reicht vollkommen aus.

Ja, Herr Doktor. Wenn Sie meinen.

Aber das heiße Wasser tut ihren schmerzenden Gelenken so gut und hilft ihr außerdem, sich jenen angenehmen Gedanken hinzugeben, die mit den Jahren immer seltener geworden sind, weil sie sich hauptsächlich von Erinnerungen speisen, die sich in letzter Zeit immer mühsamer abrufen lassen. Durch das Badezimmerfenster fällt ein Sonnenstrahl als Auftakt zu einem neuen schönen Herbsttag, der sie wie schon so oft an Zuhause erinnert, was gut- und auch immer ein bisschen wehtut. Denn Zuhause ist weit weg, in absolut jeder Beziehung, genauso unerreichbar, als befände es sich auf dem Mond. Die Welt hat sich weitergedreht, es gibt keinen Weg zurück in eine Vergangenheit, die inzwischen so lang her ist, als wäre sie nie passiert. Und manchmal, in schwarzen Stunden, fragt sich Martha sogar, ob sie sich nicht alles nur eingebildet hat, ein Leben vor dem Leben hier und jetzt, eben gerade weil ihre Erinnerungen so farbig und verführerisch sind wie ein Kinofilm. Glücklicherweise gibt es ein paar Schwarz-Weiß-Aufnahmen, die immerhin beweisen, dass sie tatsächlich, bevor der Krieg zu Ende war und sie sich als flüchtende Habenichtse hungernd und frierend auf überfüllten Landstraßen wiederfanden, einen Bauernhof besessen hatten, mit zwei Kühen, einem Hühnerstall und darumherum drei Hektar Land. Die Fotos zeigen auch die vielen Katzen, die Martha über alles liebte und zum Ärger ihrer Mutter viel zu sehr verwöhnte. Dass die Sommer länger und heißer gewesen waren, die Abende lauer und die Menschen fröhlicher, das weiß sie auch ohne Fotos.

Natürlich war damals nicht alles so idyllisch, wie sie es sich jetzt in ihren bunten Tagträumen ausmalt. Es existieren ja auch ganz andere Erinnerungen, zum Beispiel an eine strenge Mutter, die ihre kleine einzige Tochter wie ein Dienstmädchen zu behandeln pflegte, sie stundenlang an den Holzbottich zwang, wo Martha in der verhassten dunkelroten, muffig riechenden Blutsuppe rühren musste, damit die nicht stockig wurde. Und Martha schließlich als weitere mütterliche Schikane das morgendliche Hühnerschlachten übertragen wurde, obwohl doch jeder im Haus wusste, dass sich Martha vor den geköpften Hühnern ekelte, die noch minutenlang reflexartige Flatterbewegungen machten, während ihnen schon das Blut stoßweise aus dem Hals schoss.

Ihre Mutter ist vor zwei Jahren gestorben, mit über neunzig, und erst in ihren letzten Lebensjahren hatte ihr scharfer Verstand nachgelassen, vergaß sie in einem schleichenden Prozess alles, was in den letzten fünfzig Jahren in ihrem Leben vorgefallen war. Stattdessen begab sie sich zurück in eine Vergangenheit, die sich in ihrem armen Kopf offenbar weitaus farbiger als die Gegenwart präsentierte und die Martha anhand spezifischer Details als das Jahr 1935 identifizierte. Also die glückliche Zeit vor ihrer Flucht, als noch niemand ahnte, dass diese Regierung das Schlimmste war, was einem passieren konnte: Vertreibung und Flucht, Hass und Verachtung und den unwiederbringlichen Verlust der Heimat, die Unfähigkeit, woanders jemals wieder Wurzeln zu schlagen, sich wieder zu Hause zu fühlen. Vor allem deshalb sind sie nie wieder dort gewesen, auch nicht in Schlesien, wo Harry geboren und aufgewachsen war. Sie hatten alles vermieden, was die Erinnerungen und den Schmerz hätte auffrischen können, und hatten stets gemäßigt links gewählt und ängstlich alle politischen Strömungen beobachtet, die ihnen einen neuen Krieg hätten bescheren können.

So gingen die Jahre ins Land, starben erst ihr Vater, dann Harrys Eltern, wurde Marthas Mutter wunderlich, ließ die Milch im Kühlschrank sauer werden, hortete das Einwickelpapier von Käse und Wurst in einer Schublade, wo es fürchterlich vor sich hin stank, und kochte sich Eier, deren Verfallsdatum Wochen zurücklag. Bis die alte Frau in ein betreutes Seniorenheim ziehen musste, wo sie ein winziges Appartement mit Nasszelle zugewiesen bekam, in dem sie sich wie in einem Gefängnis fühlte.

Das jedenfalls sagte sie immer wieder, solange sie noch sprechen konnte, und vielleicht war deshalb dann alles sehr schnell gegangen, hatte sie erst Manuel nicht mehr als ihren Enkel und wenige Monate später Martha nicht mehr als ihre Tochter erkannt, sondern verwechselte sie mit einer Tante Philomena, von der Martha noch nie gehört hatte. Interessanterweise war diese Tante Philomena nämlich offenbar ein rechter Besen gewesen, einer der wenigen Menschen, vor denen selbst ihre Mutter Respekt gehabt zu haben schien. Martha machte sich das schnell zunutze, bat nicht mehr, sondern befahl, hob in ihrer neuen Rolle auch mal versuchsweise die Hand, als drohte sie einen Klaps an, und stellte immer wieder aufs Neue fest, wie durchschlagend disziplinierend die Wirkung auf ihre streitsüchtige Mutter war, die sich früher von niemandem hatte ins Bockshorn jagen lassen, am allerwenigsten von ihrer sanftmütigen Tochter.

Das Badewasser ist kalt geworden, ohne dass es Martha richtig gemerkt hat. Sie hat vor sich hin geträumt, wie es ihr in letzter Zeit häufiger passiert, hat Löcher in die Luft gestarrt, und dabei haben sich ihre Erinnerungen, die sich erst überhaupt nicht locken lassen wollten, unversehens selbstständig gemacht, von ihr Besitz ergriffen, die Gegenwart einfach beiseitegeschoben, als wäre das Jetzt nur eine von zahllosen Zeitschichten und jede davon gleich wichtig.

Die Uhr zeigt zehn. Martha zieht sich an, ohne sich zu beeilen. Sie hat noch genug Zeit, den Film anzusehen, den sie gestern aufgenommen hat, eine Liebesgeschichte, die im napoleonischen Frankreich spielt. Sie geht ins Wohnzimmer, wo der zweite Fernseher steht, und setzt sich auf das schwarze Ledersofa, das Harry und sie in den Siebzigerjahren gekauft haben, und das sich als so unverwüstlich bequem erwies, dass sie es nie ausgetauscht haben.

Um zwölf begibt sich Martha in die Küche, noch ganz erfüllt und bewegt von dem dramatischen Film, dessen Bilder sich in ihrem Kopf festgesetzt haben und nun gar nicht mehr verschwinden wollen. Ihre Küche kommt ihr sehr klein und eng vor nach all den prächtigen Räumlichkeiten und den fantastisch weiten Landschaften, die vom Blut kriegerischer Auseinandersetzungen rot gefärbt worden sind. Nur langsam kehrt sie zurück in die Wirklichkeit, die ihr gar nicht mehr gefällt, denkt an das, was vor ihr liegt, und seufzt demonstrativ, als wäre jemand da, der sie hören konnte. Ohnehin ertappt sie sich in letzter Zeit manchmal bei leisen Selbstgesprächen, gemurmelten Kommentaren zu alltäglichen Tätigkeiten, ein befriedigtes »So!«, wenn die Badewanne voll ist oder der Herd so gewienert, dass er glänzt, ein ratloses »Das gibt's doch nicht«, wenn sie sich mit irgendeinem Gegenstand in der Hand im Flur wiederfindet, ohne die geringste Ahnung, wohin sie damit eigentlich gewollt hat, ein verärgertes »Sei doch vorsichtig!«, wenn sich Teller oder Tassen wie von selbst aus ihren Händen winden und auf dem Steinfußboden zerschellen, etwas, das früher nie passiert ist und ihr nun andauernd widerfährt.

Sie hat Spaghetti gekauft und italienische Dosentomaten und frisches Hackfleisch für die Bolognese-Sauce. Sie stellt Wasser auf den Herd, bückt sich und zerrt mit beiden Händen ihre schwere gusseiserne Pfanne aus dem Schrank unter dem Herd. Sie stöhnt ein wenig bei der für sie mittlerweile mühevollen Bewegung – ihr ramponierter Rücken meldet sich und signalisiert nachdrücklich, dass er für solche Aktionen eigentlich nicht mehr zu gebrauchen ist. Seltsam, wie Schmerzen einen dazu bringen, die jeweiligen Körperteile sozusagen zu personalisieren, sie getrennt von sich selbst zu betrachten, als gehörten sie nicht mehr zu einem dazu, als seien es unabhängige Wesen mit eigenem Willen. Martha denkt dieser Erkenntnis ein paar Sekunden – vielleicht sind es auch Minuten – hinterher, dann würfelt sie Zwiebeln und Knoblauch beinahe mit der alten Geschicklichkeit, brät beides in Olivenöl an und gibt noch eine Chilischote dazu. Alles automatische Abläufe, die ihr in Fleisch und Blut übergegangen sind, vor allem weil Harry Spaghetti Bolognese liebte und sie seit einem Urlaub an der Adriaküste genau so haben wollte, wie man sie in Italien bekommt. Deshalb hat sie vor jetzt fast vierzig Jahren italienisch kochen gelernt, weil ja Harrys Wille in ihrer Ehe mehr oder weniger Gesetz gewesen war. Und jetzt ist sie froh und dankbar, dass es dieses und ein paar andere Gerichte gibt, die immer funktionieren und ihr zuverlässig Komplimente einbringen.

Das Wasser kocht sprudelnd, sie schüttet die Spaghetti

hinein und drückt sie, sobald sie weicher geworden sind, mit einem Löffel nach unten. Danach weiß sie plötzlich nicht mehr genau, was jetzt zu tun ist; erst die Tomaten oder erst das Hackfleisch anbraten und dann die Tomaten dazugeben, oder ist die Reihenfolge ganz egal? Braucht es für dieses Gericht überhaupt Tomaten, oder reicht Tomatenmark völlig aus? Sie steht sekundenlang in ihrer Küche, den Tränen nahe, weil ihr Spaghetti Bolognese doch nie zuvor Probleme bereitet haben. Dann fällt ihr Blick auf die Stores vor den beiden Fensterchen, die Barbara einmal zu der Frage veranlasst haben, wieso Martha sich davor fürchte, von den Nachbarn gegenüber bei einer so banalen, geheimnislosen Tätigkeit wie dem Kochen beobachtet zu werden, eine Frage, auf die Martha sicherlich irgendetwas geantwortet hat, aber sie weiß nicht mehr, was, jedenfalls wohl nichts, was Barbara befriedigt hat, denn sie hat Martha über einen langen Zeitraum hinweg immer wieder aufs Neue darauf hingewiesen, wie absurd sie diese *Tülllappen* fände.

Staubfänger, Martha, sonst nichts. Staubfänger hat Barbara gesagt. Daran erinnert sie sich.

Ja, du hast ja recht.

Willst du sie nicht einfach abnehmen?

Mal sehen.

Du hättest viel mehr Tageslicht in der Küche. Im Wohnzimmer übrigens auch.

Ja, vielleicht.

Aber natürlich hat Martha die Stores nicht abgenommen, schließlich lebt *sie* in dieser Wohnung, nicht Barbara, *sie* muss sich in die Fenster gucken lassen, nicht Barbara, die mit Manuel im vierten Stock ohne Gegenüber wohnt und leicht reden hat. Dann wendet Martha sich wieder den Spaghetti zu, plötzlich weiß sie nämlich wieder, wie alles funktioniert, es ist, als hätte sich in ihrem

Kopf eine Nebelwand gehoben, und die Erleichterung darüber ist so groß, dass sie ihrerseits schon wieder etwas Beängstigendes hat, aber diesen Gedanken schiebt Martha jetzt energisch weg und macht sich ans Werk.

Eine Stunde später stehen beide vor dem Haus. Sie sind zu spät dran, das bedeutet, dass Martha die fertigen Spaghetti im Ofen warm stellen musste, was ihnen bestimmt nicht gutgetan hat, und so drückt sie seufzend auf den Öffner, hört die Tür unten aufgehen und wieder zufallen und dann hallende Schritte im Treppenhaus und eine gemurmelte Unterhaltung, aber natürlich sind ihre Ohren längst zu schlecht, als dass sie etwas verstehen könnte.

Sie bleibt in der Tür stehen und wartet geduldig. Ihr rheumageplagtes rechtes Knie schmerzt heute schlimmer als sonst, vielleicht weil sie Manuel nun zum letzten Mal für lange Zeit sehen wird. Das Knie reagiert wie ein zuverlässiger Seismograf auf alle Veränderungen ihres Lebens, das fängt mit dem Wetter an und hörte mit Harrys Tod noch längst nicht auf. Und als hätte die Zeit einen winzigen Sprung gemacht, nimmt sie unvermutet jemand in den Arm, und das ist eindeutig Barbara. Martha riecht ihr schweres, vanilliges Parfum, ihre Umarmung fühlt sich herzlicher und wärmer als sonst an, wahrscheinlich weil sie sich heute zum letzten Mal sehen.

Manuel umarmt Martha wie üblich nicht, sondern gibt ihr einen distanzierten Kuss auf die Wange. Sie schließt die Tür hinter ihm und geht voraus ins Esszimmer, innerlich auf Zehenspitzen, denn sie spürt seine Gereiztheit, obwohl er versucht, nett zu sein, sich zusammenzunehmen, nicht gleich wieder mit seiner Kritik ins Haus zu fallen.

»Es riecht gut«, sagt Barbara hinter ihr.

»Ja. Ich musste die Nudeln in den Ofen stellen, ich hoffe, sie sind nicht zusammengeklebt.«

»Bestimmt nicht«, sagt Manuel mit einem Nachdruck, der jede weitere Bemerkung verbietet. Natürlich erwähnt er die halbstündige Verspätung mit keinem Wort, ganz der Vater selig, der sich eher die Zunge abgebissen hätte, als sich zu entschuldigen. Der Tisch ist bereits gedeckt, zur Feier des Tages mit dem guten schneeweißen Porzellan und den Kristallgläsern, die man mit der Hand spülen muss, weil sie in der Maschine weiße Ränder bekommen. Weder Barbara noch Manuel kommentieren diesen festlichen Anblick, der angesichts der Umstände irgendwie etwas Unpassendes hat, aber bevor sich Martha darüber Sorgen machen kann, hilft ihr Barbara, die Nudeln und die aromatisch duftende Fleischsauce ins Esszimmer zu tragen. Manuel hat Weißwein eingeschenkt, und nun bedienen sie sich alle bei den Nudeln und der Soße und essen schweigend, weil es absolut kein Thema gibt, das sich nicht früher oder später als Minenfeld erweisen würde. Barbara stochert in den Nudeln herum, rollt sie beinahe einzeln auf die Gabel und kaut an diesen Bissen herum, als handelte es sich um zähes, faseriges Fleisch, lässt schließlich die Hälfte übrig und sagt, dass sie nicht mehr könne.

»Dann lässt du's eben bleiben«, sagt Manuel, und in Marthas Ohren hört sich das unangemessen bösartig an, aber sie sagt nichts, sie mischt sich in solchen Fällen niemals ein, weil das gar keinen Sinn hat. Manuel kann man nicht ändern, er ist und bleibt ein anstrengender Mensch, genauso wie sein Vater. Genau wie sein Vater kann er ganze Runden mit seinem Humor unterhalten, aber eben auch ausdauernd schweigen oder sich über Kleinigkeiten derart aufregen, dass man an seinem Verstand zweifeln könnte.

»Danke, dass du mir erlaubst, mein Essen stehen zu lassen. Wirklich großzügig von dir.«

»Ich habe dir nichts zu erlauben oder zu verbieten. Du bist ganz dein eigener Herr.«

»Ach, wirklich?«

»Lass mich einfach in Ruhe.«

»Wer lässt dich bitte nicht in Ruhe? Du sorgst schon dafür, dass dir niemand zu nahekommt.«

»Hört auf«, sagt Martha jetzt doch, aber die beiden beachten sie nicht, starren auf ihre Teller, stochern in ihrem Essen, laden ihre Waffen neu, degradieren Martha zum Publikum ihres Schlagabtauschs.

»Ich will jetzt nicht streiten«, sagt Barbara sehr langsam und beherrscht.

»Dann halt doch endlich den Mund!«

»Noch ein Wort und ich gehe.«

»Barbara …«, sagt Martha, denn sie will nicht, dass Barbara geht, nicht jetzt, nicht so; sie sieht Barbara heute zum letzten Mal, sie will sich richtig verabschieden.

»Wer hält dich denn hier?«

Barbara bricht in Tränen aus, wirft ihre Serviette auf den Tisch, und stürmt aus dem Zimmer.

»Hol sie zurück!«, sagt Martha, und ihre laute und bestimmte Stimme klingt ihr fremd in den Ohren. »Sofort!«, fügt sie hinzu, und dann kommt noch etwas, das sie noch nie zu sagen gewagt hat, weder zu ihrem Mann noch zu ihrem Sohn: »Sonst kannst du auch gleich gehen.«

Fünf Minuten später sitzt Barbara wieder am Tisch und weint und weint. Manuel hat draußen im Flur auf sie eingeredet, Martha hat nicht verstanden, was er gesagt hat, aber sie haben sich nicht angenähert, nicht wirklich, sie haben nur einen kurzen Waffenstillstand Martha zuliebe vereinbart, und das heißt, dass sie zu Hause da weitermachen werden, wo sie aufgehört haben.

Barbara hebt ihr leeres Rotweinglas, und Martha schenkt nach, obwohl es bereits das dritte ist und noch nicht einmal zwei Uhr.

»Ist dein Auto wieder heil?«, fragt sie, auf der Suche nach einem unverfänglichen Thema, leider vergeblich. »Wieso, was soll damit sein?«, fragt Barbara mit glasigen Augen zurück, und Martha erschrickt, denn sie hat sie noch nie so gesehen, so unbeherrscht und aufgelöst. Aber dann fällt Manuel ein, sagt »Hat sich erledigt«, und stürzt sich dann geradezu eifrig auf dieses Thema, als wollte er jetzt keinen Streit mehr aufkommen lassen. Und zum ersten Mal erkennt Martha, dass nicht nur Barbara, sondern auch er unter der total verfahrenen Situation leidet, und das überrascht Martha, denn sie hat ihn für beinahe unverwundbar gehalten. »Barbara verhandelt mit der Versicherung. Handtasche, Brieftasche, Führerschein und so weiter – das ist natürlich weg.«

»Das tut mir leid.«

»Mama. Das ist schon ewig her.«

Das klingt schon wieder sehr viel eher nach ihrem Sohn, und einen Moment lang ist Martha sprachlos, denn sie weiß zwar nicht mehr, wie lange dieser Vorfall zurückliegt, und es ist ihr auch egal, aber eins weiß sie genau, nämlich dass »ewig« ganz sicher nicht stimmt, sonst würde sie sich kaum so gut daran erinnern. »Schön«, sagt sie mit neutraler Stimme, während Barbara leicht schwankend das Esszimmer verlässt und leise aber nachdrücklich die Tür hinter sich zumacht.

»Um wie viel Uhr fliegst du?«, fragt Martha. Es ist hart für sie, dass Manuel für unbestimmte Zeit aus ihrem Leben verschwinden wird, aber sie versucht, sich zusammenzunehmen, und findet, dass ihr das ganz gut gelingt.

»Es ist ein Nachtflug«, sagt er.

»Was wird aus dir und Barbara?«

»Ich weiß nicht. Ich will jetzt nicht darüber nachdenken.«

»Hast du eine andere Frau?« Heute Morgen hat sie noch gedacht, dass sie gerade das nicht wissen will, dass es sie nichts angeht, dass Manuel selbst entscheiden muss, was er mit seinem Leben anfängt, aber jetzt scheint alles anders zu sein, jetzt will sie, dass er es ihr sagt. »Gibt es eine Andere?«

Sie spricht hastig und im Flüsterton, denn möglicherweise lauscht ja Barbara an der Tür. Nicht, dass das unbedingt typisch für sie wäre, aber so, wie sie sich heute benimmt, ist ihr alles zuzutrauen. »Nein«, sagt Manuel in normaler Lautstärke, aber er sieht dabei vor sich auf den Teller, rollt die letzte verbliebene Nudel auf und schiebt sie sich geistesabwesend in den Mund. Martha betrachtet ihren Sohn sehr genau, als würde sie ihn zum letzten Mal sehen und müsste ihn anschließend jemandem beschreiben. Und vielleicht ist es ja wahr, vielleicht sieht sie ihn nie wieder, vielleicht stürzt sein Flugzeug ab, oder Martha stirbt an einem Herzanfall, oder es gefällt ihm so gut in diesem Staat, dessen Name Martha wieder einmal entfallen ist, dass er gar nicht mehr zurückkommen wird.

»Du lügst«, sagt sie, und nun sieht Manuel sie an, mit einem Gesichtsausdruck, als sei er drauf und dran, es zuzugeben, aber dann öffnet Barbara die Tür, und der Moment ist vorbei. Barbara bietet einen erbarmungswürdigen Anblick, obwohl sie ihr Gesicht gewaschen und sich geschminkt hat.

»Setz dich doch«, sagt Martha zu ihr besorgt wie zu einer Kranken, aber Barbara schüttelt den Kopf und sagt, dass sie jetzt nach Hause führe, und zwar allein. »Und wie stellst du dir das vor?«, fragt Manuel mürrisch, aber es klingt nach einem Rückzugsgefecht oder so, als wäre es ihm in Wirklichkeit ganz recht, und weil das sicher stimmt, ignoriert Barbara ihn, geht auf Martha zu und umarmt sie von hinten so fest wie noch nie, legt dabei den Kopf auf Marthas runde Schulter. Martha spürt ihre Tränen nass und heiß im Nacken, und schon muss sie ebenfalls weinen, so, wie man eben manchmal weint, wenn im Leben etwas zu Ende geht und keiner daran etwas ändern kann.

Sie sehen schweigend zu, wie Barbara ihren Autoschlüssel von der Anrichte im Flur nimmt, die Wohnungstür öffnet und achtlos zufallen lässt, wie es ihre Art ist. Auf ihre Weise ist sie nämlich ganz genauso rücksichtslos wie Manuel, und deshalb haben sie nach Marthas Ansicht auch gar nicht so schlecht zusammengepasst; und nun hören sie ihre Absätze im Treppenhaus klappern, dann das Auto übertrieben laut anspringen, auch das typisch Barbara, und dann ist alles sehr still, jedenfalls in Marthas Ohren. Und Martha denkt über die Liebe nach, und warum alle Leute heute so ein Theater darum veranstalten, denn wenn Liebe so sein kann wie jetzt zwischen Manuel und Barbara, dann lohnt sich der Wirbel einfach nicht, dann wäre man ohne sie wesentlich besser dran. Martha überlegt, ob sie Harry je geliebt hat, und kommt, wie immer, wenn sie sich diese Frage stellt, zu der Erkenntnis, dass die Antwort keine Rolle spielt. Sie hatten zusammengehört, auch wenn sie sich oft nicht ausstehen konnten, sie waren eine Einheit gewesen, auch wenn sie sich manchmal in seiner Gegenwart wie eine Fremde fühlte, die versuchte, einen Außerirdischen zu verstehen.

Heutzutage gibt es diese eine Sicherheit nicht mehr. Es ist das Zeitalter der Wankelmütigkeit, alles muss stets im Fluss sein, jede Entscheidung muss umkehrbar sein, nichts darf mehr für ewig gelten, und insofern stellt sich Martha das, was man heute unter Liebe versteht, ungeheuer schwierig vor, geradezu unmenschlich schwierig, um genau zu sein. Nichts für sie jedenfalls.

»Wer ist sie?«, fragt sie Manuel zum dritten Mal.

»Wen meinst du?« Er stellt sich dumm, aber diesmal kommt er ihr nicht einfach so davon, und sie insistiert ganz gegen ihre Art: »Die andere, Manuel, die, mit der du Barbara betrügst.«

»Ich betrüge Barb nicht. Wir sind einfach nicht mehr zusammen.«

»Dann weiß sie also Bescheid.«

»Also ...«

»... betrügst du sie.«

»Nicht richtig.«

»Was heißt das, nicht richtig?«

»Es heißt, dass es nichts bedeutet.«

»Es bedeutet immer etwas.«

»Das verstehst du nicht, Mama.«

»So?«

»Ich verstehe es selber nicht. Es ist einfach so passiert und dann immer wieder. Ich kann es nicht stoppen, solange ich hier bin. Wenn ich erst einmal im Flugzeug sitze, hört es auf. Dann bin ich frei. Dann kann ich weitersehen.«

»Fährst du deshalb so weit weg?«

»Ich weiß nicht. Zunächst einmal brauche ich einfach wieder einen Job. Ohne Arbeit ist man nichts. Ich bin nichts. Es ist so, als wäre ich nicht da. Verstehst du das?«

»Nein. Für mich bist du da.«

»Das ist sehr lieb, Mama, aber ...«

»Das zählt nicht. Ich weiß schon.«

»Doch, aber ...«

»Erzähl mir von ihr.«

»Von wem?«

»Du weißt genau, wen ich meine.«

PILAR

Es klingelt an der Tür, mitten in die Stille hinein, mitten in ihre Gedanken an Paul, und ihr Herz bleibt stehen. Philipp, auf den sie seit Stunden vergeblich wartet, kann das nicht sein, er hat ja einen Schlüssel, und so sieht sie vor ihrem inneren Auge zwei verlegene Beamte, die sie nach ihrem Namen fragen, und dann, ihren Blick geflissentlich meidend, verkünden, dass sie leider eine *sehr traurige Nachricht* für sie hätten. Das alles kommt Pilar so beängstigend real vor, dass sie plötzlich an der Tür steht und zitternd den Riegel zurückschiebt, ohne zu wissen, wie sie hierhergekommen ist.

Draußen steht nicht die Polizei, sondern Manuel. Manuel ist nicht so gut wie Philipp, aber immerhin viel, viel besser als die Polizei, und nur so ist zu erklären, dass Pilar bei seinem Anblick breit lächelt, was Manuel sofort missversteht und versucht, sie zu umarmen. Aber sie entzieht sich ihm, nimmt seine Hand und führt ihn in die Küche, drückt ihn auf einen Stuhl, stellt ein Glas vor ihn hin und schenkt Rotwein ein. All das passiert schweigend, denn sie hat das Gefühl, nicht sprechen zu können, so trocken ist ihre Kehle nach dem anfänglichen Schock und der anschließenden Erleichterung.

Am liebsten hätte sie geweint.

Manuel nimmt ihre Hand. »Was ist los?«, fragt er sanft, und nun weint sie tatsächlich, lässt alles, was sich die letzten Tage und Wochen aufgestaut hat, herausströmen und schämt sich nicht, während Manuel weiter ihre Hand hält und ihr dieses wunderbare Gefühl gibt, nicht allein zu sein, vermischt mit dem Bedauern, dass sie beide sich zur falschen Zeit am falschen Ort getroffen haben, und dann zieht Manuel sie sachte an sich und küsst sie auf ihr dickes, elektrisierendes Haar.

Sie macht sich los.

Es ist nicht in Ordnung, was hier passiert.

Es darf auch nicht weitergehen.

Aber es ist schön.

Ein paar Sekunden erlaubt sie sich, zu träumen, nimmt seine Hand und legt sie sich an die Wange, und Manuel beugt sich vor, und sie steht auf und geht auf seine Seite des Tisches, und dann küssen sie sich richtig, zum ersten und wahrscheinlich letzten Mal, denn mehr als diesen einen Abend werden sie nicht haben.

»Was ist los?«, fragt Manuel ein paar Minuten später ein zweites Mal, und Pilar hätte es ihm so gern erzählt, aber natürlich ist das vollkommen unmöglich. So sitzen sie eine Stunde später in einer lauten Kneipe, um sie herum lauter Menschen aus Alexas Generation, die so fremd wirken, dass sich Pilar selbst ihren Schülern näher fühlt als diesen jungen Frauen und Männern, die sich unbeschwert geben und trotzdem bei näherem Hinsehen etwas angestrengt Besorgtes an sich haben. Sie legt ihr Handy vor sich auf den Tisch. Sie hat Philipp eine SMS geschickt und einen Zettel auf den Küchentisch gelegt, nachdem Manuel sie davon überzeugt hat, dass sie im Moment nicht mehr tun kann, und dass sich, sollte ihm tatsächlich etwas passiert sein, sich die Polizei oder das Krankenhaus bei ihr melden würden.

Die junge Bedienung schlängelt sich, den Block gezückt, zu ihnen durch. Ihre schwarze Schürze ist lässig unter dem Bund der Jeans gebunden, ihr straffer Bauch lugt unter dem weißen Spaghettiträger-Top hervor, ihre schmale Stirn unter dem mittelbraunen, zum Pferdeschwanz zurückgekämmten Haar ist mit feinen Schweißtropfen bedeckt, ihre ungeschminkten Lippen sind leicht aufgeworfen, als sie ihre Bestellung notiert. Wie unbeschädigt sie wirkt, denkt Pilar, wie glatt und schön und unverletzlich, als ob nichts, nicht einmal die unbarmherzig verrinnende Zeit, diesem perfekt gebräunten, glatten Teint etwas anhaben könnte.

»Weiß Barbara, dass du mit mir zusammen bist?«, fragt Pilar, eine dumme Frage, denn sie kennt ja die Antwort. Doch als Manuel sagt: »Nein. Sie weiß überhaupt nicht, wo ich bin«, sieht sie zu ihrer Erleichterung, dass die Geschichte komplett in seiner, nicht in Pilars Verantwortung liegt. Zumindest will sie das glauben, Barbara ist schließlich erwachsen, und es ist Pilars gutes Recht, sich nicht auch noch mit deren Kummer zu belasten, aber trotzdem fragt sie weiter, als müsste sie sich selbst dieses bescheidene Zipfelchen Glück verdienen.

»Warum sagst du ihr nicht, wo du bist?«

»Damit muss sie leben.«

»Du kannst doch nicht einfach wortlos gehen.«

»Ich sage, bis später. Dann gehe ich.«

Pilar versenkt ihren Blick in Manuels Augen und entdeckt darin genau die Kraft, die ihr im Moment abgeht, und plötzlich fühlt sich alles richtig und gut an, verschwinden ihre Ängste wie aus Zauberhand, entspannt sich ihre Stirn, muss sie lächeln, und wieder nimmt Manuel ihre Hand.

»Du bist sehr ehrlich«, sagt sie, und sieht im selben Moment ein Paar am Nebentisch Platz nehmen, das ungefähr in ihrem Alter ist. Der Mann macht ein finsteres Gesicht, die Frau wirkt ängstlich und verbissen und dadurch älter, als sie ist, und wieder senkt sich der altvertraute Schatten auf ihr Gemüt.

»Damit kann nicht jeder leben«, sagt Manuel, und Pilar beugt sich näher zu ihm, teils um ihn besser zu verstehen, teils weil die Anziehungskraft fast unerträglich geworden ist.

»Ich schon«, sagt sie.

»Bist du sicher?«

»Ich kann damit leben. Mit Ehrlichkeit.«

»Wirklich wahr?« Er sieht sie skeptisch an, skeptisch und gleichzeitig liebevoll, eine unglaubliche Mischung, während um sie herum der Lärm wogt, die Leute nun schon zwischen den Tischen herumstehen und sich mit ihrem Flaschenbier in der Hand anschreien müssen. Wieder nehmen sie sich an den Händen, lächeln sich an.

»Ja, wirklich. Ich hatte immer Männer, die sehr viel gelogen haben. Aus Angst, aus Bequemlichkeit, aus Liebe. Ich bin bereit für Ehrlichkeit.«

»Das sagen die meisten Frauen. Aber dann wollen sie doch nur hören, was sie hören wollen.«

»Honorierst *du* denn Ehrlichkeit?«

Manuel lächelt sie an. »Getroffen«, sagt er, und dann bringt die Bedienung wie auf Kommando die zweite Runde, Weißwein für Manuel, Rotwein für Pilar, und sie lassen sich los und schweigen, während sie die beiden Gläser hinstellt. Pilar lächelt ihr versuchsweise zu und bekommt einen freundlichen Blick zurück, der gleichwohl sagt, dass sie nicht dazugehört, nie wieder dazugehören wird. Pilar betrachtet ihr Handy, das stumm und dunkel vor ihr liegt. »Du machst dir zu viele Sorgen«, sagt Manuel, und Pilar nickt verzagt und schiebt das Handy zur Seite.

»Das tut ihr alle«, sagt Manuel, und eine kleine Falte taucht zwischen seinen Augenbrauen auf, als wären ihre Sorgen plötzlich seine Sorgen.

»Wen meinst du mit alle?«, fragt sie, aber sie kann sich

schon denken, was er antworten wird; es sind ihre eigenen dunklen Vermutungen und Ängste, die er ausspricht.

»Frauen. Angeblich seid ihr das starke Geschlecht. Schade, dass man davon so wenig merkt.«

»Wir übernehmen Verantwortung. Für den Zustand der Welt, für das Wohlergehen unserer Kinder. Das ist Stärke. Eure Stärke besteht nur darin, euch aus allem herauszuhalten.«

»Das wiederum liegt an euch.«

»Wie billig.«

»Ihr seid nicht konsequent. Ihr sucht den starken Mann und beschwert euch, wenn ihr ihn nicht findet. Sobald ihr selber stark seid ...«

»Will kein starker Mann mehr etwas von uns wissen. *Das* ist die Wahrheit. Ihr wollt die schwache Frau. Die, die keinen Nagel in die Wand schlagen kann. Die, die sagt: Könntest du das machen, Schatz? Bitte: Hier habt ihr sie. Es ist alles eure Schuld.«

»Wir wollen keine schwachen Frauen. Wir wollen Frauen, die uns nicht bedrängen und die nicht von uns verlangen, ihrem Leben einen Sinn zu geben.«

»Das ist doch gar nicht wahr, Manuel. Eine Frau, die euch nicht braucht, würdet ihr gar nicht bemerken.«

»Das käme auf einen Versuch an.«

»Da muss nichts versucht werden, ich kenne die Art Frauen, von denen du sprichst. Sie sind schön, sie sind stark, und sie sind allein.«

»Dann sagt euch doch los von den Männern! Kämpft für eure Welt, für eure Sicht der Dinge!«

»Wir haben Söhne, die wir lieben, und um die wir uns Sorgen machen. Wir können sie nicht einfach so der Welt überlassen, wir müssen ihnen Rüstzeug mitgeben, damit sie überleben können, denn die Väter übernehmen diese

Aufgabe nicht. Die Väter sind damit beschäftigt, Frauen zu schwängern, die ihre Töchter sein könnten.«

Sie schweigen. Manuel winkt der Kellnerin zu und zahlt die vier Glas Wein, und schließlich stehen sie auf der Straße, die sich an diesem milden Herbstabend gefüllt hat. Viele Leute sind unterwegs, einige Lokale haben Stühle und Tische nach zwei kalten Regenwochen wieder nach draußen gestellt, und Pilar zieht ihre Strickjacke über, denn mild oder nicht, ihr ist es in diesem Land nie warm genug. Sie spürt Manuels Arm, der ihren Rücken wärmt, seine Hand auf ihrem Oberarm, und es ist so verführerisch, dieser Sehnsucht nachzugeben, aber es geht nicht, nicht hier, nicht jetzt. Ohne es so zu meinen, sagt sie, dass er jetzt gehen müsse, aber natürlich geht er nicht, stattdessen holt er tief Luft und schließt sie jetzt richtig in die Arme.

»Ich weiß schon«, sagt er, und sie spürt seinen warmen Atem an ihrem Ohr. »Aber ich kann nicht.«

»Bitte. Ich muss nach Hause, nach Philipp sehen.«

»Philipp ist nicht zu Hause. Wenn er es wäre, hätte er sich gemeldet. Und im Fall des Falles bist du sowieso in drei Minuten da.«

»Manuel ...«

»Ein Glas Wein. Bitte.«

»Noch eins?«

Sie setzen sich an einen Zweiertisch unter einem Kastanienbaum. Eine Straßenlaterne wirft kalkweißes Licht auf ihre Gesichter. Die Zeit scheint stehen zu bleiben, der Ort ist nicht mehr wichtig.

»Was ist mit dir und Barbara?«

»Wir lieben uns nicht mehr.«

»*Du* liebst sie nicht mehr.«

»Wenn ich könnte, würde ich die Uhr zurückdrehen.«

»Würdest du das?«

»Ja. Barbara ist eine tolle Frau.«

»Wenn Männer sagen, Soundso ist eine tolle Frau, dann heißt das, dass sie sich nichts aus ihr machen.«

»Interessant.«

»Du musst etwas an ihr geliebt haben. Was war es?«

»Wir hatten beinahe denselben Musikgeschmack. Sie hat über meine Witze gelacht.«

»Komm schon, Manuel. Das kann nicht alles gewesen sein.«

»Das ist doch viel. Wir konnten stundenlang im Auto sitzen und gemeinsam Musik hören. Mir war das etwas wert. Die meisten Frauen haben einen furchtbaren Musikgeschmack.«

»Was hat sich geändert?«

»Ich weiß nicht. Wenn sie weg ist, bin ich erleichtert.«

»Wie geht es jetzt weiter zwischen euch?«

»Ich warte darauf, dass sie den Schlussstrich zieht. Wenn ich mich trenne, muss sie mich hassen. Wenn sie sich trennt, können wir irgendwann Freunde werden.«

»So funktionieren wir? Man muss uns nur richtig anfassen?«

»So habe ich es nicht gemeint.«

»Wie funktioniere ich denn, deiner Meinung nach?«

»Ich weiß nicht. Dich will ich nicht erklären.«

»Du bist noch nicht fertig mit ihr. Ich sehe das. Du bist ein bisschen verliebt in mich, aber noch nicht fertig mit Barbara.«

»Ja, ich bin verliebt in dich. Schon lange.«

»Wir werden sehen. Geh jetzt nach Hause. Schenk Barbara einen schönen letzten gemeinsamen Tag.«

»Gib mir deine Telefonnummer. Bitte.«

»Nein.«

»Du stehst nicht im Telefonbuch, und Barbara kann ich nicht fragen. Bitte.«

»Wir können uns mailen. Und wenn du wieder zurückkommst – falls du wieder zurückkommst –, werde ich vielleicht da sein.«

»Du bist eine sehr unbarmherzige Frau.«

»Vielleicht brauchst du eine unbarmherzige Frau. Paul hat das gebraucht, bei ihm war ich nicht unbarmherzig genug.«

PAUL

Klaus wartet in der Rechtsmedizin, Graf steht neben ihm und wippt, die Hände in den Taschen seiner speckigen Bundfaltenhose. Einer seiner Mitarbeiter schiebt die mit einem beigefarbenen Tuch bedeckte Bahre hinein, bis zu der Wanne, vor der Kreitmeier und Graf stehen. Der Mitarbeiter hebt das eine Ende des Tuches an, sodass man das Gesicht von Paul Dahl sehen kann. Klaus nickt zum Zeichen, dass er Pauls Identität bestätigt, während Graf zu einem Tisch gegangen ist, um die Papiere des Toten und der Polizei abzuzeichnen.

»Wer hat ihn eigentlich gefunden?«, fragt Graf, nachdem Pauls Körper in die Wanne gewuchtet wurde und der ekelhafte Teil beginnen kann.

»Seine Freundin, glaube ich«, sagt Klaus, und ihm zieht sich der Magen zusammen. Er muss das alles vergessen, seine Schuld, sein schlechtes Gewissen, seinen Hass auf sich selbst, er muss das hinter sich lassen, sonst kann er seinen Job nicht erledigen.

»Auch nicht schön«, sagt Graf und nimmt das Skalpell in die Hand.

»Was?«

»Für die arme Frau. War doch bestimmt ein Schock.«

»Seit wann interessiert Sie so was?«

»Geben Sie mir mal die Knochensäge. Hinter Ihnen. Und dann gehen Sie ins Büro oder zu Dahls Freundin oder sonst wohin. Ich kann Sie hier nicht brauchen.«

PILAR

Pilar sieht in den Spiegel, während sie den Kajalstrich dicht über dem Wimpernkranz aufträgt; ihre Gesichtszüge verschwimmen an den Rändern, als sie sich ganz nach vorne beugt, im Blickpunkt nur ihr linkes, von ein paar Fältchen umrahmtes Auge. Dann weicht sie etwas zurück und begutachtet das Ergebnis, nimmt eine Pinzette aus dem Schränkchen neben dem Spiegel und zupft sich ein paar dunkle Härchen über den Augenbrauen aus und sieht sich wieder an. Prüfend, als wäre sie eine Fremde, was sie ja auch in gewisser Weise ist, denn sie kennt ihr wahres Gesicht nur von Fotos, die Realität nur simulieren, bestenfalls winzige Ausschnitte der Wirklichkeit zeigen, in der Bewegung eingefrorene Millisekunden, abhängig von den Lichtverhältnissen und der Objektivstärke.

Paul ist nun drei Tage tot, und sie weiß nicht, was sie tun soll, was richtig wäre, sowohl für sie, als auch für Philipp, als auch – posthum – für Paul, denn sie hat das Gefühl, Paul die Wahrheit immer noch schuldig zu sein. Andererseits ist sie auch Mutter, und eine Mutter ist in erster Linie den Lebenden verpflichtet, nicht den Toten, und so nimmt sie ihr Telefon vom Badewannenrand und versucht, wie schon so oft in den letzten Tagen, Philipps zu erreichen. Aber wieder läuft nur die Mailbox mit Philipps krächziger Stimme, was sie erneut in Wut bringt.

»Bin beschäftigt, hinterlasst 'ne Nachricht«, sie kann diesen Spruch nicht mehr hören, er ist eine Beleidigung für ihre Intelligenz, hört sich in ihren Ohren an wie eine ständig wiederholte Abfuhr, die sie nicht verdient. Sie verdient einen Sohn, der schätzt, was sie täglich leistet, der sie liebt, wie man seine Mutter liebt. Nicht diesen mürrischen abweisenden Kerl, der sie behandelt, als spiele sie in seinem Leben keine Rolle mehr. Philipp hat an diesem Tag seine Hausaufgaben mehr oder weniger gründlich erledigt, danach aber sofort die Wohnung verlassen, angeblich um mit einem Freund für die Englisch-Schulaufgabe in drei Tagen zu lernen. Bei diesem Freund ist er nicht, und er ist auch nicht, wie versprochen, um halb acht zurückgekommen, denn halb acht ist jetzt.

Sie ruft bei Simon an, obwohl sie sich geschworen hat, das nicht mehr so oft zu tun, denn Simon hat Philipp zwar adoptiert, als er ein Jahr alt war, und er hat sich immer gefühlt und benommen wie ein leiblicher Vater, auch als Pilar und er kein Ehepaar mehr waren, aber in letzter Zeit ist alles anders geworden. Seitdem diese Alexa bei ihm wohnt, findet er alle möglichen Ausreden, um seinen Sohn nicht sehen zu müssen, lehnt vor allem Besuche aus den fadenscheinigsten Gründen ab. Aber Philipp braucht beide Eltern und sehnt sich gerade jetzt nach Halt und Unterstützung, nach einer Hand, die ihn führt und leitet. Daran glaubt Pilar ganz fest, auch wenn Simon in dieser Hinsicht schon immer ein Versager war, ihr nie eine unbequeme Entscheidung abgenommen, sich aus allem herausgehalten hat, was in Stress hätte ausarten können, und gerade deshalb natürlich von Philipp heiß geliebt wurde. Eine dieser Ungerechtigkeiten, die Pilar schon viele Jahre zu schaffen machen, aber gegen die sich absolut nichts unternehmen lässt, wie sie aus bitterer Erfahrung weiß. Schon senkt sich die Schwermut wie ein stickiger Nebel über sie, muss sie sich zusammennehmen, um genug Luft zu bekommen und nicht innerlich zu erstarren.

»Ich bin's«, sagt sie in den Hörer, als Simon sich mit seinem Namen meldet, auf diese muntere Simon-Art, die sie immer als Affront empfindet, aber dann stellt sie zu ihrer Befriedigung fest, dass er diesmal gar nicht so locker ist, wie er tut. Sein »Oh, hallo, Pilar. Wie geht's dir, was ist los?«, klingt reichlich angespannt, woraus sie schließt, dass Alexa in unmittelbarer Nähe ist, vielleicht sogar mithört. »Alles in Ordnung«, sagt Pilar deshalb unwillkürlich rücksichtsvoll, wie sie nun einmal ist, obwohl ja überhaupt nichts in Ordnung ist, und es außerdem keinen Grund gibt, Simon beruhigen zu wollen, denn was interessiert sie sich für seine Probleme, sie hat schließlich genug eigene zu bewältigen. »Ich wollte nur wissen, ob Philipp bei dir ist.«

»Nein«, antwortet Simon knapp, und jetzt ist klar, Alexa *hört* mit und hat etwas gegen dieses Gespräch, aber das ist Pilar nun so etwas von egal, dass sie einfach beharrlich schweigt, bis Simon so hörbar widerwillig ein »Wieso?« anfügt, dass sie beinahe grinsen muss. Stattdessen sagt sie: »Er wollte um halb acht nach Hause kommen, und ich kann ihn auf seinem Handy nicht erreichen.« Und in derselben Sekunde merkt sie, wie überbesorgt, um nicht zu sagen, lächerlich sich das anhört, weshalb sie Simons Kommentar »Halb acht? Das ist ja gerade mal fünf Minuten her« verdient und verärgert sein leises, plötzlich ganz unbeschwertes Lachen hört, weil Alexa offenbar das Zimmer verlassen oder sich in ihren iPod eingestöpselt hat.

»Also bei dir ist er nicht.«

»Mach dir keine Sorgen.«

»Wann war er eigentlich das letzte Mal bei dir?«

»Warum?«

»Kannst du dich nicht mehr erinnern?«

»Pilar. Wenn du etwas zu sagen hast, sag es.«

»Ich habe dir eine einfache Frage gestellt.«

»Du hast mir etwas vorgeworfen.«

»Wenn du das so siehst, wird es wohl stimmen.«

»Also dann heraus damit.«

»Du siehst Philipp überhaupt nicht mehr.«

»Das hatten wir doch schon, Pilar. Philipp ist jetzt sechzehn, er hat keine Lust mehr auf Eltern, die ihn kontrollieren. Er will seine eigenen Wege gehen. Ich war mit sechzehn genauso, du bestimmt auch.«

Nein, denkt Pilar, keiner von uns beiden war wie Philipp, aber das gehört zu den Dingen, über die sie mit Simon nicht sprechen kann, denn Simon kann ihr nicht helfen, er hat ihr noch nie helfen können. Bevor Alexa ihn zum Schoßhündchen degradiert hat, war er immerhin da für seinen Sohn, hat mit ihm geredet, war auch manchmal mit ihm Fußball spielen oder hat ihm bei wichtigen Hockeyspielen zugesehen, aber aus Erziehungsfragen hielt er sich seit ihrer Trennung vor zehn Jahren komplett raus. Philipps Groll über jede Form von Einschränkung, seine Unzuverlässigkeit, seine miserablen Schulleistungen, all das lastet auf Pilars Schultern, und immer wieder bekommt sie beim Versuch, die Bürde etwas gerechter zu verteilen, einen Korb verpasst.

»Hat er in letzter Zeit irgendetwas … gesagt?«

»Was soll er denn gesagt haben?«

»Ich weiß nicht, das frage ich ja dich. Manchmal reden Söhne über bestimmte Sachen lieber mit ihrem Vater.«

»Das bilden sich Mütter immer gerne ein. Ich habe in meinem ganzen Leben nichts mit meinem Vater beredet, was in irgendeiner Weise von Belang gewesen wäre.«

»Dein Vater war auch ganz anders als du. Er war streng und unnahbar. Zu dir hat Philipp Vertrauen. Er mag dich. Er braucht dich.«

»Pilar. Hab keine Angst.«

»Ich habe keine …«

»Mit Philipp ist alles in Ordnung. Lass einfach locker. Mach dir nicht so viele Sorgen.«

»Du lebst ja nicht mit ihm.«

»Hör auf.«

»Das könnte dir so passen.«

»Du hättest mir doch Philipp niemals überlassen, Pilar. Die Frage hat sich ja auch gar nicht gestellt.«

»Wie meinst du das?«

»So, wie ich es sage. Ich *bin* Philipps Vater, ich *fühle* mich so ...«

»Davon merke ich aber nichts mehr.«

» ...aber du hättest mir die Hölle heiß gemacht, wenn ich versucht hätte, ihn dir wegzunehmen. Ist das so oder nicht? Sei ehrlich.«

»Ist das so oder nicht, dass ihr keinen Kontakt mehr habt, seitdem Alexa bei dir eingezogen ist?«

»Alexa ...«

» ...hat damit gar nichts zu tun. Ich weiß, Simon. Das ist alles nur ein Zufall. Das bilde ich mir alles nur ein.«

»Alexa ist schwanger.«

»Was?«

»Sie ist im vierten Monat. Ich wollte es dir in den nächsten Tagen erzählen.« Und jetzt klingt Simon wieder ganz anders, nämlich wie ein Mann, der platzt vor Stolz und das nicht offen zeigen will. »Glückwunsch«, sagt Pilar, während ihr die Tränen in die Augen schießen, und das nicht, weil sie Simon etwa noch lieben würde, sondern weil die Welt für Männer so beneidenswert einfach ist. Männer nehmen sich einfach eine faule Studentin ohne Perspektiven wie Alexa, finanzieren deren Lebensunterhalt, schwängern sie, und fertig ist die nigelnagelneue Familie, hübsch, jung, blitzblank wie aus der Waschmittelwerbung, während Pilar für immer und ewig auf den Altlasten ihrer Vergangenheit sitzen bleiben wird, diesem schmutzigen Gemisch aus Liebe, Schmerz, Zorn und Sorgen. Das ist nicht in Ordnung, DAS IST EINFACH NICHT IN ORDNUNG. Sie legt leise den Hörer auf. Eine Minute später klingelt es, und sie hebt nur ab, weil sie wider jede Vernunft hofft, dass es Philipp ist.

»Pi, was ist los? Die Leitung war plötzlich tot.« Natürlich ist es nur Simon, der gemerkt hat, dass er ihr wehgetan hat, und das tut ihm jetzt leid und er würde es gern ungeschehen machen. Aber das geht nicht, und eigentlich ist sie auch froh, dass sie es jetzt schon weiß und nicht viel später völlig unvermittelt damit konfrontiert worden wäre, wenn sie Alexa das erste Mal mit dickem Bauch gesehen hätte. Denn natürlich hätte es ihr Simon nie von selbst erzählt, dazu kennt er sie ja viel zu gut, und auch dieses Mal ist es ihm bestimmt nur aus Versehen herausgerutscht, oder weil er so unbändig stolz ist, dass er sich nicht hat zusammenreißen können. Junge Väter laufen panisch vor der Verantwortung davon, alte Väter überschlagen sich vor Begeisterung, wenn sie feststellen, dass sie noch imstande sind, ein paar fortpflanzungsfähige Spermien zu produzieren.

»Alles in Ordnung«, sagt Pilar so normal und gleichmütig, wie sie nur kann, und das gelingt ihr ganz gut; sogar die Tränen sind in Sekundenschnelle versiegt, wahrscheinlich weil sie für solche Gefühle keine Zeit hat, schon gar nicht für einen Idioten wie Simon, der sich lächerlich macht und es nicht einmal merkt. Also sagt sie in ruhigem Ton: »Ich muss jetzt aufhören, ich melde mich irgendwann.« »Und sie ist sehr zufrieden mit der Art, wie sie ihm das *irgendwann* hingeworfen hat, nämlich als eine Art Almosen. Manchmal muss man so tun als ob, um etwas wahrzumachen, was nicht wahr sein kann. An Simons betretenem Schweigen merkt sie, dass es ihr diesmal sogar gelungen ist, und sie legt auf, bevor sich diese schäbige, aber doch irgendwie Kraft spendende Hoffnung als Irrtum erweisen kann.

Eine Stunde und mehrere erfolglose Telefonate später sitzt Pilar allein am Küchentisch, vor sich ein Glas Wein. Zwischen Zeige- und Mittelfinger glimmt die erste Zigarette seit Monaten. Sie hat sie in Philipps Zimmer gefunden, zerkrumpelt in seinem Schreibtisch liegend, wobei etwa die Hälfte des Tabaks sorgfältig herausgebröselt worden ist.

Sie hat bei den Eltern sämtlicher Freunde angerufen, die sie kennt. Die Freunde sind alle zu Hause, und angeblich weiß keiner von ihnen, wo Philipp sich an diesem Abend aufhält. In Philipps Zimmer befindet sich außer seinem üblichen Chaos aus alter Wäsche, Schulheften, Schulbüchern und der verräterischen Zigarette nichts, was ihr weitergeholfen hätte. Wobei sie zugeben muss, dass sie nur sehr oberflächlich gesucht hat und sich deshalb nicht zum ersten Mal der Frage stellen muss, ob sie vielleicht gar nichts finden wollte. Ein alarmierender Gedanke, denn er bezichtigt sie der Heuchelei und der Feigheit, und so verbannt sie ihn ganz weit weg aus ihrem Bewusstsein, stopft ihn tief in jene Regionen, in denen sich all ihre höchstpersönlichen Minenfelder befinden. Genüsslich zieht sie an dem halben Stummel, während der Rauch sie ganz auszufüllen scheint, der brandig-würzige Geschmack tröstlich und köstlich ist, wie immer bei der ersten Zigarette nach langer Abstinenz. Wieder denkt sie an Paul, überlegt, wo er jetzt wohl ist, wie es ihm geht, ob er ihr und Philipp verziehen hat. Tränen schießen ihr in die Augen, sie wischt sie nicht weg. Paul fühlt sich so nah an, es ist, als könnte sie ihn sehen, als wäre er zurückgekommen. Ihr Telefon klingelt, sie hebt ab, auf die nächste Enttäuschung gefasst. Und tatsächlich, es ist wieder nicht Philipp, sondern Barbara, die sich erkundigt, ob Manuel bei ihr ist. Ihrer Stimme hört man an, dass sie keine Angst mehr davor hat, sich mit einem solchen Anruf lächerlich zu machen. Trotz ihrer eigenen Probleme hört Pilar den abgrundtiefen Schmerz heraus und sagt behutsam, dass sie keine Ahnung habe, wo Manuel ist.

Sie ist froh, dass es stimmt.

BARBARA

Als Barbara von Pauls Tod erfährt, sitzt sie in ihrem Büro, hat das Lamellen-Rollo heruntergelassen, damit die Abendsonne sie nicht blendet, und brütet über einem Text zum Thema Vertrauen, der warm, ernsthaft, zart ironisch, souverän und leicht sein soll, süß, mit einem bitteren Beigeschmack, intelligent, aber nicht hochtrabend, differenziert, aber nicht kompliziert, für jeden verständlich und trotzdem originell. Aber kein Text wird so, wenn man sich in der falschen Stimmung befindet, sich verschwitzt und klebrig fühlt, und niemandem mehr vertraut, am wenigsten seinem Schicksal, das in der Vergangenheit trotz diverser Krisen letztlich immer alles zum Guten gewendet hat, und sich nun benimmt, als sei man plötzlich persona non grata geworden.

Sie löscht den letzten Absatz, in dem es um Vertrauen als spirituelle Grundlage jeder Beziehung geht, drückt dann auf die Z-Taste, die den Vorgang wieder rückgängig macht, und schon taucht der Absatz aus den Tiefen der Festplatte wieder auf, grinst sie hämisch an, bis sie ihn zur Strafe endgültig vom Bildschirm wischt. Dann klingelt das Telefon, und es ist eine weinende Pilar.

Nachdem Pilar aufgelegt hat – das Gespräch hat kaum fünf Minuten gedauert, denn es gibt nur so wenig zu besprechen; jede angebotene Hilfe hat Pilar freundlich, aber bestimmt abgelehnt – überlegt Barbara, sich freizunehmen und nach Hause zu gehen. Dann fällt ihr ein, dass es zu Hause nicht besser sein würde als hier.

Sie versucht, Manuel zu erreichen, und erwartungsgemäß läuft an ihrem gemeinsamen Festnetzanschluss der Anrufbeantworter, und sie hört ihre eigene muntere Stimme aus besseren Zeiten, die sie im Moment kaum ertragen kann, und deswegen sofort die Verbindung abbricht, ohne eine Nachricht zu hinterlassen. Dann starrt sie auf den ungewohnt leeren Schreibtisch ihrer Kollegin, die in Urlaub ist, während sie den Hörer wieder abhebt und Manuels mobile Nummer wählt, obwohl sie doch genau weiß, dass sein Handy wahrscheinlich wieder abgeschaltet ist, weil ja Manuel, seitdem er seinen Job verloren hat, jede Notwendigkeit leugnet, erreichbar zu sein, beziehungsweise für Barbara erreichbar zu sein.

Und genau so ist es, und Barbara muss nun Manuels Mailbox mitteilen, dass Paul gestorben ist. »Ich wollte dir nur sagen, dass Paul gestorben ist«, selbst in ihren eigenen Ohren klingt das ziemlich seltsam, und ihr ist klar, dass Manuel beim Abhören dieser Nachricht sofort merken wird, dass es ihr gar nicht um Paul geht.

Jeden Tag wird Manuel ein bisschen weniger präsent, manchmal scheint er sich direkt vor Barbaras Augen aufzulösen, verwandelt sich in einen Schatten, der düster dräuend über ihrem Leben hängt, oder wird durchsichtig flimmernd wie eine Fata Morgana.

Du kannst mich nicht festhalten.
Sag mir, was ich falsch gemacht habe, und ich mache es richtig.
Du hast gar nichts falsch gemacht.
Du gibst mir keine Chance mehr? Keine einzige?
Ich bin ziemlich durcheinander.
Wenn du gehst, kommst du nie wieder!
Wenn du das wirklich glaubst, dann bist doch du diejenige, die unserer Beziehung keine Chance mehr gibt.

*Ah ja. Das hast du dir ja schön ausgedacht! Jetzt bin ich
schuld!*
Barb …
Scheißkerl.

Es klopft an ihrer Bürotür, die Barbara zugemacht hat, etwas, das man hier eigentlich nicht tut, normalerweise
steht jeder jederzeit unter Beobachtung, aber Barbara ist
jetzt alles egal, und nur so ist es zu erklären, dass sie ein
mutiges »Nein!« gegen die geschlossene Tür schleudert,
auch das ein unglaublicher Verstoß gegen die herrschen-
den Sitten und Gebräuche. Eine tiefe Frauenstimme ruft
fragend »Barbara?«.
»Komm rein«, sagt Barbara kleinlaut und schnäuzt
sich, während sich die Tür öffnet und Angela den Rahmen fast zur Gänze ausfüllt. Angela trägt ein schwarzes
gefältetes Issey-Myake-Kleid, das ihre üppigen Formen
sanft umspielt und bis zum Boden reicht, ihre Füße zieren
bestickte Flipflops, sie ist braun gebrannt, sehr geschminkt
und duftet nach »Le Jardin sur le Nil«, kurz, sie sieht aus,
als wäre sie auf dem Weg zu einer Abendveranstaltung,
dabei ist es noch nicht einmal zwei Uhr. Was Barbara
schon längst nicht mehr auffällt, weil Angela jeden Tag so
in der Redaktion erscheint, eine hochgewachsene, majes-
tätische Erscheinung mit rauer Stimme, die nun zuckersüß
»Was ist los mit dir, Herzblatt?« fragt, während Barbara
nichts Besseres einfällt, als ihr einen Platz anzubieten.
Angela lässt sich, kerzengerade wie eine Königin, auf dem
Besucherstuhl nieder und schlägt die Beine übereinander,
während Barbara ihr die Sachlage in genau genommen
nur einem Satz schildert: Manuel verlässt mich, und mein
bester Freund ist an einem Schlaganfall gestorben.
Angela sagt »Männer!«, und macht eine scherzhaft tun-
tige Handbewegung, was in Ordnung ist, weil man einfach

nicht mehr von ihr erwartet, und Barbara sagt mehr zu sich als zu ihr: »Ich muss Manuel gehen lassen.« »Du musst gar nicht, Schätzchen«, ist die lapidare Reaktion von Angela.

Barbara lächelt; eine kleine Hoffnung keimt in ihr auf, obwohl Angela das mit Sicherheit nur so dahingesagt hat, einfach, weil sie gern und aus Prinzip widerspricht. »Du meinst, ich soll ihn festbinden?«

»Wenn dir daran liegt.«

»Ich weiß nicht.«

»Und jetzt lies dir mal diesen Text durch.«

Als Barbara abends nach Hause geht, ist sie beschwipst. Sie hat zwei oder drei Sprizz in Angelas Büro getrunken und dabei zu viel aus ihrem Leben erzählt. Angela hat sich bei einigen Anekdoten über Manuels Marotten heiser gelacht und ihr außerdem in einem Anfall von Großzügigkeit eine 14-Tage-Ampullenkur von Estée Lauder geschenkt, womit sie Barbara das Gefühl gibt, dass das Leben weitergeht und alles gar nicht so schlimm ist, eine hübsche Illusion, die sofort verfliegt, als Barbara die Tür aufschließt und feststellt, dass Manuel nicht da ist.

Barbara füttert die Katzen, anschließend raucht sie bei offener Balkontür, weil Manuel vor einem Jahr aufgehört hat und sich sofort zum fanatischen Zigarettenhasser entwickelt hat, dann entfernt sie ihre Handtasche von der Herdplatte, *wo sie nichts zu suchen hat.* Angesichts ihres unaufgeräumten Schreibtisches gibt sie vor sich selbst zu, dass sie schlampig und vergesslich ist, und dass diese Eigenschaften für jemanden, der so organisiert ist wie Manuel, ein Problem sein müssen.

Sie ist auch egozentrisch.

Wozu brauchst du eigentlich einen Mann? Nur damit jemand da ist, wenn du nach Hause kommst?

Sie will eine enge Beziehung, aber auch wieder nicht zu

eng. Sie will abends nach Hause kommen und sich direkt ins Schlafzimmer vor den Fernseher begeben. Tatsächlich ist sie nicht immer nett genug gewesen, manchmal sogar das Gegenteil davon, und nun tut ihr jedes böse Wort, jede unangemessen ironische Bemerkung wahnsinnig leid, furchtbar, tränentreibend leid, und sie würde am liebsten alles davon zurücknehmen, wenn Manuel ihr nur diese eine Chance geben würde.

Die Katzen streichen ihr um die Beine, keineswegs satt, und Barbara kniet sich hin, legt die Arme um sie und vergräbt ihre Nase in ihrem Fell, hört das tiefe Schnurren direkt neben ihren Ohren, ein warmes, sinnliches, beruhigendes Geräusch, und öffnet ihnen zum Dank eine Dose Thunfisch, worauf sich beide stürzen, als wäre das seit Wochen ihre erste Mahlzeit. Während Barbara darauf achtet, dass Mops Bär nichts wegfrisst, denn das tut er, sobald man nicht aufpasst, woraus man schließen kann, dass Katzen auch nicht besser sind als Menschen. Auf diese Erkenntnis hin schenkt sie sich ein Glas Rotwein ein und raucht weiter, die neunte oder zehnte an diesem Tag, ab einer bestimmten Menge kann man genauso gut aufhören zu zählen.

Stattdessen wandern ihre Gedanken ziellos herum, verweilen mal hier, mal da, träge geworden durch den Alkohol, und landen schließlich wieder dort, wo sie sich in aller Ruhe im Kreis drehen können, also an welcher Art Krebs sie vermutlich verenden wird, Niere, Blase, Lunge oder Magen, warum Manuel sie nicht mehr liebt, und ob er sie eines Tages wieder lieben wird, oder ob das unmöglich ist, ob Liebe sich entfernen und wieder einstellen kann so wie Ebbe und Flut, oder ob sie sich zwangsläufig und unwiderruflich nach mehr oder weniger langer Zeit erschöpft, ob sie ihrer Natur nach endlich ist, dazu bestimmt, erst zu wachsen, dann zu erodieren, ob jede Liebe irgendwann alt und gebrechlich wird, an Spannkraft und Geschmeidigkeit verliert. Wenn das so wäre, wären ihre Charakterfehler nicht der ausschlaggebende Grund für ihre Entfremdung, überlegt sie nicht zum ersten Mal, und auch diesmal bringen diese Überlegungen nichts. Aber sie kann sie trotzdem nicht abstellen, kniet sich stattdessen hinein, denn etwas an dieser bevorstehenden Trennung muss aus irgendwelchen Gründen immer wieder und wieder aus allen Richtungen beleuchtet werden. Zum Beispiel der Verdacht, dass Manuels berufliche Krise gar nichts mit seinem Verhalten zu tun hat, dass das alles nur vorgeschobene Anlässe sind, und der echte Grund ist, dass ihm Barbara nicht mehr gefällt. Was wiederum die Frage aufwirft, weshalb ausgerechnet diese Mutmaßung am schwersten auszuhalten ist.

Barbara raucht und betrachtet sich in ihrem Taschenspiegel. Manuel hat sich freundlicherweise nie über ihr Aussehen beschwert, ihr allerdings auch selten Komplimente gemacht, und wenn doch, war es eher von der Sorte *Heute siehst du ja richtig süß aus*, deren überraschter Unterton immer implizierte, dass dieses Heute eher erfreulicher Ausnahmezustand als angenehme Regel war. Und schon ist sie wieder beim Drama ihres Lebens angelangt, der Tatsache, dass sie in jeder Beziehung immer nur so tut als ob. Als ob sie hübsch wäre, als ob sie kompetent wäre, als ob sie stark wäre.

Sie drückt die Zigarette aus, leert den Aschenbecher in den Müll und wedelt mit der Balkontür hin und her, um den Luftaustausch zu beschleunigen. Schon wieder hat sie sich eines gebrochenen Versprechens schuldig gemacht, und natürlich wird Manuel den Rauch später trotzdem riechen. Seit seiner Abstinenz ist seine Nase so unglaublich fein, dass ihn jeder Hundehaufen im Umkreis von zehn Metern auf die Palme bringt, und er sich mittlerweile schon aufregt, wenn jemand im Lokal drei Tische weiter eine Kohlsuppe bestellt.

Draußen ist es mild für die Jahreszeit, aber Barbara fröstelt trotzdem, würde am liebsten die Heizung anstellen, lässt es aber bleiben, sieht auf die Uhr, die halb zehn zeigt. Keine Ausrede dafür, dass sie nun schon wieder versucht, Manuel zu erreichen, der sich von ihr nicht erreichen lassen will, und schon hat sich der Alkohol verflüchtigt und einem umfassenden Stimmungstief Platz gemacht, in das man sich nur widerstandslos sehr tief hineinfallen lassen kann, um dort unten festzustellen, dass die Wohnung plötzlich so erschreckend ruhig ist, selbst das übliche urbane Grundrauschen plötzlich verstummt zu sein scheint. Auch von den Katzen ist nichts zu hören und zu sehen, sie liegen wahrscheinlich auf dem von Manuel wie immer sorgfältig gemachten Bett. Weswegen Manuel sich später über weißlichgraue Haarbüscheln schwarz ärgern wird, was Barbara mittlerweile wirklich egal sein könnte, aber immer noch nicht egal *ist*, auch wenn sie sich noch so oft einzureden versucht, dass allein zu wohnen seine Vorteile hat und sie die irgendwann auch als solche empfinden wird.

Es klingelt an der Tür, und sie fährt zusammen, schon weil es das interne Läuten ist, schrill und penetrant, was bedeutet, dass jemand in diesem Moment direkt vor der Wohnung steht, wofür es nun wirklich reichlich spät ist. Und so geht Barbara strumpfsockig und auf Zehenspitzen zur Tür und sieht durch den Spion einen Jungen in Jeans, Basecap und überweitem schwarzem T-Shirt, das mit schartigen Lettern bedruckt ist.

Es braucht eine Weile, bis sie ihn erkennt.

»Philipp?«, ruft sie fragend.

»Kann ich reinkommen?«

Philipp hat sie noch nie besucht, und er sieht in seiner

Kluft auch nicht gerade vertrauenerweckend aus, aber sie mag ihn auch nicht draußen stehen lassen, nachdem er nun schon weiß, dass sie zu Hause ist. Sie öffnet die Tür und bittet ihn herein, erleichtert, dass sie noch präsentabel und nicht etwa schon in Jogginghose und Kapuzenshirt geschlüpft ist. Aber Philipp bleibt nicht nur stehen, er scheint sogar noch etwas zurückzuweichen, als würde Barbara ihn plötzlich einschüchtern, und erst nach einer kleinen Pause bewegt er sich, pult einen schwarzen Gegenstand aus den Tiefen seiner geräumigen Hose und streckt ihn ihr mit einer eigentümlich ruckartigen Bewegung hin.

Es ist Barbaras gestohlenes Portemonnaie. Das Geld ist nicht mehr darin, aber ihre längst gesperrten Scheck- und Kreditkarten, ihr Führerschein und ihre Autopapiere. Konsterniert fragt sie: »Was soll das, Philipp?«, nachdem sie die Brieftasche durchgeblättert hat, und Philipp sie ansieht, als hätte es ihm nun endgültig die Sprache verschlagen.

»Philipp?«

»Du darfst es niemandem sagen. Bitte.«

»Komm erst mal rein.«

»Wenn du es niemandem sagst, besorge ich dir auch die Schuhe wieder. Kann aber ein paar Tage dauern.«

»Hör mal …«

»Wenn du es jemandem erzählst, kriegst du gar nichts.«

»Du …«

»Ich gebe dir die Schuhe wieder zurück, wenn du es niemandem erzählst. Auch nicht Manuel.«

»Da verlangst du eine Menge.« Aber Barbara denkt an die teuren Schuhe von Costume National, die hochhackig, elegant geformt und trotzdem bequem sind, und außerdem, was geht es Manuel jetzt noch an?

»Wann?«, fragt sie.

»Was?«

»Wann kriege ich die Schuhe wieder?«

»Nach Pauls Beerdigung. Ehrenwort.«

»Weiß deine Mutter davon?«

»Wenn du ihr etwas erzählst, komme ich zurück. Und zwar nicht allein.«

»Was soll das denn?«

Philipp dreht sich auf dem Absatz um und trampelt die Treppe hinunter, ohne zu antworten.

»Gina? Störe ich dich gerade?«

»Hallo, Barb. Nein, gar nicht. Für heute bin ich fertig.«

»Was hast du gemacht?«

»Nichts Wichtiges. Leinwände grundiert, Steuererklärung …«

»Ich muss dir etwas sagen.«

»Ja?«

»Paul ist tot.«

»Was?«

»Er hatte einen Schlaganfall.«

»Oh nein. Nein.«

»Ja, es ist schrecklich. Kann ich vorbeikommen? Ich weiß, es ist spät …«

»Bitte, komm.«

»Soll ich Wein mitbringen?«

»Ja. Bitte.«

»Ich muss dir noch etwas erzählen. Das Leben ist im Moment eine Kette von Verrücktheiten.«

»Komm schnell.«

GINA

Ihre Affäre mit Manuel hat an einem Freitag vor zwei Monaten begonnen, als Barbara auf einem Pressetermin in Ägypten war, und Gina sie am frühen Abend auf ihrem Festnetzanschluss angerufen hatte, weil Barbs Handy ausgeschaltet war. Normalerweise vermeidet Gina Anrufe auf dem Festnetz, weil Manuel am Telefon sehr kurz angebunden sein kann, aber diesmal hatte sie das dringende Gefühl, mit Barb reden zu müssen. Weswegen weiß sie allerdings nicht mehr, vielleicht hatte sie ein Bild verkauft, vielleicht war an diesem Tag ihr erstes großes Interview in der Kunstzeitschrift erschienen, deren Redaktion sie bislang hartnäckig ignoriert hatte, vielleicht hatte sie gar nicht wirklich Barbara sprechen wollen, jedenfalls hat sie den Grund vergessen oder verdrängt, wie sie auch jetzt noch alles verdrängt, was mit Manuel und ihr zu tun hat.

Viel ist das ehrlich gesagt nicht. Wenn Manuel bei ihr vorbeikommt – manchmal mitten am Tag, einmal sogar vor zehn Uhr morgens –, verschwenden sie ihre Zeit nicht mit Reden, bestehen sie nur noch aus Händen, Lippen und Haut, löst sich ihrer beider Individualität in einer beinahe krankhaften Ekstase auf. Mehr gibt es über diese Beziehung nicht zu sagen, außer dass Gina zu viel darüber nachdenkt.

Er saugt mich aus, denkt sie, während sie in ihrem stillen Atelierzimmer vor der Staffelei steht, vor sich selbst so tut, als würde sie arbeiten, und in Wirklichkeit auf ihn

148

wartet, vielmehr: auf das, was er mit ihr tut. Und plötzlich kommt ihr der Verdacht logisch vor (hat er nicht ungefähr zur selben Zeit, als ihre Affäre begonnen hatte, das Angebot aus Katar bekommen?), dann wieder völlig absurd, und sie legt den Pinsel weg, geht in die Küche und macht sich Kaffee.

Zum Kaffee – sie trinkt ihn schwarz, ohne Zucker – raucht sie eine Zigarette, obwohl sie weiß, dass sie die Kombination aus Koffein und Nikotin bleich und nervös machen wird. Tatsächlich beginnen ihre Hände schon nach ein paar Zügen zu zittern, und sie drückt die Zigarette aus und geht danach ins Bad und mustert sich im Spiegel, wo sie eine sehr blasse Frau ansieht, deren dunkle Haare strohig aussehen, und der das egal zu sein hat, denn sie würde sich nie Manuel zu Gefallen hübsch machen, diese Art von Beziehung haben sie nicht, und Manuel würde entsprechende Bemühungen vermutlich nicht einmal merken. Wenn er kommt, sieht er sie kaum an, sagt Hallo – einfach nur Hallo, ohne Gina danach –, lächelt kurz die Wand hinter Gina an als allernotwendigstes Zugeständnis an allgemein gültige Umgangsregeln, und umfasst sie dann mit der größten Selbstverständlichkeit, als gehörte sie ihm, als existierte sie überhaupt nur zu seinem Vergnügen, als hätte sie gar kein eigenes Leben und brauchte es auch gar nicht. Zumindest, solange er bei ihr ist.

Sie wischt ihre Hände mit dem in Terpentin getauchten Tuch ab, um eine SMS an Paul zu schreiben, die fünfte oder sechste in zwei Tagen, und bisher hat er auf keine davon geantwortet, aber sein Schweigen ist sie gewöhnt. Manchmal schaltet er sein Handy tagelang nicht ein, und eigentlich hätte sie längst beleidigt sein müssen, aber mit Vorwürfen erreicht man bei Paul nur, dass er sich völlig zurückzieht, also tut sie meistens so, als würde sie nichts merken, bleibt mit sanfter Hartnäckigkeit an ihm dran, und weiß tief im Inneren, dass ihr Stolz dem irgendwann ein natürliches Ende setzen wird.

Sos bin wieder bösesmädchen lg bisamratte

melde dich

also gut ich gebs auf werde glücklich im fantasierten pilar-paradies

Paul ist dabei, aus ihrem Leben zu verschwinden. Obwohl er das nie zugegeben hätte, löst sich ganz allmählich alles, was sie einmal verbunden hat, in seiner Liebe zu Pilar auf. Pilar hat Paul im Handstreich übernommen, und Paul hat sich nie dagegen gewehrt, nie um ihre Freundschaft ge-kämpft, die doch Pilar gar nichts weggenommen hätte, und zurück bleibt Gina. Selbst die Tatsache, dass Pilar Paul seit Monaten aus ihrem Leben verbannt hat, ihn entschlos-sen in die Wüste geschickt hat, weil er sich wie üblich nicht festlegen konnte, hat an seinem Verhalten nichts geändert. Er glaubt, dass ihm sein verspäteter Gehorsam Punkte bei Pilar einbringen würde, und davon lässt er sich einfach nicht abbringen, schon gar nicht mit dem Argument, dass dieses abergläubische Spielchen sinnlos ist. Pilar interes-siert es doch bestimmt längst nicht mehr, mit wem er sich derzeit abgibt, und weil ja sowieso letztlich nicht Gina das Problem war, sondern Pilars Erwartungen an eine ernst-hafte Beziehung mit Zukunftsaussichten, die Paul so lange ignorierte, bis ihr der Geduldsfaden gerissen war.

Gina legt das Telefon aufs Fensterbrett und nimmt den Pinsel zur Hand; sie weiß, dass Manuel kommen wird, aber sie weiß nicht, wann. Er legt sich niemals fest, gibt im-mer nur ungefähre Zeiten an, als wollte er jedes mögliche

Missverständnis im Keim ersticken. Und manchmal hätte sie es ihm am liebsten gesagt.

Schon gut, Manuel, es ist alles in Ordnung, entspann dich, wir haben keine Verabredung, und es gibt keine Ansprüche, die ich anmelden könnte, wir haben das nicht geplant, es ist so über uns gekommen.

Aber stimmte das?

Da Barbara wegen ihres Pressetermins woanders übernachten musste und weder Gina noch Manuel an diesem Abend etwas Besseres vorhatten, trafen sie sich in einem Café, und das war das erste und einzige Mal, dass sie stundenlang redeten, Gina und er, in schrankenloser Aufrichtigkeit, so, wie es Fremde tun, wenn sie die Gewissheit haben, sich nicht wiederzusehen. Und seitdem weiß Gina Dinge über Manuel und Barb, die ihr nicht einmal Barb je erzählt hat, und Manuel weiß Details aus Ginas Gefühlsleben, die selbst Barb nicht kennt, und schon damit hat im Grunde genommen der Betrug an ihrer Freundschaft begonnen, denn irgendwann, nach einigen Gläsern Shiraz, verlor ihr Gespräch dann den Beichtcharakter und bekam diesen talmihaften Glitzer, der meistens einer Nacht vorausging, die man am nächsten Morgen bereut.

Eine halbe Stunde später ist Manuel da, eine Stunde später liegen sie erschöpft auf den frisch bezogenen Bettdecken, und Gina fühlt sich körperlich gut, aber innerlich leer, vor allem, weil sie wieder einmal nicht miteinander gesprochen haben, als hätten sie alles, was zwischen ihnen gesagt werden musste, schon in ihrem Mammutgespräch an ihrem allerersten Abend erörtert. Es gibt keinen gemeinsamen Alltag, gemeinsame Freunde verbieten sich als Gesprächsstoff erst recht; sie sind nichts als Komplizen, und das verbindet und trennt sie gleichermaßen.

Also steht Gina auf, um sich zu duschen und nicht zu reden. Sie spürt Manuels Blick in ihrem Rücken und dreht sich um, aber das Gefühl war falsch. Manuel sieht sie gar nicht an, liegt auf dem Rücken, das Laken über seine langen Beine gebreitet und starrt an die Decke mit einem Ausdruck, den sie nicht deuten kann, den sie nie deuten konnte, und vielleicht ist das ja auch besser so, also lässt sie ihn in Ruhe und geht ins Bad. Am liebsten wäre es ihr, wenn er verschwinden würde, sagt sie sich, während sie noch unter der Dusche steht, aber in dem Moment weiß sie schon, dass sie sich selbst belügt.

Als sie in das Schlafzimmer zurückkommt, ist er schon dabei, in seine Hose zu steigen. Die Gier nach ihm, nach seinen Lippen, seinen Händen, seinem harten flachen Bauch hat sich vollkommen verflüchtigt, es ist, als würde ein Fremder in ihrem Zimmer stehen, den sie auch niemals kennenlernen wird, weil dafür zu viel oder zu wenig passiert war.

Er zieht sich sein Hemd über den Kopf, nicht hastig, aber doch so, als wäre er in Eile, und auch Gina holt ein Kleid aus dem Schrank und schlüpft hinein, weil sie auf keinen Fall mehr nackt sein will, wenn er fertig ist.

Während sie mit dem Rücken zu ihm ihr Kleid zuknöpft, hört sie, wie er hinter sie tritt, spürt einen leichten Kuss auf ihrem Nacken.

»Hast du ein Glas Wasser?«, fragt er sie.

»Sicher«, sagt sie, ohne sich umzudrehen. »In der Küche, im Kühlschrank. Bedien dich.«

»Möchtest du auch ein Glas?«

»Ja, gern.«

Seine Schritte entfernen sich, während Gina ihre Ballerinas anzieht und sich noch eine leichte Strickjacke aus dem Schrank holt, dann das Fenster aufmacht und feststellt, dass die Sonne bereits untergegangen ist, und sich die Dämmerung schon in den Zimmerecken breitmacht.

Als sie vollständig angezogen ist, kommt Manuel wieder herein und bringt ihr ein Glas Wasser; er selbst hat seins wohl schon in der Küche hinuntergestürzt; seine Lippen glänzen rot und feucht, seine Augen tränen leicht, und Gina bedankt sich und nimmt es ihm aus der Hand. Das Wasser ist nicht ganz kalt, sie hat es erst vor einer Stunde in den Kühlschrank gestellt, und sie trinkt ein paar Schlucke, während sie die Kohlensäure im Hals kratzt.

Sie stellt das Glas auf die Fensterbank und fischt sich eine Zigarette aus der Schachtel, die danebenliegt.

»Manuel«, sie lächelt ihn an, »ich glaube, es ist besser, du gehst jetzt«, sie zwinkert ihm zu. »Ich will nämlich rauchen«, eine Flucht nach vorn, in leichtem Ton, darauf anspielend, dass er Rauchgeruch mittlerweile hasst.

»Schön«, sagt Manuel. »Dann gehe ich jetzt.« Er schließt sie fest in die Arme, sie befreit sich nach ein paar Sekunden, nimmt seine Hand und bringt ihn zur Tür, aber dann legt er seine Hand auf ihre, und bevor sie die Tür öffnen kann und damit endgültig alles zu Ende bringen würde, was zwischen ihnen war, scheint plötzlich einen winzigen Moment lang etwas möglich zu sein, das sie bereits ad acta gelegt hat.

Dann fragt er sie in beiläufigem Ton nach Pilars Telefonnummer.

Sie sagt nach einer Pause: »Frag doch Paul. Oder sieh im Telefonbuch nach.«

»Sie steht nicht im Telefonbuch. Und Paul kann ich nicht fragen.«

»Tut mir leid.«

»Gina ...«

»Ciao. Viel Spaß in Katar.«

»Ich rufe dich noch mal an.«

»Wieso denn das?«

Er sieht ehrlich verblüfft aus, fragt allen Ernstes »Bist

du sauer?«, wie ein gemaßregelter kleiner Junge. »Ich möchte, dass wir Freunde bleiben«, sagt er dann.

»Was verstehst du denn darunter?«

»Wie bitte?«

»Eine einfache Frage. Wie soll deiner Meinung nach eine ›Freundschaft‹ zwischen uns aussehen?«

»Ich weiß nicht.« Sie sieht, dass er aufgibt, und das ist in Ordnung, denn jetzt hat auch sie ihn aufgegeben.

»Eben. Alles Gute für dich. Ciao.«

Er zögert immer noch, so verlegen, wie sie ihn noch nie erlebt hat, und auch das ärgert sie, aber schließlich sagt er lahm: »Danke, Gina. Für …äh … alles. Tut mir leid, dass ich …«

Sie macht ihm mitten im Satz die Tür vor der Nase zu.

Einige Stunden später ist sie betrunken, aber noch so, dass es guttut. Nach einem weiteren Drink schlendert sie durch ihr Viertel, in einem hellen, leichten, sehr teuren Trenchcoat über ihrem Kleid, den sie sich vom Erlös ihres letzten Bildes geleistet hat, und der jetzt für eine Zukunft steht, in der sie endlich nicht mehr sparen muss. Jetzt, in dieser Sekunde, eine Woche bevor sie ihre erste Einzelausstellung haben wird, glaubt sie an diese Zukunft, *weiß* einfach, dass alles eintreten wird, wovon sie schon immer geträumt hat, befindet sie sich in einer magischen Blase, die Unverletzlichkeit garantiert und die Erfüllung aller Wünsche möglich macht. Und wie immer, wenn sie sich in diesem Zustand der Gnade befindet, fällt Gina plötzlich nicht mehr ein, was sie wirklich will.

Während sie darüber nachgrübelt, setzt sie sich in eins der vielen Cafés in ihrer Straße, registriert erst jetzt, dass die Luft um sie herum vor Betriebsamkeit summt, weil der warme Herbst nach einem verregneten Spätsommer die Leute auf die Straße treibt, sie offener macht, heiterer und lockerer. Vielleicht weil schönes Wetter in einer dafür nicht prädestinierten Jahreszeit einem das Gefühl gibt, dem Schicksal ein Schnippchen zu schlagen, als handle es sich um ein irrtümliches Geschenk, das nicht zurückgegeben werden muss. Gina nimmt die Getränkekarte, deren in Plastik eingeschweißte Seiten sich feucht und fettig anfühlen; ein leiser Schauer fährt ihr über den Rücken, als sich am Nebentisch ein Schwulenpaar küsst, oder vielmehr der ältere den jüngeren, hübscheren küsst, dem das sichtlich unangenehm ist, weswegen Gina plötzlich glaubt, seine Gedanken lesen zu können – *was, wenn mich jemand mit DEM sieht?* –, und sich abwendet.

Sie bestellt einen Wodka auf Eis, damit das warme Gefühl angenehmer Gleichgültigkeit anhält, das gleichzeitig erhebt und nivelliert. Selbst das Malen fällt ihr dann leicht, ohne die sonst übliche körperliche und seelische Anstrengung, ohne die Überwindung, die es sie normalerweise kostet, sich erneut an die Leinwand zu stellen, mit schmerzendem Rücken und einem manchmal ganz tauben rechten Arm.

Das Café befindet sich schräg gegenüber von Pauls Wohnung. Sie sieht hinter seinem Fenster Licht und denkt daran, ihn zu besuchen, und es ist ihr im Moment egal, ob ihm das passt oder nicht, sie kennen sich nun schon so lange, dass es ihm nichts ausmachen darf. Pilar ist weg, und sie wird nicht zurückkommen, und je eher Paul das kapiert, desto besser. Aber dann erinnert sie sich an das erste Treffen mit Pilar, und sie lässt die Hand sinken, mit der sie dem Kellner winken wollte.

Sie haben Pilar gemeinsam kennengelernt, in einer kleinen Bar in einer Querstraße von dieser hier, ganz in der Nähe, wie sich später herausstellte, von Pilars Wohnung. Damals war Pilar mit Alex unterwegs – Gina fällt bei der Gelegenheit ein, dass sie bis heute nicht weiß, woher Alex

Pilar eigentlich kennt –, und als Gina und Paul hereinka-
men, flirtete sie gerade in glänzender Stimmung mit dem
Barkeeper. Gina hingegen nahm an Paul eine Veränderung
wahr, die gleichzeitig komisch war und wehtat. »Die gefällt dir, was?«, neckte sie Paul, während sie Alex von der
Tür aus zuwinkte, und Paul sah sie verwirrt an, als ob er
ihre Existenz vollkommen vergessen hätte. Dann war
Gina auch noch diejenige, die Pilar ansprach, weil Alex
zurückgewunken hatte, und sie schließlich zwischen ihm
und Pilar an der Bar gelandet waren, und man ja nicht einfach so tun konnte, als gäbe es die fremde Schönheit nicht.
Und im Nachhinein verfluchte sie diesen unglaublich dum-
men Zufall, dass Alex, den sie noch nie ohne Verabredung
im Nachtleben getroffen hatte, ausgerechnet jetzt mit
einer Frau auftauchte, die die Macht hatte, Pauls Leben
auf den Kopf zu stellen.

Unglaublich heiß hier, was?

*Ach, mir kann es gar nicht heiß genug sein. Ich friere
hier eigentlich immer. In all den Jahren kann ich mich an
diese Temperaturen nicht gewöhnen. An das, was man
hier Frühling nennt.*

Woher kommst du?

*Persien. Aber ich bin schon so viele Jahre hier, dass es
beinahe nicht mehr wahr ist.*

Persien? Du meinst Iran?

Für mich bleibt es Persien. Ich weiß, ich bin altmodisch.

Nein, gar nicht.

Und dann hatte sich Paul eingeschaltet. *Persien passt
viel besser zu dir. Persien ist Poesie.*

Er verstummte. Wirkte wie gelähmt.

Allerdings nicht mehr, als sich Pilar ihm zuwandte, den
Scheinwerfer ihrer ungeteilten Aufmerksamkeit auf ihn
richtete, ihn wärmte mit ihren dunklen, strahlenden Blicken und ihrer heiteren, vertrauensvollen Art, und so ver-

abschiedete sich Gina, nachdem sie vollkommen unge-
wollt den Eisbrecher gegeben hatte.

Sie bezahlt, schlendert dann langsam durch die immer
noch milde Nacht, kann sich nicht entscheiden, ob sie bei
Paul klingeln soll oder nicht, hört von irgendwoher schril-
les Frauengelächter, dann das Zufallen einer Autotür, wo-
durch das Gelächter abrupt abbricht, während aus einem Lokal basslastige Musikfetzen dringen, ein Pärchen
in einer verschatteten Einfahrt schmust, und sich Gina
eine letzte Zigarette anzündet und im Gehen raucht, genussvoll und langsam. Obwohl alles ruhig ist, kommt ihr
die Nacht voller Geheimnisse vor. Sie denkt mit einem angenehmen Schaudern an ihre alte Heimat, das Wohnvier-
tel mit geschrubbten, geteerten Einfahrten und wie mit
dem Lineal ausgerichteten Vorgärten vor einstöckigen
Häusern, in denen sich die Nachbarn misstrauisch beäugen und beim geringsten Anlass hochtrabend formulierte
anonyme Beschwerdebriefe tippen.

Ein Mann kommt ihr entgegen, und sie überlegt, die
Straßenseite zu wechseln. Aber sie will keine Angst zeigen,
also bleibt sie auf ihrer Seite, legt nur ein forscheres Tempo
vor, zwingt sich, den Kopf zu heben, und dem Blick des
Mannes nicht auszuweichen, wobei sie feststellt, dass es
kein Mann ist, sondern ein hochgewachsener Jugendlicher von vielleicht fünfzehn, sechzehn Jahren, ein auffallend hübscher Junge, weswegen sie sich wahrscheinlich so
gut an ihn erinnert, obwohl sie ihn kaum mehr als dreimal
gesehen hat.

»Hallo«, sagt sie munter, während sie überlegt, wie er
heißt, »so spät noch unterwegs?« Aber der Junge sieht an
ihr vorbei, geht mit stierem Blick an ihr vorüber, als hätte
er nicht einmal mitbekommen, dass ihn jemand angesprochen hat. Ein kalter Hauch scheint Gina anzuwehen, er-
nüchtert sie, und sie bleibt unwillkürlich stehen und schaut

ihm nach, sieht, dass sein Gang unrund, beinahe schwankend wirkt und man selbst von hinten sehen kann, dass mit ihm etwas nicht stimmt. Gina überlegt, ob sie Pilar anrufen soll, denn der Weg, den der Junge eingeschlagen hat, führt nicht zu Pilars Wohnung, sondern in die entgegengesetzte Richtung.

Sie nimmt unschlüssig ihr Handy aus der Manteltasche.

Dann fällt ihr ein, dass sie Pilars Nummer nie eingespeichert hat und man sie über die Auskunft nicht bekommt.

Sie steckt ihr Handy erleichtert wieder ein und dreht sich nach dem Jungen um.

Er ist weg.

PHILIPP

Philipps Träume sind groß und schwer. Sie liegen wie steinerne Quader auf seiner Brust, sodass er, wenn er morgens aufwacht, manchmal vergessen hat, wie man atmet, aber das ist natürlich nur eine Täuschung, in Wirklichkeit atmet er ganz normal, sonst wäre er ja längst verreckt.

Er redet sich an solchen Morgen gut zu. *Stell dich nicht an.* Er beschimpft sich selbst, weil er sich so schwach fühlt, aber es nützt nichts, auch maximale Selbstbeherrschung nützt nichts, stattdessen bleibt der Druck auf seinem Brustkorb den ganzen Tag über konstant unangenehm, und dann ist ihm, als müsste er schreien und sich auf die Brust trommeln wie Tarzan oder King Kong, um den Eisenring zu sprengen, der ihn einschnürt.

An solchen Tagen schreibt er in der Schule, statt aufzupassen, Listen von all den Dingen, die ihn in naher Zukunft in Schwierigkeiten bringen würden.

Lügen
Klauen
Schwänzen
Durchfallen
Kiffen
Na und?

Aber er ist eben nicht so. Ihm macht das zu schaffen. Er muss damit zurechtkommen, dass in ihm ständig ein Kampf tobt, zum Beispiel der zwischen Gut und Böse. Er will gut in der Schule sein, später einen guten Beruf haben, auch wenn er noch keine Ahnung hat, welcher das sein soll, und in diesem guten Beruf will er eine Menge Geld verdienen. Aber es gibt Dinge, die vorher erledigt werden müssen. Wenn man jung ist, muss man diese Dinge tun, und zwar aus Spaß, und weil man sonst ein Feigling ist, und das ist das Einzige, was man auf keinen Fall sein darf, auch wenn seine Mutter das anders sieht.

Erst wenn man älter ist, darf man ernst machen mit seinem Leben.

So wie seine Mutter. Sie hat allerdings viel zu früh ernst gemacht. Und dann behauptet, es hätte ihr nichts ausgemacht.

Du warst das süßeste Baby von allen. Fremde Menschen haben sich über deinen Kinderwagen gebeugt, weil du diese unglaublichen blonden Locken und diese pechschwarzen Augen hattest, eine ganz seltene Kombination. Du warst ganz besonders lieb und hübsch. Und intelligent und clever. Du hattest schon immer diese schnelle Auffassungsgabe. Du hast mich mit Fragen bombardiert.

Ist schon gut, Mama. Ich war Wonderboy.

Es ist wahr, mein Schatz. Ich habe nichts vermisst, nicht das Ausgehen, nicht das Freundetreffen, nichts. Ich war so glücklich mit dir, du hättest der einzige Mensch auf der Welt sein können, und mir wäre nichts abgegangen.

Er weiß, dass sie es nett meint, er mag es nur nicht, wenn sie dermaßen übertreibt, seiner Ansicht nach ist er ganz normal und will auch nichts anderes sein. Ganz normal: Früher waren seine Noten überdurchschnittlich gut, jetzt sind sie vergleichsweise schlecht. So geht es vielen in seinem Alter, es hat nichts zu bedeuten, aber das ändert nichts an seinem Missmut und seinem Widerwillen, jeden Morgen viel zu früh aufstehen zu müssen und sich in eine Institution zu schleppen, in der sein Versagen aktenkundig ist. Er weiß nicht, wie das gekommen ist, er tut genauso viel für die Schule wie früher, nämlich relativ wenig, und bisher hat es immer vollkommen gereicht, jetzt aber nicht mehr, und das verwirrt ihn.

Er will die Leichtigkeit zurückhaben, die Selbstverständlichkeit, mit der ihm früher alles gelungen ist, aber dieses gute Gefühl ist weg, und jetzt ist sein Leben wie eine Last. Er kommt keinen Schritt mehr voran, schlägt sich vielmehr seitlich in die Büsche und hasst sich dafür, und manchmal, immer häufiger, hasst er auch seine Mutter, nämlich vor allem dafür, dass sie ihn unbedingt in diesem Gymnasium *in einer wirklich guten Gegend* unterbringen musste, *damit du später beste Chancen hast, Schatz*, und dafür, dass er nun tatsächlich dort gelandet ist. Weswegen er logischerweise zu denen in der Klasse gehört, die am wenigstens Geld zur Verfügung haben.

Seine Eltern werden nie reich sein. Sie werden nie das haben, was für Steve und Ben und die anderen total selbstverständlich ist. Sie müssen sich die Jeans absparen und die Sneakers und den iPod und all das, was er braucht, um mitzuhalten, und er hasst diese Vorstellung. Dass sie sich anstrengen müssen, seinetwegen. Anstrengen ist nicht cool.

An diesem Morgen spürt Philipp wieder die Steinquader auf der Brust und später das Eingeschnürtsein in dem Eisenring, und so rauschen drei Schulstunden an ihm vorbei, als wäre er gar nicht dabei. Mathephysikenglisch. Er kriegt kein Wort davon mit, selbst dann nicht, als er es ein paar Minuten lang versucht und bei der Gelegenheit wieder einmal feststellt, dass er irgendwie den Anschluss verpasst hat. Der Zug jetzt abgefahren ist, wie Steve zu sagen pflegt, mit einem Gesicht, als sei er stolz darauf.

Er starrt Löcher in die Luft, denkt nach.

Nadia aus der Parallelklasse hat ihm heute Morgen eine SMS geschrieben (*ich finde dich heiß*), und er überlegt, wer ihr seine Nummer gegeben hat und ob er ihr antworten soll, und wenn ja, was. Er verbringt sehr viel Zeit mit dieser Entweder-Oder-Frage, weil er sich seinen sehr viel drängenderen Problemen nicht stellen will. Nur einmal denkt er ganz kurz *Ich steige aus*, aber dieser Gedanke fühlt sich lächerlich pathetisch an und entspricht in keiner Weise den Optionen, die er jetzt noch hat.

In der großen Pause geht er zu seiner Clique, denn es hätte komisch ausgesehen, wenn er es nicht getan hätte. Es sind die Outlaws der Klasse, die, die sich nichts sagen lassen. Sie sehen absolut cool aus, und nicht einmal die Lehrer trauen sich, ihnen etwas am Zeug zu flicken. Sie können Stunden damit verbringen, sich gegenseitig ihre neuesten iPhones, iPads und sonst was vorzuführen. Es ist nicht ganz klar, was ausgerechnet Philipp bei ihnen verloren hat, denn selbstverständlich besitzt er kein iPhone und wird in absehbarer Zeit auch keines besitzen, und ausgerechnet ihn haben sie ausgewählt, um mit ihnen gemeinsam abzuhängen, so ein Angebot lehnt man nicht ab, schon gar nicht in seiner Situation.

Warum wollen sie ihn dabeihaben, ausgerechnet ihn? Manchmal mutmaßt Philipp, dass sie Mitleid haben oder er für sie der Freak ist, über den sie ablachen können, wenn er nicht dabei ist, oder der Exot, den man interessant findet, mehr aber auch nicht, oder etwas ganz anderes, auf das er jetzt nicht kommt, das aber mit echter Zuneigung genauso wenig zu tun hat wie der Rest. Das zumindest weiß er genau, dafür ist er ihnen bei allem kumpelhaftem Getue zu fremd geblieben, versteht zu wenig von ihren Codes, den Andeutungen und genuschelten Halbsätzen, verbunden mit beziehungsreichem Grinsen und auskennenden Rippenstößen, die man jemandem gibt, der einen guten Witz gemacht hat.

Sie stehen wie immer in der rechten hinteren Ecke des Pausenhofs, zu fünft, nur Philipp fehlt noch. Er bewegt sich langsam und lässig auf sie zu, denn man darf sie nicht merken lassen, dass man nervös ist, sie reagieren wie aggressive Hunde auf jedes Zeichen von Unsicherheit, werden zum zähnefletschenden Rudel, treiben, fünf gegen einen, ihr Opfer vor sich her, schnappen zu, bis Blut fließt. Jedenfalls so gut wie.

Bislang ist Philipp noch nie Opfer gewesen, und das darf auch nie passieren, denn einmal wäre schon einmal zu viel. Einmal Schwäche zeigen heißt, er würde ihren *Respekt* verlieren, für immer, und dann würde ihm nichts anderes mehr übrig bleiben, als die Schule zu wechseln, denn ein Weg zurück in die Unauffälligkeit wäre dann nicht mehr möglich. Er muss mitspielen, solange sie es wollen, und unwillkürlich strafft er seine Schultern, als Steve ihm zuwinkt. Aus dem Winken wird ein kräftiges Schulterklopfen, als Philipp die Gruppe erreicht, dann nimmt ihn Ben in den Schwitzkasten, und dann tun auch die anderen so, als hätten sie Philipp drei Jahre nicht gesehen, dabei vollführen sie dieses Ritual in jeder großen Pause, und zwar immer bei dem, der zuletzt erscheint. Das soll ein Zeichen dafür sein, dass sie zusammengehören.

Sie reden davon, am Nachmittag schwimmen zu gehen. Schwimmengehen ist eine Tarnbezeichnung für diverse Aktionen, diesmal geht es wieder einmal darum, Autos aufzubrechen, eine Tätigkeit, in der sie mittlerweile recht geübt sind. Da sie sich auf Wagen beschränken, die außerhalb ihrer eigenen Wohnbereiche liegen, ist noch keiner von ihnen jemals unter Verdacht geraten.

Es geht sowieso nicht darum, große Gewinne abzugreifen. Einer von ihnen, Ben, hat über irgendwelche Kanäle Kontakt zu einem Hehler, und der nimmt ihnen den Kleinkram, den sie gern als heiße Ware bezeichnen, zu Dumpingpreisen ab, aber darum geht es, wie gesagt, ja gar nicht, sondern um den Spaß, den Adrenalinkick, wie Steve sich auszudrücken pflegt, um das, was man als Erwachsener nicht mehr tun kann, außer – sagt Steve mit seinem überheblichen Grinsen – als Schreibtischtäter.

Im sehr viel größeren finanziellen Rahmen, wenn du verstehst, was ich meine.

Danke, Alter. Ich komme gerade so mit.

Problem Nummer eins ist, dass Philipp heute nicht teilnehmen kann, und Problem Nummer zwei ist, dass der wahre Grund dafür keinesfalls präsentabel ist. Es kommt jetzt also darauf an, ihnen *nicht* zu erzählen, dass seine Mutter ausgerechnet heute einen Ausflug in die Berge mit ihm geplant und er in einer schwachen Minute zugestimmt hat, obwohl man das in seinem Alter eigentlich nicht mehr tut. Unternehmungen mit Müttern sind uncool. Deshalb behauptet er stattdessen, dass ihm sein Vater neue Skates schenken will, und er diesen spendablen Schub unbedingt nutzen muss, *wenn ihr versteht, was ich meine.*

Sie gehen nicht darauf ein, machen misstrauische Gesichter und ein paar dumme Bemerkungen wie immer, wenn man ihnen einen Korb gibt, aber Philipp lässt sich nicht aus der Ruhe bringen, nicht, solange sie ihm dabei zuschauen können. Schließlich würde auch diese große Pause irgendwann vorbeigehen, genauso wie dieser ganze unerträgliche Vormittag, der sich klebrig anfühlte wie Sirup. Und dann scheinen die verbliebenen Stunden plötzlich das Fliegen gelernt zu haben, im Nu ist es fünf nach eins, und Philipp verlässt das Klassenzimmer als einer der Ersten, weil er weiß, dass seine Mutter an der Einfahrt zum Schulhof auf ihn wartet.

Da es ein warmer Tag ist, sitzt sie diesmal vielleicht nicht im Auto, sondern lehnt an der geschlossenen Fahrertür und streckt ihr Gesicht der Sonne entgegen. Natürlich sollen die anderen sie nicht sehen, also drängelt er sich durch den Pulk der schwatzenden Schüler und nimmt an der Treppe zwei Stufen auf einmal, reagiert auch nicht, als ihm sein Deutschlehrer über den Weg läuft und seinen Namen ruft. Draußen scheint die Sonne sehr stark, scheint sich beinahe im hellen Asphalt des Schulhofs zu spiegeln, und Philipp setzt seine Ray Ban auf und läuft federnd auf den Ausgang zu, wo er seine Mutter bereits am Auto lehnen sieht, mit locker verschränkten Armen und geschlossenen Augen die Wärme genießend, genau so, wie er es sich ausgemalt hat.

»Hi«, sagt er knapp, als er sie erreicht, und sie öffnet die Augen, langsam wie eine Katze. Dann wendet sie sich ihm zu, und ein Lächeln breitet sich über ihr Gesicht, aber da ist er schon zur Beifahrerseite abgebogen, ohne ihr einen Kuss zu geben, steigt ein und zieht die Autotür mit einem energischen Ruck ins Schloss und hofft, dass sie die Geste als Signal versteht, sich zu beeilen.

Eine Sekunde später sitzt sie tatsächlich neben ihm, und er atmet erleichtert auf, auch wenn die Gefahr noch nicht gebannt ist, denn seine Mutter fährt einen alten Golf, und solche Schrottkisten fallen vor dieser Schule auf. Aber sie merkt wie üblich nichts, sieht ihn von der Seite an mit einem halb amüsierten, halb ärgerlichen Blick, erwartet offensichtlich etwas von ihm, und er könnte schon wieder aus der Haut fahren vor Ungeduld.

»Willst du hier festwachsen?«

»Wie wär's erst mal mit einer Begrüßung? Ich bin doch nicht dein Chauffeur.«

»Hi.«

»Philipp ...«

»Fahr einfach los, okay?«

»Wieso hast du's denn so eilig?«

»Ist doch egal.«

Er sieht aus dem Fenster und in den Seitenspiegel, aber er kann die anderen nicht entdecken, und als er lange genug hartnäckig geschwiegen und ihren Blick gemieden hat, startet sie endlich den Wagen. In derselben Sekunde taucht Steve neben dem Auto auf, klopft an das Beifahrerfenster, und Philipp sagt: »Fahr los, verdammte Scheiße!«, und das in einem Ton, dem die Verzweiflung vermutlich derart deutlich anzuhören ist, dass seine Mutter tatsächlich den Gang einlegt und Gas gibt. Steve muss sogar zurückspringen, Philipp sieht ihn fluchen, und einen Moment lang muss er beinahe lachen. Minuten später, so kommt es ihm vor, sind sie bereits auf der Autobahn Richtung Süden unterwegs.

Der kleine Junge taucht vor seinem inneren Auge auf, und ihm bricht der Schweiß aus.

Mit aller Kraft konzentriert er sich auf die Landschaft, die mit Turbogeschwindigkeit an ihnen vorbeirast.

»Kann ich Musik hören?«

»Meinetwegen.«

Er legt eine CD von ›Placebo‹ ein; viel lieber noch hätte er sich in seinen iPod gestöpselt, aber er weiß, dass seine Mutter so etwas in ihrer Gegenwart nicht duldet. Er sieht sie von der Seite an, sodass sie es vielleicht nicht merkt. Sie trommelt mit ihren langen Fingern auf das Lenkrad, im Rhythmus der Musik. Sie sieht so jung aus. Wie eine große Schwester.

Sie halten an einem kleinen See, den seine Mutter vor Jahren als Geheimtipp entdeckt hat. Leider ist mittlerweile aus dem Geheimtipp ein beliebter Treffpunkt junger Mütter mit kreischenden kleinen Kindern geworden, also fahren sie weiter, in die Berge hinein.

Seine Mutter hat zwei Rucksäcke mit Proviant gepackt und überredet ihn zu einer einstündigen Wanderung, die – verspricht sie hoch und heilig – an einem Wasserfall enden wird, wo man sich abkühlen kann. Es ist seltsam, denn obwohl Philipp Wanderungen eigentlich hasst, fühlt er sich schon nach wenigen Schritten wie von einer schweren Last befreit. Sonnenlicht fällt flirrend durch die noch dicht belaubten Bäume, einzelne gelbe und rote Blätter leuchten feurig auf, die Luft ist so klar und frisch, wie sie in der Stadt nie sein kann. Seine Mutter lässt ihn in Ruhe seinen Gedanken nachhängen, beginnt erst nach einer halben Stunde ein Gespräch, wobei sie instinktiv oder ganz bewusst alles meidet, was ihn sauer oder frustriert machen würde. Seine schlechten Leistungen in der Schule, seine mangelhaft erledigten Hausaufgaben, seine ungeklärten Abwesenheiten nachmittags und abends, die Tatsache, dass er angefangen hat zu rauchen – es ist, als wäre all das nie passiert. Stattdessen erzählt seine Mutter von ihrer alten Heimat, von ihrem großen Bruder, der eines Tages nicht mehr nach Hause gekommen war, von ihrem Vater, der kurz vor der Verhaftung gestanden hatte, von ihrer Flucht, die sie alle nicht wollten, und die sie nie gewagt hätten, wenn sie einen anderen Ausweg gesehen hätten.

Er kennt diese Geschichten natürlich schon, aber sie sind angenehm weit weg von seiner aktuellen Situation, und so lässt er sich bereitwillig darauf ein, taucht für eine Stunde in eine andere Welt ein mit viel existenzielleren Problemen, als er jemals haben wird. Denn sicher ist immerhin, dass er nicht auf Nimmerwiedersehen in einem Gefängnis verschwinden wird wegen politischer Unbotmäßigkeit, oder weil er seiner Religion abgeschworen oder Ehebruch begangen hat.

Er kann höchstens wegen Diebstahls oder Verstößen gegen das Betäubungsmittelgesetz zu ungefähr hundert Stunden Sozialarbeit verurteilt werden und wäre damit als Sechzehnjähriger vorbestraft. Bei diesem Gedanken verdüstert sich sein Gemüt aufs Neue, denn die Sache ist ja die, dass Steve, Ben und der Rest der Clique sich um derartige Risiken nicht scheren müssen. Alles, was ihnen passieren kann, sind ein paar lästige Pflichttermine bei einem teuren *Shrink*. Philipps Leben wäre dagegen die Hölle auf Erden, und dabei denkt er nicht nur an die Enttäuschung seiner Mutter, sondern auch an die seiner Tanten und seiner Großmutter, an das Beben, das diese Geschichte in seiner weit verstreuten Familie auslösen würde, die sich seit nunmehr einem Vierteljahrhundert bemüht, in ihren jeweiligen neuen Heimatländern den bestmöglichen Eindruck zu hinterlassen.

Sie würden ihm das nie verzeihen.

Es wäre dann alles vorbei.

Die Schule, sein Leben, alles würde einen vollkommen anderen Verlauf nehmen, und er würde es nicht verhindern können.

Sie erreichen den Wasserfall, der sich in ein Felsbecken ergießt, das aussieht wie eine riesige Badewanne aus Granit. Niemand sonst ist hier, sie sind die Einzigen, die sich im eisigen Bergwasser erfrischen und sich danach in eine sonnige Ecke setzen und gebutterte Sandwiches picknicken, die seine Mutter mit kaltem Huhn und Gürkchen belegt hat. Philipp isst seines zur Hälfte auf und legt sich dann in die Sonne, die seinen Körper angenehm aufheizt, beginnt zu dösen und schläft schließlich mit dem Basecap auf dem Gesicht ein, taucht ab in einen Traum, der voller Schatten und Angst ist.

Er erwacht, als ihn seine Mutter sanft an der Schulter rüttelt. Einen Moment lang ist er benommen und fühlt sich erschlagen vor Müdigkeit, als hätte er nächtelang keinen Schlaf bekommen. Voller böser Ahnungen sieht er in das Gesicht seiner Mutter, das ihm plötzlich älter und faltiger vorkommt als je zuvor. Was ihn so erschreckt, dass er den Arm über seine Augen legt, als würde ihn die Sonne blenden. Aber das kann sie gar nicht, denn sie ist weiterge-

wandert, und im Schatten ist es herbstlich kalt und plötzlich sehr ungemütlich, also erhebt er sich fröstelnd, während das Sandwich halb verdaut in seinem Magen herum-
rumort. Seine Mutter drängt zum Aufbruch. Sie trägt
wieder Jeans und ihr hellrotes Kapuzenshirt, ihr Bikini
hängt zum Trocknen schlaff über einem Ast, und sie nimmt
ihn ab und verstaut ihn sorgfältig in ihrem Rucksack. Philipp zieht sich an, während seine Mutter nicht nur ihren,
sondern auch seinen Rucksack packt. Dann legen sie den
ganzen Weg schweigend zurück, auch im Auto sprechen
sie nicht. Die Landschaft ist in warmes, gelbes Licht ge-
taucht, leichte Schleier liegen über den immer noch saftig
grünen Wiesen, und Philipp nickt wieder ein.

Er wacht erst auf, als seine Mutter den Wagen vor Pauls
Wohnung parkt.
»Was machst du hier?«, fragt er schlaftrunken.
»Ich gebe Paul seinen Schlüssel zurück.«
»Wieso denn jetzt?«
»Irgendwann muss es ja sein. Er hört sonst nicht auf, zu
hoffen. Willst du mitkommen?«
»Wirf ihn doch in den Briefkasten.«
»Nein. Das tut man nicht.«
»Wieso nicht?«
»Kommst du jetzt mit oder nicht?«
»Nein.«
»Komm schon. Nur fünf Minuten.«
»Ich hab keine Lust.«
»Bitte. Tu mir den Gefallen.«
»Ich geh schon mal nach Hause.«
»Bitte. Wenn du dabei bist …«
Langsam dämmert es ihm, schließlich kennt er seine
Mutter ein Leben lang, und kann ihre Gedanken lesen.
Wenn er dabei ist, muss Paul sich zusammennehmen, kann

sie nicht weiter bedrängen, damit sie ihren Entschluss zurücknimmt.

»Ich will nicht«, sagt er. Aber im selben Moment fällt ihm ein, dass es einen guten Grund gibt, Paul nicht mit seiner Mutter allein zu lassen, also tut er so, als gäbe er widerwillig nach und steigt aus dem Auto. Die Haustür ist wie immer nur angelehnt, und gemeinsam steigen sie die frisch gebohnerte Holztreppe mit den knarzenden Stufen in den vierten Stock hoch. Paul lebt in einem unrenovierten Altbau ohne Lift, dafür ist seine Wohnung riesig, viel größer als das Loch, in dem Philipp und seine Mutter wohnen. Unter anderem deshalb hat er eine Zeit lang gehofft, dass die Beziehung zwischen Paul und seiner Mutter halten würde, sodass Paul sie und Philipp eines Tages bitten würde, bei ihm einzuziehen. Aber natürlich ist es nie so weit gekommen.

Seine Mutter klingelt an der Tür. Sie keucht ein wenig, als wäre sie außer Atem, aber Philipp spürt genau, dass sie sich vor dieser Situation fürchtet.

So wie er auch.

Philipps Blick fällt auf das unleserliche, handgeschriebene Klingelschild der Wohnung nebenan. Pauls bisheriger Nachbar, ein unangenehm riechender, alter Mann namens Schmitz scheint ausgezogen zu sein.

Innen rührt sich nichts. Seine Mutter sieht auf die Uhr und horcht an der Tür. »Wir hatten uns ab sechs verabredet. Jetzt ist es halb sieben. Ich verstehe das nicht.«

»Ist doch ganz einfach, mach die Tür auf, und leg den Schlüssel rein, und dann gehen wir«, sagt Philipp.

Sie zieht den Schlüssel aus der Hosentasche und betrachtet ihn unschlüssig.

»Mach doch auf«, drängt Philipp.

Sie schließt die Tür auf.

Drinnen riecht es muffig nach etwas Undefinierbarem.

»Paul?«, ruft seine Mutter, und im selben Moment
spürt Philipp, dass etwas nicht stimmt, er ahnt eine Anwesenheit, die keine ist, und unwillkürlich macht er ein, zwei
Schritte zurück ins Treppenhaus. Aber da hört er bereits
den Schrei seiner Mutter, der ihm die Nackenhaare auf-
stellt, und er weiß, dass er jetzt nicht mehr herauskommt
aus der Sache, nicht mehr heil jedenfalls, so viel ist sicher.

Er geht in die Wohnung und macht die Tür sorgfältig hinter sich zu.

Er sieht in den einzelnen Zimmern nach und findet seine
Mutter in der Küche, wo sie mit hektischen Bewegungen
versucht, Paul wiederzubeleben. Paul, der nicht mehr aussieht wie Paul, sondern wie jemand absolut Fremdes mit
einem Gesicht aus Wachs, irgendein Mann, der schwer
und leblos auf den schwarz-weißen Küchenfliesen liegt,
auf dem Rücken mit leicht gespreizten Beinen, als hätte
ihm jemand die Füße weggezogen.

»Scheiße«, sagt Philipp, und seine eigene Stimme klingt
ihm seltsam in den Ohren. Wider Willen ist er fasziniert,
zum ersten Mal begegnet ihm der Tod, nackt und unver-
stellt und präsentiert sich dabei noch hässlicher und gruse-
liger als jedes Splattermovie, dabei gibt es nicht einmal
Blut zu sehen. Währenddessen ohrfeigt seine Mutter Paul,
wie sie es wahrscheinlich in einer Arztserie gesehen hat.

»Paul ist nicht mehr da«, sagt er verwundert vor sich
hin, oder er denkt es nur, denn seine Mutter macht unbe-
eindruckt weiter mit ihren Bemühungen, versucht es jetzt
mit Mund-zu-Mund-Beatmung, als hätte sie ihn nicht gehört, als wäre nicht nur Paul weg, sondern auch er. Und in
der nächsten Sekunde steht er im Flur, zieht die Schublade
eines Schränkchens unter dem großen Spiegel neben dem
Mantelständer auf, holt Barbaras Portemonnaie aus der
Schublade und verstaut sie in seinen Jeans.

»Da ist Blut an seinem Kopf«, hört er seine Mutter rufen und geht zurück in die Küche wie im Traum, alles ist ein Traum, nichts ist wahr, nichts ist real, in seinen Ohren rauscht es, und ihm ist schwindlig, wie manchmal, kurz bevor er kotzen muss.

»Da«, sagt seine Mutter, keuchend, als wäre sie gelaufen, »da ist Blut an seinem Kopf. Als hätte ihn jemand … als hätte ihn jemand … Das Blut kommt nicht vom Sturz, siehst du. Auf dem Boden sind keine Flecken.«

»Was?«

»Jemand war hier.«

Wenn der alte Schmitz ausgezogen ist, dann hat niemand gehört, was hier passiert ist. In Philipps Magen zieht sich alles zusammen. Die Angst schnürt ihm die Kehle zu.

»Mama«, flüstert er. »Mama, ich muss dir was sagen.«

»Hilf mir!«

»Mama …«, seine Stimme wird lauter.

»Was denn?«

»Ich muss dir was sagen. HÖR MIR ZU!«

Sie kniet immer noch. Pauls Kopf liegt auf ihrem Schoß, seine halb geschlossenen Augen scheinen Philipp zu fixieren, und Philipp weiß, dass jetzt Schluss ist mit den Lügen und den Geheimnissen, weil Paul alles weiß, weil Paul ihn jetzt sieht, in dieser Sekunde, und über ihn urteilt.

»Ich war gestern bei ihm.«

»Du warst bei Paul?«, fragt seine Mutter ungläubig, aber er antwortet nicht.

»Ich will wissen, was gestern passiert ist«, sagt sie, und ihre Stimme ist sehr leise und gleichzeitig klar, er hört die Panik heraus, aber auch ihre Entschlossenheit, die ihn retten würde.

»Ja.«

»Ich will alles wissen. Von Anfang an.«

»Ja.«

»Und dann werden wir sehen, was wir tun können.«

»Bitte ...«

»Was?«

»Ich will nicht reden, wenn er ... da so liegt.«

»Er ist tot, Philipp.«

»Ich weiß. Es tut mir leid.«

»Was hast du damit zu tun? WAS HAST DU DAMIT ZU TUN?«

PAUL

In der letzten Nacht seines Lebens träumt Paul von vielen bunten Kugeln, die klackernd auf einer weißen Fläche hin- und herrollen, manchmal sogar ausgelassen übereinander hinweghüpfen; verzückt sieht er ihnen zu, wie sie immer neue, chaotisch-zufällige Muster bilden und sich schließlich zu einem Satz fügen.

Bleib doch da.

In beinahe derselben Sekunde sitzt Paul aufrecht im Bett, hellwach, aber mit einem Rest schlaftrunkener Verwirrtheit.

Er nimmt sich Block und Bleistift von seinem Nachttisch und notiert sich das Traumfragment.

Als er in die Praxis radelt, vertieft er sich noch einmal in seine nächtliche Vision, denkt an die bunten Kugeln in strahlenden Primärfarben, die möglicherweise eine kindliche Sehnsucht nach Spaß zeigen, wohingegen ihm das Klackern als unangenehm penetrantes Geräusch in Erinnerung bleibt, und der Satz als Ermahnung, bei der Stange zu bleiben, sich nicht zu verzetteln, nicht länger irgendwelchen hübschen Illusionen nachzuhängen, für die er zu erwachsen sein sollte. Der Satz, erkennt er, ist das unangenehmste Detail des Traums, und prompt bildet sich vor ihm ein Stau, wäre er fast an einer Stoßstange gelandet, fängt sich aber dann doch und überholt mit einem flotten Schlenker den grauen Mini mit offenem Verdeck. Er hat eine Sekunde lang Augenkontakt mit einer blonden Frau, die lächelt, woraufhin er zurücklächelt und weiterfährt.

Bleib doch da.

Er kann nirgendwo bleiben. Seine Gefühle sind immer in Bewegung.

Seine erste Klientin an diesem Morgen heißt Gisela Fresel, Leiterin eines Kindergartens und Ehefrau eines erfolgreichen Bauunternehmers. Sie ist wie immer dezent und sorgfältig geschminkt und trägt heute einen blauen Hosenanzug, der wahrscheinlich teuer war, denn Frau Fresel achtet sehr auf Qualität, wie sie nicht müde wird, zu betonen.

Ihr dunkelblondes Haar ist kurz geschnitten, die Ohren zieren etwas zu große goldfarbene Clips mit jeweils einem schwarzen Stein darin, vielleicht ein Onyx. Sie sitzt wie immer sehr gerade, hält die Hände auf dem Schoß gefaltet und spricht langsam, deutlich und so überlegt, als habe sie sich alles vorher notiert und anschließend auswendig gelernt. In dieser Stunde berichtet Frau Fresel von ihrem neuen Plan, schwanger zu werden, was nichts Überraschendes ist, denn Frau Fresel, hat Paul längst festgestellt, lebt für ihre Pläne und verwechselt sie mit seelischem Fortschritt.

»Ich denke«, sagt sie auf ihre würdevoll gemessene Art, »der richtige Zeitpunkt wäre jetzt erreicht.«

»Ich verstehe«, sagt Paul neutral, obwohl er sich innerlich krümmt, denn wenn es Frauen gibt, die besser keine Kinder bekommen sollten, dann gehört Frau Fresel eindeutig dazu; ein Kind wäre in ihrem Fall lediglich eine neue Möglichkeit, sich zu überfordern, ein Hobby, dem sie sich mit pathologischer Hingabe widmet, was einer der Gründe ist, weshalb nach so vielen Wochen regelmäßiger Sitzungen keine Veränderung festzustellen ist.

»Ich denke, ich bin nun reif genug, eine Familie zu gründen«, fährt Frau Fresel fort, wie immer unempfindlich für atmosphärische Störungen.

»Sie sind das vielleicht. Aber wie sieht es mit Ihrem Mann aus?«

»Er wird es auch wollen.«

»Haben Sie ihn denn schon gefragt?«

»Nun ja …«

Sie gibt zu, dass ihr Mann noch nichts von dieser Idee weiß, und soweit Paul die Situation beurteilen kann, ist das die gute Nachricht, denn Herr und Frau Fresel verdienen zwar beide überdurchschnittlich gut und stehen, wie es Frau Fresel gern ausdrückt, in der Öffentlichkeit hervorragend da, doch mit ihrer eigenen Beziehung sind sie völlig überfordert. Trotzdem würde Ehepaar Fresel niemals das Wort Trennung in den Mund nehmen. Stattdessen arbeitet sich Frau Fresel seit einer halben Ewigkeit durch sämtliche Therapieangebote, bis sie bei Paul landete.

»Wünschen Sie sich denn wirklich ein Kind?«, fragt Paul, um Zeit zu gewinnen.

»Ich bin fast vierzig. Ich habe nicht mehr viel Zeit.«

»Das ist keine Antwort auf meine Frage.«

Sie sieht ihn an, als hätte er Chinesisch gesprochen.

»Es ist ja auch nicht der einzige Grund«, sagt sie.

»Welcher Grund?«

»Mein Alter. Das ist nicht der einzige Grund.«

»Sondern?«

»Die Gesellschaft braucht Kinder. Das liest man überall.«

»Ich verstehe.«

»Und ich habe sehr viel Liebe zu geben.«

Ein rührendes Postulat angesichts ihres steinernen Gesichts, und so sagt Paul so behutsam wie möglich, dass er daran überhaupt nicht zweifle, und fügt hinzu: »Aber vielleicht sollten Sie doch erst einmal mit Ihrem Mann darüber sprechen. Wir können auch gern einen gemeinsamen Termin vereinbaren.«

»Ich dachte, Sie bieten keine Paartherapien an.«

Paul seufzte. »In Ihrem Fall würde ich eine Ausnahme machen.«

Frau Fresel sieht ihn an, als würde sie gleich in Tränen ausbrechen. Automatisch schiebt Paul den Kleenex-Behälter in ihre Nähe, denn Frau Fresel ist entweder unnahbar oder sie weint. Diesmal weint sie, während Paul geduldig und mit freundlich-neutralem Gesichtsausdruck wartet, bis sie damit fertig ist. Jahrelange Erfahrungen haben ihn an der kathartischen Qualität des Weinens mehr und mehr zweifeln lassen, allzu oft hat er festgestellt, dass ausgiebiges Weinen den Status quo eher zementiert, als innere Blockaden aufzubrechen und tief greifende seelische Veränderungen einzuleiten, und so lehnt er sich zurück und faltet die Hände über dem Bauch, eine Haltung, die Klienten Vertrauen einflößen soll.

Frau Fresel schluchzt ausgiebig und scheint sich dabei sehr wohlzufühlen, und Pauls Gedanken gehen auf Wanderschaft, bewegen sich zurück zum vergangenen Samstag, den er auf einer jener Fortbildungen verbracht hat, die in seinem Beruf mittlerweile obligatorisch sind, wenn man nicht seine Kassenzulassung verlieren will. Das Seminar zum Thema systemische Paartherapie wurde von einer Sechzigjährigen geleitet, einer großen, breitschultrigen Frau mit dickem, steingrauen Haar, das ihr bis zum Po reichte. Und obwohl der Tag kühl und regnerisch war, trug Senta, wie sie sich nannte, ein bauchfreies T-Shirt und weder Schuhe noch Strümpfe, legte dicke Bergsteigerseile auf den Boden und bezeichnete sie als die Lebenslinien der Anwesenden. Anschließend deutete sie auf eine Zimmerecke, in der auf mehreren Haufen Teddybären, Kissen in Herzform, Krokodile, Trommelstäbe und anderes Spielzeug lagen, und erklärte, dass sich jeder der Anwesenden damit eindecken sollte, um seine eigene Lebenslinie zu bestücken.

Es ging um Beziehungen, wie sie angefangen, sich entwickelt und schließlich geendet hatten. Es ging um Verhaltensmuster, die sich als kontraproduktiv erwiesen hatten und trotzdem, jedes Mal neu maskiert, den Keim der Zerstörung säten. Und plötzlich war Paul mittendrin in der Übung, fand sie nicht mehr lächerlich, sondern immens wichtig, begann sogar hemmungslos zu weinen, als er seine Sonnenbrille aus dem Etui nahm und auf das Bergsteigerseil legte, als Symbol für das Scheitern seiner jüngsten großen Liebe. Und dann war Senta zu ihm gekommen, hatte ihn gefragt, was es damit auf sich hatte, und er hatte ihr kaum antworten können. Sie wiederholte ihre Frage, sichtlich befriedigt von seiner extremen Reaktion, und schließlich brach es aus ihm heraus, fühlte er sich hilflos wie ein Kind, das sich bei seiner Mutter ausheulte, und ließ sich gleichzeitig fallen in diese Gefühlsmischung aus Peinlichkeit und Erleichterung, war nicht mehr Paul, der Therapeut, sondern Paul, der nicht mehr weiterwusste, sagte: »Ich habe meiner Freundin eine Sonnenbrille geschenkt.«

»Und?«

»Ich habe ihr eine Sonnenbrille geschenkt, anstatt sie zu bitten, mich zu heiraten.«

»Und?«

»Ich habe ihren Blick gesehen. Sie hat in diesem Moment beschlossen, mich zu verlassen. Sie wusste es vielleicht nicht, aber ich habe es gesehen. Und nichts getan.«

»Es ist gut, das zu erkennen.«

»Ich erkenne es, aber ich kann es nicht ändern. Ich kann mich nicht ändern.«

»Was willst du denn ändern?«

»Ich …« Er dachte nach. Aber es kam nichts.

»Dir fällt nichts ein?«, fragte Senta nach einer Weile.

»Doch, ich …«

»Lass dir Zeit.«

Aber er konnte es nicht sagen, zerfloss stattdessen in Tränen, während gleichzeitig etwas in ihm neugierig war, wie Senta mit dieser professionellen Herausforderung umgehen würde. Gut, soweit er es beurteilen konnte, denn sie lächelte, als würde sie nichts daran überraschen, ging vor Paul in die Hocke, bis sie auf gleicher Höhe mit ihm war, stand ohne irgendwelche Anzeichen von Anstrengung auf ihren Zehenspitzen, eine Ausgeburt an Kraft, trotz ihres Alters, eine machtvolle Schönheit, trotz ihrer Falten, ihres Übergewichts und ihrer fleckigen Haut, eine Göttin. »Ich sehe Einsamkeit«, sagte sie, schien ihn mit ihren hellblauen Augen zu durchdringen, oder vielleicht durchdrang auch er diesen unvergesslichen Blick, stürzte sich hinein wie in einen kühlen, klaren See, »aber es ist eine selbst gewählte Einsamkeit, das darfst du nicht vergessen, und daran ist nichts Tragisches.«

»Ich will nicht allein sein. Auf gar keinen Fall. Ich will Liebe.«

»Aber die Einsamkeit ist dein Weg, Paul. Du bist nicht geschaffen für die Liebe, du willst zu viel und gibst nicht genug. Es gibt andere Lebensformen als Beziehungen. Hör auf, dir Sorgen zu machen. Hör auf, etwas erzwingen zu wollen.«

Abends kam er nach Hause, vollkommen erledigt und um mehrere hundert Euro ärmer, und versuchte, Pilar zu erreichen, aber wie so oft nahm sie nicht ab.

Er ist ein einsamer Mann in mittleren Jahren, mit einem Alkoholproblem und zu hohem Blutdruck, beides ein Erbe seines Vaters, der in jungen Jahren an einem Schlaganfall gestorben ist. Paul, wieder in der Gegenwart angelangt, sieht Frau Fresel zu, die sich aus der Kleenex-Box bedient, um ihre verheulten Augen sorgfältig trocken zu tupfen und sich ausgiebig zu schnäuzen. Frau Fresel, fast vierzig Jahre alt, eine Frau, die ihn nicht reizen könnte, mit der er nicht einmal gern befreundet wäre, und die trotzdem etwas geschafft hat, das ihm noch nie gelungen ist, nämlich seit neun Jahren ununterbrochen mit ein und demselben Menschen zusammen zu sein. Er wirft unauffällig einen Blick in seine Unterlagen, sieht sich bestätigt, und fühlt sich dann noch schlechter, suhlt sich geradezu im Gefühl, versagt zu haben. Frau Fresel hat mit Herrn Fresel ein Haus gebaut und lebt mit ihm darin, sie haben das Haus gemeinsam eingerichtet, vermutlich so, wie Paul nie ein Haus einrichten würde. Natürlich ist diese Ehe in jeglicher Hinsicht alles andere als ideal, Flickwerk, eine riesige Enttäuschung für beide Beteiligten, zu einem großen Teil auf Angst vor Veränderungen, Lügen, Illusionen beruhend. Aber haltbar. Oder?

Wie ihr Mann das wohl sieht?

Während sich Frau Fresel entschuldigt, um ihren derangierten Zustand wieder in Ordnung zu bringen, denkt Paul, den Kopf auf die Rückenlehne seines Sessels gelegt, über Pilar und sich nach. Warum kann er nicht leben wie Frau Fresel und ihr Mann, wenigstens ansatzweise? So oft wollte er Pilar bitten, mit ihm zusammenzuleben. Doch dann hat wieder diese hartnäckige innere Stimme auf ihn eingeredet, der Dämon in seinem Kopf, der ihm mit beschwörender Eindringlichkeit zuflüsterte, dass da ein anstrengender Sohn sei, der ihn bereits als Vaterersatz zu akzeptieren beginne, dass eine Entscheidung für Pilar und Philipp schon aus diesem einen Grund irreversibel wäre, wenn er nicht irgendwann vor sich selbst als Charakterschwein dastehen will. Dass es vielleicht irgendwo, irgendwann noch etwas Besseres für ihn geben könnte, eine jüngere Frau ohne Anhang, sanfter und weniger anstrengend als Pilar, und dann brachte Paul das, was er sagen wollte, nicht mehr heraus, wechselte das Thema und dachte, alles sei vergessen.

Aber Pilar hatte nichts vergessen, gar nichts, kein einziges seiner ungeschickten Ausweichmanöver war ihr entgangen, das hat er bei ihrer Trennung im Sommer erkannt, als sie ihn freundlich und unnachgiebig darauf hinwies, wie lange sie sich zurückgehalten hatte, um ihn nicht unter Druck zu setzen, wie lange kein einziges verbindliches Wort von ihm gekommen war, und dass sie nicht gedenke, den Rest ihres Lebens in einer Warteschleife zu verbringen. Diese Sätze, vorgebracht mit Pilars typischer Direktheit, hatten ihm endlich die Zunge gelöst, endlich glaubte er, erkannt zu haben, dass sie tatsächlich die einzige Frau war, die er lieben konnte, mit der er alles teilen konnte, was das Leben noch für sie und ihn bereithielt, die guten und die lästigen Zeiten, Alltag und Euphorie, und vielleicht sogar noch ein gemeinsames Kind. All das brach in einer minutenlangen Suada plötzlich aus ihm heraus, und Pilar sah ihn immer nur an, mit dieser Trauer in ihren wunderschönen braunen Augen, die ihn umfassten wie eine Umarmung.

Und dann, als er fertig war, erschöpft, aber überzeugt davon, das Unwiderrufliche noch einmal abgewendet zu haben, dann sagte sie: »Es ist zu spät, Paul.«

»Gibt es einen Anderen?«

Sie ging wortlos und ließ ihn betäubt zurück.

Immerhin sehen sie sich weiterhin ab und zu, obwohl sie sich unaufhaltsam voneinander entfernen, ungeachtet Pauls Bemühungen, die Beziehung wieder aufleben zu lassen. Und da ihre Treffen in letzter Zeit selten geworden waren, unerträglich selten, hat er wieder einmal einen Versuch gestartet, sie für morgen Abend zum Essen eingeladen, woraufhin sie sich lange bitten ließ, aber schließlich doch so etwas Ähnliches wie eine Zusage gegeben hat. Sie will ihm morgen endgültig seinen Schlüssel vorbeibringen, aber nicht lange bleiben. Er hingegen wird trotzdem für sie beide kochen, hoffen, dass er sie überreden kann, zum Essen zu bleiben. Für den Fall des Falles würde er in der Mousse au Chocolat noch schnell einen Ring verstecken. Natürlich weiß er, dass das alles ein wenig kindisch wirken könnte, aber es soll sein letzter Versuch sein, sie zurückzugewinnen, und dabei muss er alles geben und darf nicht davor zurückschrecken, sich eventuell lächerlich zu machen.

Und sollte Pilar ihm tatsächlich noch eine letzte Chance geben, dann wird man sehen, wie sich seine innere Stimme verhält, sein teuflischster Verführer und schlimmster Feind.

Frau Fresel kommt hübsch hergerichtet aus dem Bad zurück, und fünf Minuten später ist ihre Stunde zu Pauls Erleichterung vorbei. Trotzdem gibt er ihr einen Termin zusammen mit ihrem Mann für übermorgen Abend, denn er muss noch Bergsteigerseile besorgen und Plüschtiere. Dafür wird er erst morgen Nachmittag Zeit haben, zwischen Telefonsprechstunde und Gutachtenschreiben. Im Zuge des neuen Sparkurses verlangt die Kasse immer ausführlichere Gutachten, und es wird immer mühsamer, die Sachbearbeiter von der Notwendigkeit einer Therapie zu überzeugen, während gleichzeitig die Zahl der seelisch Kranken ständig anzusteigen scheint.

Bei solchen Gelegenheiten denkt Paul manchmal daran, den Beruf zu wechseln und Musiker zu werden, dann weiß er wieder, dass das Hirngespinste sind, ein alter, dummer Jugendtraum, der sich einmal erfüllt hat, aber nie wieder möglich sein wird. Trotzdem träumt er weiter, denn wissen heißt ja nicht, dass man etwas fühlt, und nicht fühlen heißt nicht wissen, und manchmal ist er dankbar für seine ausgeprägte Feigheit, die sich bei ihm als gesunder Menschenverstand tarnt, und ihn immerhin davon abhält, Dummheiten zu begehen, wie zum Beispiel jene junge Kellnerin anzusprechen, die ihn gestern Mittag freundlich angelächelt hat. Ganz sicher hatte sie sich nicht für ihn als Mann interessiert, und vielleicht will er auch gar nicht, dass sie es tut. Denn ist es nicht so, dass er sie verachten würde, wenn sie sich tatsächlich mit ihm einließe, würde er nicht das Kalkül wahrnehmen, und würde sie ihm dann noch gefallen? Findet er sie nicht gerade jetzt, so, wie sie ohne ihn ist, wunderbar: jung, unabhängig, frei in all ihren Entscheidungen, glücklich, weil sie noch so viel vor sich hat?

Ja, ja, bestätigt er sich selbst, und wünscht sich sofort danach in aller Inkonsequenz das Unmögliche, nämlich wieder jung zu sein, mit der Chance, etwas Neues zu beginnen, denn im Grunde genommen ist er ja nie über sein zwanzigstes Lebensjahr hinausgekommen, bleibt er im Herzen immer Student, ein ewiger Frischling aus der Provinz, der sich leidenschaftlich ins Großstadtleben stürzt, mit Sehnsüchten, die einfach nicht erwachsen werden wollen.

Er hat die Kellnerin auch heute noch nicht angesprochen, aber das ist keine Garantie für morgen und übermorgen. Auch dafür braucht er Pilar, als Garantie, nie wieder Dummheiten zu begehen, die im Moment heiß und süß schmecken und am nächsten Morgen sauer aufstoßen.

Der Tag erscheint ihm heute sehr lang, und seine Klienten kommen ihm noch unleidlicher vor als sonst, noch seltsamer und trister, wie sie mit ihren Litaneien des Elends mal näher, mal ferner um ihre kranken Egos kreisen, ohne jemals diesen Orbit zu verlassen. Und so fühlt er sich abends unendlich erschöpft und so einsam und traurig, als sei ihr

Leiden ansteckend. Langsam radelt er nach Hause und erledigt noch einige Einkäufe. Hauptsächlich handelt es sich um die Zutaten für das Saltimbocca und die Mousse au Chocolat für morgen Abend. Wie üblich um diese Zeit ist der kleine Delikatessenladen voller Menschen, die sich um die eng gestellten Regale drängen, mit missmutigen, ungeduldigen Gesichtern, denen man die Sehnsucht ansieht, nach einem langen Arbeitstag allein zu sein, und Paul füllt genau wie sie mechanisch seinen Einkaufswagen, und steigt zwanzig Minuten später mit Tüten bepackt keuchend hoch in den vierten Stock. Jede Stufe bedeutet eine Anstrengung, weshalb er sich, wie schon öfter in letzter Zeit fragt, was nur mit ihm los sei, warum er sich in letzter Zeit so müde fühle, so schwach und ohne Energie.

Dann entdeckt er Philipp.

Er sitzt im Halbdunkel auf der letzten Stufe des Treppenabsatzes vor Pauls Wohnung und starrt, ohne zu lächeln, auf ihn hinunter.

Paul zuckt zusammen. Sein linker Arm beginnt zu kribbeln, etwas, das immer mal wieder passiert, aber das Kribbeln verschwindet, als er an Philipp vorbeigeht und seine Tüten vor der Wohnungstür abstellt. Philipp hat sich auf seine typische schlurfige Art erhoben und steht jetzt seltsam bedrohlich dicht hinter ihm, die Hände in den Taschen seiner Jeans. »Willst du reinkommen?«, fragt Paul, obwohl er nicht die geringste Lust hat, sich ausgerechnet jetzt mit Philipp zu beschäftigen. Aber so ist er nun einmal, durchaus in der Lage, sich in seiner Wohnung zu verbarrikadieren, das Telefon klingeln zu lassen und seine E-Mails zu ignorieren, aber unfähig, Nein zu sagen, sobald ihm jemand in die Augen sieht und etwas von ihm fordert.

Also schließt er die Tür auf und lässt Philipp den Vortritt, und der Junge latscht an ihm vorbei in die Küche und lässt sich dort auf einen der Holzstühle fallen, mit einem

Gesicht, als hätte er einen dreistündigen Gewaltmarsch hinter sich, obwohl er den kurzen Weg von Pilars zu Pauls Wohnung sicherlich auf seiner Vespa zurückgelegt hat. Ungerührt sieht er zu, wie Paul die Lebensmittel in den Kühlschrank räumt, zwei Tassen aus seinem Hängeschränkchen nimmt, sie mit Kaffeepulver füllt und Wasser aufsetzt.

»Milch?«

»Nee. Ich will überhaupt keinen Kaffee.«

»Orangensaft?«

»Hast du 'ne Coke?«

»Leider trifft mich dein Besuch unvorbereitet. Das nächste Mal …«

»Ist ja egal. Dann eben nichts.«

»Hunger?«

»Nee.«

»Was treibt dich dann hierher?«

»Wollte dich besuchen.«

»Ja, Philipp, und ich bin der Kaiser von China. Raus damit!«

»Was denn?«

»Du bist aus einem bestimmten Grund hier. Den will ich jetzt hören.«

»Willst du nicht.«

Etwas an Philipps Tonfall lässt ihn aufhorchen. Paul nimmt seine Tasse, setzt sich auf die andere Seite des Tisches, nippt müde an seinem brühheißen Kaffee, hebt den Kopf, sieht Philipp zum ersten Mal an diesem Abend richtig an, und erschrickt.

»Was ist los?«, fragt er wieder und begreift in derselben Sekunde, dass er es tatsächlich nicht wissen will. Aber jetzt ist es zu spät.

Als Philipp gegangen ist, öffnet sich Paul sein erstes Bier. Er trinkt nie vor acht Uhr abends, ein bewährtes Ritual, mit dessen Hilfe er seine angeborene Gier nach Alkohol in Schach hält, schließlich will er nicht enden wie sein Vater. Hans Schuld, ein Name, mit dem man nicht als Therapeut arbeiten kann. Weswegen Paul noch während des Studiums den Nachnamen seines Stiefvaters annahm. Er schenkt sich das Bier mit einer gewissen Vorsicht ein, nimmt einen kleinen Schluck, fühlt, wie der Schaum auf seiner Oberlippe prickelt und wie sich augenblicklich alles in ihm beruhigt, die Probleme verblassen, die Welt aufhört, ihm zu nahe zu rücken.

Sein Vater ist seit einundzwanzig Jahren tot, er starb ungefähr in dem Alter, in dem Paul jetzt ist. Mit dem neuen Mann seiner Mutter konnte er sich nie anfreunden.

Drei Bier pro Abend, anderthalb Liter, erlaubt sich Paul, um trinken zu können, aber nicht dasselbe Schicksal zu erleiden, obwohl ihm ein befreundeter Internist nach einer ausführlichen Untersuchung mitgeteilt hat, dass bei seinen Leberwerten selbst ein einziges Glas pro Tag zu viel sei.

Ich gebe dir vierundzwanzig Stunden Zeit, die Polizei zu verständigen. Wenn dann nichts passiert ist, werde ich es tun.

Nein.

Doch. Es gibt keine andere Möglichkeit.

Ich dachte, du stehst unter ärztlicher … äh …

Schweigepflicht?

Genau.

Ach was.

Du darfst niemandem etwas sagen, wenn ich es nicht will.

Das ist Blödsinn, Philipp. Ich sitze hier nicht als dein Arzt, sondern als Privatperson. Du bist nicht mein Klient.

Das heißt, ich mache mich genauso strafbar wie du, wenn ich nichts unternehme.

Ich kann das nicht. Ich kann nichts sagen. Die machen mich fertig.

Philipp, das können »die« nicht. Die sind schließlich nicht die Mafia.

Du hast keine Ahnung, was die können.

Nein? Dann sag's mir.

Das verstehst du nicht. Die sind …

Ja?

Cool.

Was meinst du damit?

Mann. Die wissen, dass ihnen nichts passieren kann. Gar nichts. Aber die wissen, dass mir *was passieren kann.*

Gegen Mitternacht ist das dritte Bier geleert, und Paul sieht ein, dass er dieses Problem nicht allein lösen kann.

ALEX

Als Alex sich von seiner Frau und seiner Tochter getrennt hat, hat er alles aufgegeben, was ihm früher etwas bedeutet hatte. Er wollte sich frei fühlen, und das war in seinem alten Leben nicht möglich, damals, als er viel zu viel gearbeitet hatte für eine Vision, deren Verwirklichung sich im Laufe der Jahre immer weiter in eine ominöse Zukunft verlagerte. Eine Zukunft, in der er sich in einem warmen, sonnigen Land sah, in einem mit Efeu umrankten Haus, umgeben von knorrigen Olivenbäumen und saftig grünen Weinbergen. Irgendwann setzte sich dann die Erkenntnis durch, dass er so nicht ans Ziel gelangen würde, dauergestresst und erschöpft, wie er war. Glücklicherweise fiel ihm dann die völlig unerwartete Erbschaft in den Schoß, die zumindest ihm allein einen bescheidenen Wohlstand auch ohne Anstellung garantierte.

Und plötzlich ging alles relativ schnell, fügte sich unausweichlich eins zum anderen, die Kündigung seiner Stelle ohne Absprache mit Verena, die Trennung kaum ein halbes Jahr später, der Verkauf des Hauses, die ersehnte Freiheit, das Streben nach Erleuchtung, die vollkommen neue Welt, die einen seelenlosen Alltag ersetzte, das Eindringen in die Geheimnisse spiritueller Meister, die Lust, selbst zu lehren und zu bekehren, obwohl ihm die Lehrer sagten, dass die Zeit noch nicht reif sei und er geduldig auf weitere Zeichen warten müsse. Einer von ihnen, Nopaltzin, lud ihn nach Mexiko ein, zur weiteren Schulung seiner spirituellen Fähigkeiten, was Alex etwa sechshundert

Euro ohne Flug und Unterkunft kostete. Trotzdem machte er es, weil er wusste, dass gerade Nopaltzin, ein traditioneller Aztekentänzer, der seine Schüler mittels uralter Trommelrhythmen auf die Reise in andere Bewusstseinszustände führte, um den Energiekörper zu reinigen und die Blockaden zu lösen, Alex seiner Bestimmung näherführen würde. Tatsächlich riefen diese Rituale jene Energien aus dem Kosmos, mit denen Krankheiten geheilt, Gebete an höhere Mächte übermittelt werden, und dort war es Alex auch zum ersten Mal gelungen, in eine tiefe Trance zu fallen, an deren Ende seine Aura gereinigt war und er sich friedvoll und lebendig fühlte.

Es hat seitdem noch mehr, ja sogar unzählige dieser magischen Momente gegeben, die ihn trotzdem in der Summe nicht glücklich machen, wahrscheinlich weil er nach derart kosmischen Erfahrungen meist in ein tiefes Loch fällt und es ihm nicht gelingt, den Zustand tiefster Erfüllung in sein Leben hinüberzuretten. Die Pausen zwischen den Workshops werden daher immer kürzer, und er selbst sieht die Gefahr, sich zwischen Reiki, Qi Gong, Chakra-Lehre, Schamanismus und amazonischer Pflanzenmedizin zu verzetteln. Heute ist wieder so ein Tag des Zweifelns, alles läuft irgendwie unrund, was ihn sogar dazu bringt, Verena im Büro anzurufen, eine Prozedur, der er sich normalerweise nicht mehr unterzieht, demütigend schon deshalb, weil sich nie Verena, sondern immer ihre Sekretärin meldet, die ihn meistens abwimmelt, weil Verena entweder bei einem Meeting ist, einen Termin »außer Haus« hat oder sonst irgendwie unabkömmlich ist.

Ja, so weit ist es mit ihnen gekommen. Verena hat Alex' Rolle übernommen, hat geradezu erschreckend mühelos und zielstrebig gleich nach der Scheidung ihren Halbtagsjob in eine Ganztagsstelle umgewandelt und wurde nur ein Jahr später zur Marketingleiterin befördert. Weshalb es mittlerweile kaum noch eine Chance gibt, an sie heranzukommen. Was Alex aber am meisten an der Sache aufregt, ist, dass sie ihn, wenn er sie denn mal an den Apparat bekommt, so unangenehm an ihn selbst erinnert, daran, wie er früher am Bürotelefon gewesen war: höflich, gelassen, abweisend, mit der unausgesprochenen Botschaft hinter jedem gemessen formulierten Satz, bei bestem Willen absolut keine Zeit für Nebensächlichkeiten zu haben.

Zu seiner Überraschung schiebt die Sekretärin aber diesmal keinen Termin vor, summt stattdessen »Einen Moment, bitte«, und legt ihn in die Warteschleife, in der eine hohe männliche Stimme »You're beautiful it's true« in sein Ohr singt, dann eine weibliche Stimme auf Englisch und Deutsch bittet, zu warten, dann sich Verena mit ihrem neuen alten Namen meldet, und er an ihrem Tonfall sofort erkennt, dass sie weiß, wer dran ist.

»Ich wollte nur hören, wie es euch geht«, sagt er, gibt sich Mühe, beherrscht sich, atmet tief in den Bauch.

»Danke, gut. Sehr viel zu tun.«

»Natürlich. Was macht Sophie?«

»Sie fühlt sich wohl. Diese internationale Schule ist ein Segen. Sie spricht schon besser Englisch als ich.«

»Das ist toll.«

»Und sie hat einen Freund.«

»Ach.«

»Ja, er ist Kanadier. Ein ganz reizender Junge.«

»Aber sie ist doch erst vierzehn.«

Er hört ihr Lachen, das er schon längst nicht mehr als ihres erkennt, weil sie früher ganz anders gelacht hat, weniger perlend, natürlicher, frischer, echter, liebevoller. Aber er ist eben nicht mehr in der Position, ihr das zu sagen, weil sie nichts mehr von ihm *wissen* will, sich standhaft weigert, seine neuen Kompetenzen anzuerkennen, ihn vielmehr behandelt, als sei er ein Freak, gönnerhaft, affektiert, hochnäsig, anmaßend.

»Mit vierzehn geht es eben los, Alex. Aber da passiert noch nicht viel.«

»Was du natürlich ganz genau weißt.«

»Sophie hat Vertrauen zu mir. Wenn mehr wäre, könnte sie mit mir darüber reden.«

»Natürlich. Die verständnisvolle Mutter …«

»Hör zu, ich hätte große Lust, mit dir zu plaudern, Alex …«

»Davon bin ich überzeugt.«

»… aber mein Schreibtisch quillt über, wenn du verstehst, was ich meine. Ich bin erst heute früh aus London zurückgekommen, und morgen Mittag muss ich nach L. A.«

»Und was ist dann mit Sophie?«

»Clemens ist ja da.«

»Clemens ist nicht ihr Vater.«

»Das hatten wir doch schon.«

»Sie könnte doch bei mir übernachten«, sagt Alex und hört im selben Moment ihr leises Seufzen; es ist, als atmet sie ihm direkt ins Ohr, eine kleine, trügerische sinnliche Sensation, die ihr nächster Satz kaputt macht. »Sie will nicht.«

»Das ist absurd. Sie ist immer noch meine Tochter. Wahrscheinlich hast du sie indoktriniert.«

»Du weißt, dass das nicht wahr ist. Sie hat es dir selbst gesagt. Lass ihr Zeit.«

»Wie lange denn noch?« Er spürt den Zorn in sich anwachsen wie eine heiße Welle und versucht erneut, ihn wegzuatmen.

»Du bist damals einfach gegangen, Alex. So etwas versteht ein siebenjähriges Kind einfach nicht.« Ihre Stimme ist jetzt sanft und vernünftig, als spräche sie mit einem widerspenstigen Schüler, und das ist unerträglich, das hätte jeden Mann in Rage gebracht.

»Meine Entscheidung war nicht gegen euch gerichtet, und das weißt du auch ganz genau.«

»Sophie hat das aber so aufgefasst, Alex, und das weißt *du* genau.«

»Weil du es ihr nicht richtig erklärt hast.«

»Lass es einfach sein.«

Die Verbindung ist unterbrochen, bevor er etwas erwidern kann, dafür kommt der weggeatmete Zorn mit Vehemenz zurück, schlägt über Alex zusammen, und schon hat Alex den Hörer so hart auf den Boden geknallt, dass die Batterieabdeckung abplatzt, woraufhin ihm eine Szene in den Sinn kommt, unvermittelt und intensiv, als habe ihn eine Zeitmaschine zehn Jahre zurückgeschleudert.

Er holt keuchend Luft, weil er plötzlich wieder am Steuer seines Audis sitzt, Verena ausdauernd neben ihm schweigt, während er einen zufälligen Blick in den Rückspiegel wirft, die vierjährige Sophie in ihrem Kindersitz sitzen sieht und neben Sophie den leeren Platz bemerkt. Und plötzlich hat er dieses gespenstische Gefühl, dass ein Kind fehlt, dass sie ein Kind vergessen haben. Was natürlich eine Halluzination ist, denn es gibt ja nur Sophie in ihrem Leben, sonst niemanden. Niemanden *mehr* jedenfalls, und das, weil einer rachsüchtigen Gottheit es gefallen hat, Verena mit einer Frühgeburt wofür auch immer zu bestrafen. Deshalb ist ein Bündel mit ganz kleinen, fragilen Gliedmaßen zur Welt gekommen und durch einen Herzfehler zum Tode verurteilt worden, eine winzige, riesige Katastrophe, mit der weder er noch Verena fertig geworden sind. Wieso auch. Es lag kein wie auch immer gearteter Sinn darin, und so blieb einem nur übrig, alles zu vergessen, so zu tun, als sei es nie geschehen. Das ist eben seine Methode gewesen, die Verena natürlich nicht verstanden hat, und ihm daraufhin vorgeworfen hat, keine Hilfe zu sein, ihren Kummer nicht zu teilen, kein Verständnis für ihre Gefühle zu haben. Genau dasselbe traf aber auch auf sie zu, auch sie hat *seinen* Schmerz nicht gesehen, auch sie hat *seine* Gefühle immer falsch verstanden, nur hat er ihr das seltsamerweise nie gesagt, und irgendwann war es zu spät, haben sie schließlich überhaupt nicht mehr darüber geredet, musste er allein damit umgehen und sie auch.

Jeder für sich.

Vielleicht ist er nicht gemacht für Kinder.

Vielleicht ist es sein Karma, dass er sie verliert.

Warum kann ich ihn nicht sehen?

Du kannst ihn sehen, jederzeit, das weißt du doch.

Ja, als Onkel Alex.

Er wird es erfahren. Später, wenn er es verkraftet.

Später, später. Wann soll das denn sein?

Hab doch Geduld.

Nein. Das ist einfach ungerecht.

Du warst damals dreiundzwanzig und abhängig. Du wolltest nichts von ihm wissen. Du wolltest nicht einmal in der Geburtsurkunde stehen. Weißt du noch?

Aber jetzt ist alles anders.

Ja, jetzt hast du die eine Sucht durch eine andere eingetauscht. Wie du es immer gemacht hast. Erst Heroin, dann Karriere, dann Esoterik. Du lebst immer in irgendeinem Wahn.

Nachdem er sich wieder halbwegs beruhigt hat, ruft er bei Juliane in der Kanzlei an, und wie es an solchen Tagen eben ist, hat er auch diesmal Pech, weil sich Juliane, wie ihm von einer maulfaulen Praktikantin erst auf mehrfaches Nachfragen mitgeteilt wird, in der Mittagspause befindet und frühestens ab vierzehn Uhr wieder erreichbar sein wird.

Er verlässt Türen schlagend die Wohnung und läuft ziellos durch die Stadt, bis er den Englischen Garten erreicht, wo das entnervende Geräusch anfahrender, bremsender, hupender Autos von einem gleichmäßigen Brummen aus angenehmer Entfernung abgelöst wird, und er endlich wieder sehen und spüren kann, dass die Sonne scheint und ein sanfter Wind Bongo-Rhythmen über die saftig grünen Wiesen weht, eine seltsam verzauberte Atmosphäre verbreitend. Zum ersten Mal seit sehr vielen Jahren bekommt Alex wieder Lust auf einen Druck, auf das Glücksgefühl, das nur *Die Droge* vermitteln kann, weil nur *Die Droge* keine Leistung welcher Art auch immer verlangt, man sich lediglich hineinfallen lassen muss, wie in die zarteste Daunenwäsche der Welt.

Und schon kommt ihm, wie eine Fleisch gewordene Warnung vor seiner Vergangenheit, ein Junge auf dem gekiesten Weg entgegen, jung wie er damals, mit verschmutzten Rastalocken und fleckigen Jeans. Sein dickes Schuhwerk zieren Dreckspritzer und seinem geröteten, leicht verquollenen Gesicht ist anzusehen, dass er sich ein paar Tage lang nicht gewaschen hat, und genauso riecht er auch. Alex wendet den Blick ab, aber es ist schon zu spät, es ist immer zu spät, Jungs wie diesem entkommt man nicht so einfach, sie haben keinen Stolz mehr und keine Würde, und Alex heftet ergeben den Blick auf das verwüstete Gesicht, kann die Frage schon buchstabieren, bevor sie überhaupt gestellt worden war:

»Hassu fünf …«

»Nicht für dich.«

»Scheißkerl.« Das Schimpfwort ist kaum zu verstehen, die Stimme klingt heiser und rau, viel zu tief und kaputt für jemanden in seinem Alter. Alex weicht dem Jungen aus, einer Seele, die er nicht retten kann, während der Junge stehen bleibt und weiterhin kaum verständlich hinter ihm her flucht. Alex kommt zur Erkenntnis, dass heute ein schlechter Tag ist, definitiv die Sorte von Tagen, die man vor dem Einschlafen entschlossen aus dem Gedächtnis streicht, um am nächsten Morgen frisch und rein von Neuem beginnen zu können.

Einige Stunden später geht es ihm besser. Er hat sich in ein sonniges Café gesetzt, ein Eis gegessen, eine Zeitschrift gelesen und mit Juliane telefoniert, die sich für heute Abend entschuldigt, weil sie mit einer Freundin essen gehen will, was Alex sehr recht ist. Urplötzlich ist es ein gutes Gefühl, nichts zu tun zu haben, ohne Verpflichtungen zu sein. Und so schlendert Alex, plötzlich entspannt und beinahe glücklich, nach Hause, wo er eine CD mit indianischer Flötenmusik auflegt und sich die nächsten Stunden in ein Buch vertieft, das sich mit Schamanismus im neuen Jahrtausend beschäftigt.

Gegen elf Uhr bestellt er sich eine Gemüsepizza, die um Viertel vor zwölf geliefert wird.

Zehn Minuten nach Mitternacht klingelt sein Telefon.

Als Alex vor Pauls Haus, einem düsteren Altbau im Zentrum, ankommt, ist es fast halb eins. Er bezahlt den Taxifahrer, steigt aus und schlägt die Autotür zu, ein Geräusch, das einen unangenehmen Hall in der leeren, dunklen Straße produziert, fast wie eine Warnung. Alex ignoriert das, nicht immer lässt das Schicksal seine Fanfaren dröhnen, oft ist auch mal simpler Zufall im Spiel oder eine audiovisuelle Überempfindlichkeit, und so drückt er entschlossen den Klingelknopf unter Pauls Namensschild, woraufhin der Summer so prompt ertönt, als hätte Paul direkt hinter der Tür gewartet. Alex drückt das schwere, geschnitzte Tor auf, während drinnen eine schmutzig gelbe Deckenfunzel aufflammt, die viele Schatten macht und praktisch nichts erhellt.

Alex steigt langsam bis in den vierten Stock.

Es riecht im ganzen Haus nach Bohnerwachs, und ihm wird ein wenig übel.

Als er oben ankommt, steht Paul schon im Türrahmen, mehr als seine Umrisse sind in der schlechten Treppenhausbeleuchtung kaum zu erkennen, aus der Wohnung fällt dagegen erstaunlich helles, beinahe grelles Licht und umrahmt ihn wie ein Heiligenschein. »Komm rein«, sagt er statt einer Begrüßung und weicht in den Flur zurück mit einem Ausdruck, als bereue er es, Alex angerufen zu haben. Ein irritierender Verdacht, der Alex sofort zornig macht, denn er hatte seinerseits schließlich nicht die geringste Lust, Paul zu treffen, ist lediglich hier, um ihm einen Gefallen zu tun. Andererseits sieht Paul wirklich hilfebedürftig aus, mit zerrauftem Haar und blassem Gesicht und einer Fahne, die so stark ist, dass man das Gefühl bekommt, sie anfassen zu können.

»Was ist los?«, fragt Alex, weiterhin leicht gereizt, denn Paul hat am Telefon nichts erzählen wollen, ihn nur mit schwerer Stimme eindringlich gebeten, zu ihm zu kommen, was ja, abgesehen von der Uhrzeit, auch deshalb seltsam ist, weil sie sich doch kaum kennen.

»Gleich«, sagt Paul und geht voraus in die Küche.

»Setz dich«, befiehlt er.

»Danke.«

»Willst du etwas trinken?«

»Hast du Yogi-Tee? Oder einen anderen Kräutertee?«

»Tut mir leid. Kaffee oder Bier?«

»Nein, danke. Gar nichts. Was ist los? Fang einfach an.«

Paul nimmt ein Bier aus dem Kühlschrank und hält es Alex fragend hin; Alex schüttelt den Kopf, und Paul stellt

das Bier – zögernd, wie es Alex scheint – wieder in das
Fach zurück, aus dem er es entnommen hat, woraufhin er
sich seinerseits setzt und in die Luft starrt, als hätte er vergessen, dass er Besuch hat.

»Fang an«, erinnert ihn Alex sanft.

»Ja, gleich.«

»Worum geht es?«

Paul fixiert einen Punkt knapp über Alex' Scheitel. Seine
rechte Hand trommelt einen undefinierbaren, aber erstaunlich präzisen Rhythmus auf die Tischplatte, und
Alex erinnert sich, dass Paul einmal Schlagzeuger in einer
Band gewesen ist, die Band, die einen einzigen Hit gelandet hat und dann schnell vergessen wurde. Schließlich sagt
Paul: »Philipp und irgendwelche Freunde von ihm haben
ein Auto geknackt.«

»Wie bitte?«

»Es handelt sich um Barbaras Auto. Zufälligerweise.«

»Das gestohlene Portemonnaie, die neuen Schuhe …«

»Als Barbara und Manuel das Auto abgestellt haben,
befanden sich die Jungs offenbar irgendwo in der Nähe,
auf einem verlassenen Grundstück direkt neben dem Parkplatz. Sie haben sich hinter ein paar Büschen versteckt und
das Gespräch zwischen den beiden mitangehört. Barbara
hat von neuen Markenschuhen geredet und von ihrem
Portemonnaie, das sie im Auto lassen würde, und dann
mussten sie ja eigentlich nur noch abwarten, bis die beiden losgefahren sind.«

»Wieso tut Philipp so etwas?«

»Ich weiß nicht. Er ist in so einer Clique von jungen, reichen Schnöseln, und für die ist das eine Art Abenteuer-
spiel.«

»Es war nicht das erste Mal?«

»Nein. Sie haben das schon öfter gemacht.«

»Ich hätte jetzt doch gern ein Bier.«

»Oh. Natürlich. Ich leiste dir Gesellschaft.«

Musst du nicht, hätte Alex am liebsten mit einem leicht hämischen Unterton gesagt, aber er verkneift es sich, während Paul zwei Flaschen aus dem Kühlschrank holt, beide öffnet und eine vor Alex hinstellt.

»Willst du ein Glas?«

»Nein, danke.« Alex setzt die Flasche an den Mund. Das Bier schmeckt bitter, die Kohlensäure kratzt im Hals, und schon nach ein paar Schlucken spürt er den Alkohol, und zwar auf unangenehme Weise, nämlich so, dass seine Ohren zufallen und es ihm so vorkommt, als säße er in einem Verlies, aus dem er dumpf Pauls Stimme hört wie durch dicke Wände.

»Die Geschichte geht noch weiter, es wird noch schlimmer«, sagt Paul, und Alex nimmt sich zusammen, versucht, sich nichts anmerken zu lassen, normal zu klingen, obwohl nichts mehr normal ist.

»Noch schlimmer? Das reicht doch eigentlich schon.« Er sieht sich und Paul von außen, wie in einer Halluzination.

»Ein kleiner Junge hat sie beobachtet.«

»Ein kleiner Junge?« Alex nimmt einen weiteren großen Schluck, obwohl das Bier ihm eben überhaupt nicht guttut, aber auf den zweiten oder dritten Schluck muss einfach ein vierter und fünfter folgen, so lauten die Gesetze, denen er sich eigentlich nicht mehr unterwerfen will, die aber nach wie vor Gültigkeit haben, und zwar völlig egal, wie er dazu steht.

»Als er weglaufen wollte, hat ihn einer der Jungs gepackt ...«

»Ich glaube, ich will das nicht hören.«

»Er hat den Jungen gepackt und seinen Kopf gegen einen Baum geschlagen, bis sich der Junge nicht mehr gerührt hat.«

»Hör auf.«

»Sie wissen nicht, ob der Junge noch lebt.«

»Aber es könnte sein?«

»Oder auch nicht. Was soll ich jetzt bloß tun?«

»Einer der Jungen?«, fragt Alex. »Aber nicht Philipp?«

»Er schwört, dass er es nicht war. Was soll ich jetzt tun?«

Das Bier rumort in Alex' Magen, er schiebt die halb volle Flasche in die Mitte des Tisches, aber sie scheint zu ihm zurückzurutschen, sich wie von selbst wieder in seine Hand zu schmiegen, und schon wieder nimmt er einen Schluck, den zweiten, dritten, vierten, fünften Schluck zu viel, dann stellt er die Flasche wieder so weit weg wie möglich, auch wenn er weiß, dass es nichts nützen wird.

»Nichts«, sagt er mit schroffer Stimme.

»Nichts?« Er spürt Pauls entgeisterten Blick wie eine Ohrfeige und weiß, dass er sich jetzt etwas überlegen muss, eine stichhaltige Begründung, aber sein Gehirn hat auf Stand-by geschaltet, kein neuer Gedanke hat eine Chance, sich zu entwickeln, und dann hört er Paul sagen, dass er die Polizei verständigen müsse, dass es keine andere Möglichkeit gebe, und will wieder »Nein!« rufen, aber diesmal hält er sich zurück, sagt stattdessen so nüchtern wie möglich: »Das würde Pilar dir nie verzeihen«, und weiß, dass er ins Schwarze getroffen hat, denn Paul lässt den Kopf in seine Hände sinken.

»Ich weiß«, murmelt er.

»Schlaf erst mal darüber.«

»Schlafen? Wie soll das denn gehen?«

»Wenn du die Sache meldest, ist Philipp vorbestraft. Wenn nicht noch Beihilfe zu schwerer Körperverletzung dazukommt.«

»Ich kann nicht einfach nichts machen.«

»Warum denn nicht?«

Paul hebt den Kopf, starrt ihn wieder an. »Bist du ver-rückt?«

»Ich bin nicht verrückt, ich sehe die Sache nur von einer anderen Seite als du.«

»Andere Seite? Da ist möglicherweise ein Mord pas-siert, Alex! Selbstverständlich muss ich das melden.«

»Du musst gar nichts.«

»Alex …«

»Warum hast du mich überhaupt angerufen? Wenn du sowieso schon weißt, was du tun willst, was mache ich dann hier?«

»Schrei doch nicht so! Was ist denn mit dir los?«

»Wieso hast du mich angerufen? Wir kennen uns doch kaum!«

»Das stimmt nicht.«

»Natürlich stimmt das. Wir sind beide mit Barbara be-freundet und waren mit Pilar zusammen. Mehr …«

»Du warst mit Pilar zusammen?«

»Was?«

»Das hast du gerade gesagt.«

»Du hast dich verhört.«

»Hör zu, ich bin blau, aber nicht so blau …«

»Lass es sein.«

»Ich will doch nur …«

»Darüber rede ich nicht. Kapiert? ICH REDE NICHT DARÜBER.«

»Schon gut.«

»LASS PHILIPP AUS DER SACHE RAUS.«

»Was ist mit Philipp?«

»Nichts, was dich etwas anginge.«

»Das glaube ich aber langsam doch.«

Alex' Kopf beginnt zu pochen, in sein Gesichtsfeld schieben sich dunkle Stäbchen und tanzen ein verrücktes Ballett, und er sieht Paul in einer Schublade kramen und eine zerdrückte Zigarettenschachtel hervorziehen.

Camel ohne Filter.

Die hat Alex geraucht, als er noch auf Drogen war.

»Willst du eine?«, fragt Paul.

Alex nimmt wortlos eine aus dem weichen Päckchen; sie ist so alt, dass trockener Tabak herausbröselt, während er sie zwischen seine Lippen steckt und Paul ihm Feuer gibt und sich anschließend selbst eine anzündet.

»Seit wann rauchst du?«

»Das ist die Erste seit Jahren. Die Schachtel hat Pilar hier vergessen.«

»Warum willst du Philipp melden?«

»Ich *will* Philipp nicht melden. Ich mache mich strafbar, wenn ich es nicht tue. Und das weißt du genau.«

»Ich wusste gar nicht, dass du so ein gehorsamer Staatsbürger bist.« Alex zieht an der Zigarette, die Glut leuchtet auf, er inhaliert tief, ohne zu husten, der bittere, heiße Geschmack katapultiert ihn zurück in eine chaotische, grausame, wunderbare Vergangenheit, der er nie entkommen ist, und die jetzt ihre Arme nach ihm ausstreckt, wie eine schöne, böse Mutter, die man nicht aufhören kann zu lieben.

»Kann es sein, dass Philipp dein Sohn ist«?

»Blödsinn.«

»Simon ist nämlich nicht sein leiblicher Vater; er hat ihn nur adoptiert«, hört er Pauls unerbittliche Stimme.

»Warum hast du mich angerufen?« Alex lässt den Rauch zwischen den Zähnen hervorquellen.

»Weil niemand anders abgehoben hat, Alex. Hör auf, immer hinter allem eine Bedeutung zu sehen. Das ist krankhaft.«

»Du wolltest mich gar nicht sprechen?«

»Herrgott, ich wollte *irgendjemanden* sprechen. Ist Philipp dein Sohn?«

»Irgendjemanden?«

»Ist er dein Sohn?«

Eine Pause entsteht, ein tauber, stummer Moment, als wäre die Zeit stehen geblieben, dann sagt Paul, so normal, wie Alex sich nie wieder fühlen wird, so von oben herab in seiner Normalität: »Verdammt, Alex. Das tut mir leid.« Dann steht Alex auf, ohne zu wissen, warum, macht einen Schritt auf Paul zu, ohne zu wissen, wozu, und Paul sieht zu ihm hoch und erhebt sich halb, während Alex einen Schritt zurück macht und sich seine Bierflasche von der Mitte des Tischs greift. Etwas in ihm fragt, was das werden soll, woraufhin er einen tiefen Schluck nimmt, dann noch einen, denn was auch passiert, er will nichts verschütten, keine Sauerei veranstalten, er will trinken, bis die Flasche leer ist, er sie an der Tischkante zerschlagen kann, und sie sich als Waffe eignet.

Da sagt Paul: »Mir ist wahnsinnig schlecht.«

Alex' erhobene Hand mit der Flasche. Sie gehört nicht mehr zu ihm, scheint in der Luft zu schweben, und sie ist immer noch heil, auch wenn er ihre mörderisch scharfen Kanten schon vor sich sieht. »Was?«

»Ich muss … ich muss mich hinlegen.«

»Vorsicht, Paul!« Aber es ist zu spät, Paul ist polternd gestürzt und liegt nun zwischen Stuhl und Tisch. Er flüstert etwas, und Alex stellt die Flasche weg und kniet sich über ihn, sein Ohr nah an Pauls Mund.

»Mir ist so schwindlig. Alles … rauscht. Ich kann nichts mehr sehen.«

»Du blutest ja.«

…

»Paul?«

…

Alex findet Pilars Festnetznummer in Pauls Telefon, die Nummer, die sie ihm nicht mehr geben wollte. Er ruft bei Pilar an, aber dort erreicht er nur den Anrufbeantworter. Er hinterlässt keine Nachricht und legt auf.

Als er wie betäubt, mit dem blutverschmierten Stuhl in der Hand, Pauls Wohnung verlässt, fällt sein Blick auf die Tür gegenüber.

Auf dem provisorisch hingeklebten Schildchen ist der Name kaum zu lesen, Alex kann mit Mühe »Kreitmeier« entziffern. Ob da jemand etwas gehört hat? Alex schleicht rückwärts die Treppe hinunter, die Wohnungstür immer fest im Blick. Doch sie bleibt geschlossen.

Auf der Straße versucht er es über sein eigenes Telefon bei Barbara, aber der Anrufbeantworter ist aus, und niemand geht an den Apparat.

BARBARA

»Du hasst mich jetzt«, sagt Alex im Ton einer nüchternen Feststellung, aber dahinter spürt Barbara etwas anderes, Angst und Verwirrung, vielleicht aber auch eine Spur von Wahnsinn. Und einen Moment lang fröstelt sie, denn sie sind ganz allein in diesem sonnendurchfluteten Friedhof, wo ein leichter Wind das Laub über ihren Köpfen rascheln lässt, während der Kies unter ihren Füßen knirscht.

»Hast du ihn umgebracht, Alex?«

»Er hatte einen Schlaganfall, und sein Kopf ist im Fallen an die Stuhlkante geschlagen. Deshalb das Blut am Hinterkopf. Er war gleich tot, das schwöre ich.«

»Woher weißt du das so genau?«

»Ich habe seinen Puls gefühlt. Da war nichts mehr.«

»Was hast du mit dem Bier gemacht? Den Zigaretten?«

Sie sieht Alex nicht an, aber sie hat das Gefühl, dass er den Kopf senkt, hört, wie er mit gepresster Stimme sagt, dass er Pauls Kopfwunde gesäubert hat, dann die Bierflasche in den Kasten mit dem Leergut gestellt und die Zigaretten in den Müll getan hat.

»Und den Aschenbecher sauber gemacht und den Müll mitgenommen? Und das Blut von der Stuhlkante entfernt? Mit Scheuerpulver?«

»Nein. Den Stuhl habe ich mitgenommen.«

»Mitgenommen? Wieso?«

»Ich weiß nicht.«

»Niemand wäre misstrauisch geworden, wenn du den

Stuhl dagelassen hättest. Sie haben nur ermittelt, weil sie kein Blut gefunden haben.«

»Ich weiß.«

»Also warum?«

»Ich hatte das Gefühl, dass ich schuld war. Ich wollte nicht, dass das jemand weiß.«

»Warst du denn schuld?«

»Ich weiß nicht.«

»Wo ist der Stuhl jetzt?«

»In meiner Küche. Er macht sich gut da.«

»Du bist verrückt.«

»Ja. Wahrscheinlich.«

»Du hättest Hilfe holen müssen. Vielleicht hätte man ihn noch retten können.«

»Ich weiß.«

»Sein Tod kam dir gelegen.«

Sie kennen sich schon so lange, fast fünfzehn Jahre. Sie haben sich damals auf einer Party getroffen, und es gab ein, zwei heiße Küsse, und danach wurden sie in beiderseitigem Einvernehmen gute, enge Freunde, so gut und eng, dass sie sich fast alles erzählen konnten. Jedenfalls was Barbara betraf, und Barbara hatte wirklich jahrelang geglaubt, viel über Alex zu wissen, aber sie wusste fast gar nichts.

»Warum hast du mir nichts von Philipp gesagt?«

»Ich dachte damals, es sei nicht wichtig.«

»Nicht wichtig?«

»Ich war froh, dass Pilar die ganze Verantwortung übernommen hat. Ich war abhängig, ich war pleite. Ein Kind hätte mich überfordert.«

»Und jetzt?«

»Jetzt ist alles anders. Ich könnte Philipp jetzt ein Vater sein.«

»Aber Pilar will das nicht.«

»Sie sagt, ich hätte damals die Wahl gehabt. Sie sagt, ich hätte nicht einmal in der Geburtsurkunde stehen wollen. Sie sagt, dass Simon Philipp adoptiert hat, und dass er sich als Philipps Vater sieht und dass sie will, dass das so bleibt. Sie sagt, sie hat genug um die Ohren.«

»Das kann ich verstehen.«

»Sie sagt, vielleicht später. Aber wann ist später? Wenn er studiert? Wenn er selber Kinder hat? Wann ist später?«

»Hör auf, Alex. Du machst es nur noch schlimmer.«

Sie hat noch so viele Fragen, Fragen, die Gina und Manuel betreffen, und Pilar und Manuel. Aber vielleicht gibt es ja gar nicht mehr zu wissen als das, was Alex von Pilar und Gina erfahren hat, Alex, den immer alle ins Vertrauen ziehen, selbst Leute, die ihn kaum kennen, weil er etwas an sich hat, das Leute dazu bringt, zu reden, selbst Leute, die ihn gar nicht besonders mögen, *und sieh es doch einmal so*, denkt sie, die Wahrheit ist vielleicht ganz einfach und würde sich auch nach noch so vielen Erkundigungen nicht ändern.

Zum Beispiel die Tatsache, dass Manuel sie nicht mehr liebt, dass es einfach so aus und vorbei ist, und dass das jeden Tag passiert, dass es keine Sicherheit gibt, nie und nirgends, aber damit würde sie sich später auseinandersetzen, allein. Sie wird weinen, vielleicht stundenlang, vielleicht jeden Tag, wochen-, monatelang, und dann wird sie aufhören zu weinen und weiterleben wie alle anderen auch, und so oder so wird sie nicht einsam sein, weil sie trotz all ihrer Fehler und ärgerlichen Eigenschaften kein Typ ist, der Einsamkeit zu befürchten hat.

»Die Polizei war doch bei dir«, sagt sie. Sie setzt sich auf eine Bank in die Sonne und schließt die Augen, spürt, dass Alex sich neben sie setzt, und überlegt wieder, ob sie Angst vor ihm haben müsste, weil er zumindest kurz davor gewesen war, Paul anzugreifen und vielleicht umzubringen, und er sich anschließend auch nicht bemüht hat, ihn zu retten.

»Als er da war«, sagt Alex, »hatte ich alles vergessen.«

»Wer? Der Polizist?«

»Kriminalkommissar Klaus Kreitmeier. Komischer Kauz Kreitmeier.«

»Du hast ihn angelogen.«

»Ich hatte vergessen, was war. Diese ganze Nacht war wie ausgelöscht. Vielleicht lag das am Bier. Ich bin Alkohol einfach nicht mehr gewöhnt. Erst heute ist es mir wieder eingefallen. Im Lokal, als du gefragt hast. Da ist mir eingefallen, dass wir alle beteiligt sind an Pauls Tod.«

»Ach, komm, Alex.« Aber sie weiß, dass er recht hat, krümmt sich innerlich im Bewusstsein ihrer eigenen Schuld. Auch wenn ihre Beteiligung an den Geschehnissen nur mittelbar war, hat sie doch alles ausgelöst.

»Du, weil du an der falschen Stelle geparkt hast. Manuel, weil er unbedingt an dieser Stelle parken wollte. Ihr beide, weil ihr euch nicht einigen konntet und euch deshalb für die dümmste Alternative entschieden habt.«

»Ja.«

»Pilar, weil sie Paul verlassen hat. Philipp, weil er dein Auto aufgebrochen hat und Paul mit dieser Geschichte belastet hat.«

»Du vergisst deinen Anteil, Schatz.«

»Ich, weil mir Philipp wichtiger war als Paul.«

Es klingt so überzeugend, und doch spürt sie, dass das nicht die ganze Wahrheit ist, dass Alex etwas auslässt, etwas Wesentliches.

»Selbst wenn das stimmen sollte, ist es doch egal, oder?«

»Egal? Du bist gut, die Schuldfrage ist die wichtigste Frage überhaupt. Kriege werden deshalb geführt und verloren.«

»Das ist doch verrückt.«

»Nichts davon wäre passiert, wenn du und Manuel damals ganz normal nach Hause gefahren wärt. Paul wäre vielleicht noch am Leben. *Das* ist verrückt.«

»Und Gina?«

»Sie hat mit Manuel geschlafen und damit eure Krise vertieft, die wiederum dazu führte, dass ihr zur falschen Zeit am falschen Ort gelandet seid.«

»Zu weit hergeholt.« Sie wird ungeduldig, diese Betrachtungen bringen doch nichts.

Alex zuckt die Achseln. »Wie du willst. Dann ist sie die Einzige, die nichts mit Pauls Tod zu tun hat. Sie ist außen vor. Wie immer. Sie ist nie Teil von irgendetwas.«

»Das klingt fast noch schlimmer.«

»In diesem Fall nicht. Ich muss los, Barb.«

»Wohin?« Sie blinzelt zu ihm hoch.

»Pilar hat gedacht, dass es Philipp war. Oder einer seiner Freunde, die Philipp verfolgt haben. Deswegen hat sie nur den Arzt alarmiert und nicht die Polizei.«

»Woher weißt du das?«

»Ich weiß es nicht. Ich denke es mir. Pilar würde alles für Philipp tun, auch einen Meineid leisten. Genau wie ich. Eltern sind so.«

»Alex?«

»Ja?«

Sie strafft sich innerlich, nimmt seine Hand, spürt eine Gefahr, die sie aber nicht näher benennen kann, versucht, sie abzuwenden. »Vielleicht wäre Paul sowieso gestorben. Auch ohne dein Erscheinen, auch ohne die ganze Vorgeschichte. Vielleicht wäre es sowieso passiert. Er hatte zu hohen Blutdruck, miserable Cholesterinwerte, er hat trotzdem weiter getrunken und sich ungesund ernährt, und er hat nicht einmal Medikamente dagegen genommen. Manchmal habe ich überlegt, ob er es drauf angelegt hat.«

»Ich habe von Paul geträumt. Er hat um Hilfe gerufen.«

»Ich habe auch von ihm geträumt. Er sah sehr einsam aus.«

»Wo immer er sich befindet, er ist nur einsam, wenn er es so will.«

»Vielleicht wollte er nie etwas anderes sein. Vielleicht ist Pilar deswegen gegangen.«

»Ja.«

»Wo gehst du jetzt hin?«

»Ich weiß nicht.«

»Du musst zur Polizei. Und dann – nimm die Strafe an, lebe dein Leben weiter.« Aber sie merkt, dass sie ihn nicht mehr erreicht.

KLAUS

Klaus macht Überstunden, denn er muss einen Zwischenbericht über den Fall Paul Dahl schreiben. Die Sekretärin seines Chefs legt ihm, bevor sie nach Hause geht, ein Fax auf den Schreibtisch, und Klaus beachtet es erst nicht. Dann wirft er doch einen Blick darauf und stellt fest, dass es von Alexander Czettritz stammt und dass dort alles steht, was er wissen muss.

Es ist ein langer Brief, und er liest sich seltsam wirr.

Er ruft Czettritz an und erreicht seinen Anrufbeantworter.

»Schön, von euch zu hören, hinterlasst keine Nachricht, ich bin tot. Alles Gute.«

Klaus glaubt, nicht richtig zu hören, und ruft ein zweites Mal an, aber er hat sich nicht verhört. Er springt auf und stürzt durch die fiesen engen Flure zum Lift in die Tiefgarage. Er muss wenigstens diesen angekündigten Selbstmord verhindern, da er schon Paul Dahls Tod nicht verhindert hat, obwohl er als sein neuer Nachbar das Rumpeln in der fraglichen Nacht gehört hat, das Geschrei zweier Männer, den dumpfen Fall auf hartes Parkett. Aber Klaus war ja zu beschäftigt, war so konzentriert gewesen auf diese blondierte Russin, die ihm gerade einen blies, dass er keine Zeit hatte, im Dienst zu sein, obwohl er natürlich immer im Dienst ist. Unterlassene Hilfeleistung nennt sich das und ist strafbar. Insofern hat er noch Glück gehabt, denn keinem seiner Kollegen ist das »Kreitmeier« auf dem Schildchen nebenan aufgefallen, gemeldet ist er an seiner neuen Adresse noch nicht, und als er die Befragungen im Haus übernahm, hat er seinen Namen einfach außen vorgelassen.

Klaus rast mit Blaulicht durch die Stadt, benachrichtigt dabei den Notdienst und weiß, dass er zu spät kommen wird. Als er eintrifft, liegt Alexander Czettritz bereits in dem begrünten Innenhof, direkt neben dem Fahrradständer, auf dem Gesicht, Arme und Beine ausgebreitet, als hätte er nicht einmal instinktiv versucht, seinen Sturz abzufedern. Leichter Nieselregen fällt auf seinen reglosen Körper, der seltsam flach aussieht, als seien sämtliche Knochen gebrochen, was vermutlich auch der Fall ist. Menschen würden sich nicht aus Fenstern stürzen, wenn sie wüssten, wie sie danach aussehen, davon war Klaus überzeugt. Zwei Sanitäter knien vor der Leiche, der Notarzt kommt dazu und stellt ordnungsgemäß den Tod fest. Klaus telefoniert mit der Spurensicherung, denn auch dieser Tod muss untersucht werden, auch wenn das Ergebnis klar ist.

Zum Schluss ruft er Pilar an.

Sie geht nicht ans Telefon.

PILAR

Meine liebste Mama,

du, die Andalusierin, hattest dich in einen Perser verliebt, bist mit ihm Hals über Kopf, zum Entsetzen deiner stolzen spanischen Familie, in seine Heimat gezogen, in ein Land, dessen Sommer noch heißer und dessen Winter weitaus strenger waren als in der Heimat. Ich weiß, dass du dich nie in Teheran zu Hause gefühlt hast, aber dass du auch nicht nach Malaga zurückkonntest, weil man das damals einfach nicht tat. Man gab keinen Irrtum zu, man ertrug, wozu man sich verpflichtet hatte.

Und nun bin ich hier, Tochter und Erbin deiner dunklen Geheimnisse, ebenfalls weit weg von jeder möglichen Heimat, aber zuversichtlicher als je zuvor, denn ich habe entschieden. Philipp und ich haben unsere Koffer gepackt. Philipp ist von der Schule abgemeldet, und ich habe mich von meiner sicheren Beamtenexistenz verabschiedet, obwohl ich weiß, dass du das nicht gut finden würdest. Sicherheit war dir immer so wichtig, weil dein eigenes Leben eine chaotische Abfolge von trügerischen Friedensphasen und entsetzlichen Umbruchzeiten war, die immer wieder alles über den Haufen warfen, was du dir und uns aufgebaut hattest. Trotzdem bitte ich dich: Mach dir keine Sorgen, vielleicht wird Katar ja nur ein langer Urlaub und nicht ein Teil unserer Zukunft, aber eins weiß ich sicher: Wir begeben uns auf eine lange Reise, und danach wird nichts mehr sein, wie es war.

Das ist gut so. Wirklich. Unsere Familie ist in alle Welt

zerstreut, und das heißt doch nichts anderes, als dass ein Zuhause überall sein kann. Also denk nicht weiter daran, glaub mir einfach, dass ich dich liebe, Mama, für immer und ewig, aber Tatsache ist, ich werde dein Grab nicht mehr besuchen können, weil ich jetzt fortmuss, in mein neues Leben.

Bevor der Polizist ein zweites Mal erscheint und seine Fragen unangenehmer werden.

MANUEL

Er hat eingekauft: frische Datteln, schweres, gesüßtes Brot, aromatische Oliven, Champagner, eine kühne Zusammenstellung. Aber das soll ja nur zum Aperitif gereicht werden, denn abends werden sie in einem wunderbaren Restaurant essen gehen, das er bereits mit ein paar seiner neuen Kollegen ausprobiert hat. Es liegt auf einer Terrasse im zehnten Stock eines Wolkenkratzers direkt am Meer.

Sie wird in sechs Stunden landen.

Er ruft seine Mutter an.

Einfach so, weil er weiß, dass sie täglich an ihn denkt.

Er nimmt sich vor, nicht mit ihr zu streiten und ihre Begriffsstutzigkeit einfach zu übersehen.

Er hat sich überhaupt viel vorgenommen in den letzten Tagen.

MARTHA

Als Harry gestorben war, durfte Martha ihn nicht gleich mit nach Hause nehmen. Man brachte ihn stattdessen nach Athen, wo er vorschriftsmäßig in der Gerichtsmedizin obduziert wurde, um die genaue Todesursache festzustellen, deren Ergebnis lautete, dass er tatsächlich ertrunken und Fremdverschulden ausgeschlossen war, ein kerngesunder Mann, den nur die Angst umgebracht hatte.

Die Reisegesellschaft kümmerte sich um alles, eine Touristikmanagerin setzte Martha ins Taxi zum Flughafen.

Der Taxifahrer sprach gut deutsch, und ehe sich Martha versah, hatte sie ihm die ganze Geschichte erzählt. Etwas Ähnliches passierte ihr auf dem Flughafen mit zwei deutschen Backpackern, die sich so rührend um sie kümmerten, dass Martha beinahe getröstet ins Flugzeug stieg. Auch heute noch stellt sie fest, dass es sehr viel einfacher ist, mit Fremden über Tod und Trauer zu sprechen, als mit Angehörigen und Freunden. Jedem der Menschen, die Harry nahestanden, hatte er auf andere Weise etwas bedeutet, viele Erinnerungen deckten sich nicht mit denen Marthas, und manchmal hatte sie beinahe das Gefühl, die anderen wollten ihr Harry ein zweites Mal wegnehmen.

Dann kam die lange Phase des allmählichen Vergessens. Man redete nicht mehr über ihn, man dachte nicht mehr an ihn, und so hatte sie ihn nun wieder für sich, aber das war auch nicht besser, denn jetzt war sie endgültig ganz allein mit sich und ihren Gedanken an ihn, dort, wo er hartnäckig am Leben blieb, so gegenwärtig wie der Kirschbaum in ihrem Garten. Manchmal herrschsüchtig und streng, manchmal lustig und sanft, lässt er sie bis heute nicht los, hindert sie daran, ein neues Leben anzufangen. Natürlich erzählt sie das niemandem, denn sie weiß ja, dass die anderen sie belächeln würden, ihr unterstellten, dass sie es ist, die nicht loslässt, weil sie sich von ihrem Leben doch sowieso nichts mehr erwartet, alt, schwerhörig und vergesslich, wie sie geworden ist, seitdem Harry sich verabschiedet hat.

Martha liegt, nachdem sie ihre übliche Semmel mit Butter und selbst eingekochter Weichselmarmelade gegessen hat, im Liegestuhl auf dem Balkon. Die Sonne scheint ihr warm aufs Gesicht, und sie döst mit einem neuen, recht blutrünstigen Kriminalroman auf dem Schoß dem Nachmittag entgegen.

Undeutlich und sehr weit weg hört sie das Telefon klingeln. Sie überlegt, es einfach läuten zu lassen, aber sie weiß, dass es dann Leute gibt, die sich Sorgen machen, dazu gehört zum Beispiel ihre freundliche liebenswerte Nachbarin, die im Besitz von Marthas Schlüssel ist und im Notfall nicht lange fackeln, sondern spätestens nach fünf Minuten nach dem Rechten sehen würde.

Also wälzt sich Martha mühsam aus dem Liegestuhl, tastet sich am Balkongeländer entlang, die Beine schmerzen heute mehr als sonst, stößt die Balkontür nach innen auf, und dann spürt sie einen Schlag und einen explodierenden Schmerz am Hinterkopf, der sie zu Boden gehen lässt. Sie weiß sofort, was es ist, nämlich der Stein in Form eines Büffelkopfes, den Harry vor vielen Jahren gefunden hat, weshalb er, der leidenschaftliche Bastler, zwei Hörner aus dunklem Ahornholz geschnitzt, sie an die Stirn des Büffelkopfs geklebt und dann sein Objekt, wie er es zu nennen pflegte, an der Wand über der Balkontür angebracht hat.

Und dort hing es viele Jahre lang.

Bis heute.

Während das Telefon weiter klingelt und Martha langsam das Bewusstsein schwindet, denkt sie noch, dass es in Ordnung ist, dass Harry sie nun doch endlich holt. Was er will, das holt er sich, früher oder später, und dann sieht sie sich wieder am Strand, den Blick auf die glitzernde Wasseroberfläche gerichtet, wo Harry mit dem Gesicht nach unten schwamm. Vielleicht hatte es wirklich diese winzige Sekunde gegeben, in der sie sich überlegt hat, ob sie Hilfe holen oder ob sie Harry gehen lassen sollte. Er hatte in letzter Zeit immer mehr an Lebensfreude verloren, machte seltsame Andeutungen und klagte vor allem über seine zunehmenden Altersbeschwerden. Die ja jeden früher oder später heimsuchten, also was beschwerte er sich eigentlich andauernd, aber dann war diese Sekunde vorbei, und sie schrie und weinte und machte den ganzen Strand rebellisch. Und plötzlich standen sehr viele Leute um sie herum, vor ihr lag Harry total durchnässt im heißen, staubigen Sand, und sie hätte ihn beinahe nicht mehr erkannt, so weit weg war er schon. Und so denkt sie, ein bisschen traurig, ein bisschen triumphierend: Na schön, Harry, ich komme, aber benimm dich!

Und dann schwebt sie in einem diffusen Licht, das sich warm anfühlt und irgendwie rosafarben ist, so ähnlich wie das Plumeau im Bett ihrer Großmutter, die Martha sehr geliebt hat und die nun im Himmel – oder was immer das war, worauf Martha zusteuerte – auf sie wartet. Jedenfalls hofft Martha das ganz stark, aber noch scheint es nicht so weit zu sein, denn unter ihr sieht sie plötzlich eine schmutzig grüne Wiese, die überhaupt nicht himmlisch, sondern höchst irdisch aussieht mit Maulwurfshügeln und bräunlichem, platt getretenem Gras. Eine Frau läuft über die Wiese. Und Martha erkennt Barbara, die sehr traurig zu sein scheint.

Martha hingegen hat, was für eine Erleichterung, alle Gefühle hinter sich gelassen, also auch die Angst um Manuel, die Sorgen um ihre eigene Gesundheit, die Einsamkeit jede Nacht im viel zu großen Doppelbett, und fast tut ihr Barbara ein bisschen leid, die sich weiter mit diesem ganzen Zeug, das sich Leben nennt, herumschlagen muss. Einer Eingebung folgend möchte sie ihr etwas zuflüstern – *er ist nicht hier* –, und einen Moment lang kommt es ihr so vor, als würde Barbara innehalten, zuhören. Aber dann geht sie einfach weiter, typisch für sie, typisch für alle jungen Leute, die sich nichts mehr sagen lassen. Martha gibt auf, kämpft sich durch einen engen Korridor wieder nach draußen und gelangt endlich dorthin, wo alle sich auf sie freuen.

BARBARA

Sie konzentriert sich auf das Gras, ein geteerter Weg, ein Gebüsch, dann wieder eine Wiese, dann ein Baum. Sie fährt mit ihren Fingerkuppen über die dunkle Rinde, kratzt daran herum, hält die Finger an die Nase und riecht den schweren Geruch nach Erde, Holz und einer sehr, sehr schwachen Spur von Blut. Sie findet ein dunkles Haarbüschel, hält es zwischen Daumen und Zeigefinger. Sie sucht immer noch nach einem toten oder verletzten Jungen, den niemand zu vermissen scheint, der vielleicht schon längst wieder zu Hause ist mit seinen geheilten Verletzungen.

Und dann entdeckt sie ein mit rostroten Tupfern beflecktes Basecap unter einem abgeblühten Fliederbusch. Während sie das Cap in ihre Tasche steckt, muss sie auf einmal an Manu denken, den sie nicht wiedersehen wird, an Pilar, die die bessere Frau für ihn ist, an Paul, den sie zu vergessen beginnt, an Gina, die nie mehr ihre Freundin sein kann, an Alex, der seinen Dämonen erlegen ist, und schließlich an sich selbst, die ganz neu anfangen muss. Mit nichts als zwei Katzen im Gepäck und der Überzeugung, dass alles gut werden kann. Jedenfalls irgendwann, jedenfalls dann, wenn sie dieses ganze, zwei bis drei Quadratkilometer große Gebiet bis auf den letzten Busch abgesucht hat, ohne einen toten Jungen zu finden, der ihretwegen hatte sterben müssen.

Erst dann wird sie gehen können.

In ein neues, unbekanntes Leben.